立侠者 古龙

孙宜学 吴秀峰 著

团结出版社

图书在版编目（CIP）数据

立侠者：古龙/孙宜学，吴秀峰著．—北京：团结出版社，2023.10
ISBN 978-7-5126-7690-9

Ⅰ.①立… Ⅱ.①孙… ②吴… Ⅲ.①古龙（1937-1985）-侠义小说-小说研究 Ⅳ.①I207.425

中国版本图书馆CIP数据核字(2019)第298278号

出　版：团结出版社
　　　　（北京市东城区东皇城根南街84号　邮编：100006）
电　话：（010）65228880　65244790（出版社）
　　　　（010）65238766　85113874　65133603（发行部）
　　　　（010）65133603（邮购）
网　址：http://www.tjpress.com
E-mail：zb65244790@vip.163.com
　　　　tjcbsfxb@163.com（发行部邮购）
经　销：全国新华书店
印　装：三河腾飞印务有限公司

开　本：170mm×240mm　16开
印　张：13
字　数：201千字
版　次：2023年10月　第1版
印　次：2023年10月　第1次印刷

书　号：978-7-5126-7690-9
定　价：49.00元
　　　　（版权所属，盗版必究）

目 录

第一章　生逢乱世风雨飘摇

002/ 众说纷纭的生辰之谜

古龙诞生于炮火连天的20世纪30年代。除了原名熊耀华与籍贯江西外，关于他出生时的其他资料业已成谜。

或许，古龙就像多年以后他笔下的楚留香一样，根本就没有过去，只有现在和将来。

004/ 战火中的童年印象

古龙的童年处于战火纷飞中。这种生活所带来的不稳定与不安全感在幼小的古龙心中深深扎根，也成为古龙日后生活与文学创作中独一无二、不可替代的灵感源泉。

007/ 定居台湾后的家庭动荡

战争的磨难，终于结束了。

人生的风雨飘摇，还远未结束。

古龙等来了期盼已久的和平，也等来了不曾想到的天伦梦碎。

第二章　落拓江湖载酒行

012/ 四海帮风云

离家后的古龙，开始在台北街头游荡。后来，他加入四海帮，度过了一段年少轻狂的江湖岁月。

这段砍砍杀杀的日子，仿佛是他此生作为江湖人的注脚。

015/ 初踏文坛试锋芒

以文谋生，是古龙最初的写作动机。
《从北国到南国》，是他正式进入文坛的投名状。
这篇初试锋芒的小说，已经显露出古龙在文学创作上的才华。

020/ 纯文学之梦的破碎

古龙从淡江英专肄业后，开始以文为生。但是，微薄的稿酬并不能长期支撑这样的日子。成为纯文学作家的梦想，在生存问题面前显得如此无力。

第三章 一入武林深似海

024/ 情缘武侠小说

古龙与武侠小说结缘，是从武侠迷开始的。在很小的时候，他就开始阅读武侠小说。从《七侠五义》《三侠剑》到平江不肖生，再到北派五大家，古龙无一不读。

029/ 为他人做嫁衣

20世纪50年代的台湾文坛，武侠小说的出版堪称盛况。古龙在司马翎等人的影响下也开始写作武侠小说。
不过，最初是为他人代笔。

033/ 拾人牙慧的初创

初入武林的古龙并不顺利。
他试图摆脱"三剑客"，另开山门，但又无法摆脱"三剑客"对他潜移默化的影响。
就这样，古龙的武侠小说创作开始了，始于拾人牙慧。

第四章　领异标新二月花

044/ "求新" "求变" "求突破"

拾人牙慧是有馊味的。
才气傲人的古龙，内心不愿总是附于众人后。
因而，探索属于自己的武侠小说写作风格，就成为他的必然选择。

050/ 落日照大旗

江湖离不开武艺高强的大侠，江湖却少真正的英雄。
尤其是缺少铁血柔情、仁义无双的英雄。
所以，《大旗英雄传》才更显可贵。

056/ 柔情浣花，君子洗剑

君子浣花，美人清白；武者洗剑，领悟真谛。《浣花洗剑录》并不是古龙最看重的作品，但却是他告别传统武侠小说写作模式的一次宣言。

061/ 江湖的第一个十年

《武林外史》塑造了古龙小说的第一位浪子，第一位游侠，第一位才子，第一枭雄，也开创了古龙江湖的第一个十年。

068/ 绝代双骄

小鱼儿与花无缺，是古龙小说中少见的双主角。
他们的区别就像是野草与鲜花。
野草不屈，鲜花无缺。

第五章　但开风气不为师

078/ 写自己的小说

"嫁衣神功"的大成，让古龙得以名列武侠小说作家第一线阵容，甚至在声誉上一举超过三剑客。

从此，他开始写自己的小说了。

082/ 胸有丘壑自成章

古龙创作巅峰期的小说，经典频出。

李寻欢、楚留香、陆小凤、萧十一郎，这些人物已经创造出属于自己的江湖传说。

但是，在他们之外，古龙还有一些独立成篇的作品值得我们细细回忆与品味。

101/ 我们的英雄总是欢乐的

英雄，这个词语蕴含的往往是不同常人、独立于世。

但是，古龙告诉我们，英雄其实也可以是常人，也可以不用孤独落寞。

英雄，其实就在我们身边。

108/ "江湖"与"江湖人"的精神

江湖，是一个社会组织，这个组织有它自己的运行规则。

生活在这个组织里的群体，就是"江湖人"。

"江湖人"，也有着自己的精神世界和价值观念。

第六章　山登绝顶我为峰

114/ 江湖的后三个十年

沈浪开创了江湖的第一个十年。

沈浪之后，友人之子李寻欢和他的徒弟叶开，还有沈浪自己的徒弟公子羽，继续引领着江湖的后三个十年。

122/ **公子伴花失美，盗帅踏月留香**

偷盗者，本为人类社会所不喜，甚至不容。
除非那人名叫楚留香。
一个代表正义，侠名远播的"盗帅"。

135/ **人情冷暖，世情如霜**

孤狼从来都是自己舐血，因为在世人眼里它无恶不作，不值得同情。
孤狼也从来不会为自己辩解，因为在世人眼里那只是在狡辩。
所以，它孤独、寂寞，自己承担一切。

139/ **身无彩凤双飞翼，心有灵犀一点通**

同楚留香一样，陆小凤也可以化腐朽为神奇。
但是，陆小凤并不是楚留香的翻版。
因为，他是人，而不是神。

151/ **七种武器，七种精神**

武器，是江湖人安身立命的保障。
武器，可以是形而下的物质，也可以是形而上的精神。
古龙的七种武器，代表的就是七种精神。

第七章　英雄也有落幕时

166/ **美人迟暮，英雄末路**

《多情剑客无情剑》中有一句名言：美人迟暮，英雄末路，都是世上最无可奈何的悲哀。这种悲哀是属于全人类的，当然也属于古龙自己。

170/ **别了,"007"**

天下没有不散的筵席,小说人物和读者之间也是一样。
身为古龙的读者,我们是幸运的。
因为古龙给了我们最喜欢的陆小凤和楚留香最好的结局。

174/ **再也等不到"大武侠时代"**

作为一个勇于创新的作家,古龙从不满足于过去的成绩。
"大武侠时代",就是古龙的又一次自我突破。
可惜的是,斯人已逝,遗作尚存。

第八章 身处十丈软红尘

182/ **世界上最珍贵的液体**

古龙好酒,酒中有他的人生。
古龙善饮,豪迈大气。
因酒而生,也因酒而死,这就是饮者古龙。

185/ **谁来与我干杯**

古龙重友,朋友在他心中有着无可替代的位置。
可是,酒席总有散的时候,朋友也不能一直陪在身边。
夜深人静,举杯相邀——谁来与我干杯?

188/ **在渴望与怀疑之间**

人的一生中,重要的人当然不止只有朋友,还有爱人。但是,原生家庭给古龙带来的悲痛,让他对爱人既渴望,又怀疑。

195/ **附录 古龙生平大事年表**

第一章
生逢乱世风雨飘摇

众说纷纭的生辰之谜

古龙诞生于炮火连天的20世纪30年代。除了原名熊耀华与籍贯江西外，关于他出生时的其他资料业已成谜。

或许，古龙就像多年以后他笔下的楚留香一样，根本就没有过去，只有现在和将来。

生辰，是人作为个体生命与这个世界相逢的最初标志。按照常理来说，在当下这个信息发达的时代，想要查清一位现代名人的出生年份似乎无甚难度。如果这位名人在某一领域具有划时代意义，那么考据学家们更会千方百计地搜罗出他的生平事迹。然而，遗憾的是，真有这样一位大人物，时至今日，我们只知道他祖籍江西南昌，至于其出生于何时何地则无从知晓，乃至成了一桩众说纷纭的公案。

他就是这本书的主人公——古龙。

这位以笔为刀，行走江湖，与金庸、梁羽生三足鼎立，共创新派武侠小说盛世，被《联合报》主编、在台湾有着"武林太史公"之称的评论家叶洪生先生称为"新派掌门人"的文学巨匠，在其不算漫长的一生中，历尽世事沧桑，并且始终与神秘、传奇、浪漫为伴。而此处所提到的生辰之谜，只不过是一个小小的开头。

由于古龙避而不谈往事，其出生年份始终是一个争论不休的话题。关于学界对此的争议，我们在这里仅作一个简单的梳理，读者诸君姑且观之，权当笑谈。

一说古龙出生于1936年。知名作家、学者曹正文曾在《中国侠文化史》中介绍："古龙，姓熊，名耀华，祖籍江西，一九三六年生于香港，属鼠。"著名武侠小说评论家罗立群则在《中国武侠小说史》中说明："古龙，原名熊耀华，生于1936年，卒于1985年9月21日，终年49岁。"

一说古龙出生于1937年。1937年这一说法主要是由亲友认同古龙"卒于48岁"而来。此外，叶洪生在《叶洪生论剑——武侠小说谈艺录》介绍："古龙本名熊耀华（1937—1985），江西人，台湾淡江英专（即淡江大学前身）肄业。"

曹正文在《武侠世界的怪才——古龙小说艺术谈》的"古龙小传"一篇中说："古龙，姓熊，名耀华。祖籍江西，1937年生于香港。"

一说古龙生于1938年。这一说依然要提到曹正文，他在《碧血洗银枪》的序言中有别于前说，认为古龙出生于1938年。陈康芬在《古龙小说研究》中也认为："古龙本名为熊耀华（1938—1985），江西南昌人，出生于香港，十三岁随父母迁台定居。"另有陈舜仪在2019年最新整理出版的《古龙散文集》中介绍古龙："古龙的本名是熊耀华（1938—1985），籍贯是江西南昌。"

一说古龙生于1941年。这是户口登记时的年份。叶洪生与江湖人称"武林百晓生"的林保淳先生在写作《台湾武侠小说发展史》中的古龙部分时，采取的便是1941年，并对此加以批注："关于他的生年，外界说法不一，今以熊家户籍记载为准。"但彼时时局动乱，户籍登记错误颇多，其真实性也无从考证，这里的说法应当是一种为了减少大家争论的折中之举。

从以上罗列的一些说法来看，我们已然无法明确古龙生辰，只能在某种程度上达成共识。因此，在涉及此问题时，或如东方新避而不谈："古龙，原名熊耀华，祖籍江西，但他本人出生在香港"；或如彭华选择其中自认为较为合理的观点，他在《浪子悲客——古龙传》中选择1937年这一说法，认为其来源于叶洪生，且较为合理，为多数人所接受；或如朱云乔在《古龙传》中搁置争议："即使不能确定古龙的确切生辰，但我们可以确定的是，在1936年至1938年之间的某一天，古龙来到了这个世界"。

事实上，不仅是出生年份不确定，甚至连出生地点也有两种观点。古龙生于香港，看似是一个为人们所公认的事实，殊不知另有古龙1937年出生于大陆的说法。

我们算不上勤勉的考据学家，致力于对烦琐的材料剥茧抽丝，实际上，随着古龙去世多年，此事也难以考证。当然，我们更无力通过时光回溯，回到古龙来到人世间的那一刻，追根究底地洞悉古龙生辰之谜。我们唯一能够感受到的是，古龙传奇的一生是由此开始的，开始于这云山雾罩、扑朔迷离的"人之初"。在以后的日子里，那神秘与未知的命运的牢笼便一直笼罩着古龙，让他身在其中，既感到困惑不解，又身不由己。

战火中的童年印象

古龙的童年处于战火纷飞中。这种生活所带来的不稳定与不安全感在幼小的古龙心中深深扎根，也成为古龙日后生活与文学创作中独一无二、不可替代的灵感源泉。

著名的文艺理论家童庆炳在《现代心理美学》一书中提道："童年作为生命的起点和人性的最初展开，尽管这一过程相当短暂，却总是给人留下终生不渝的印象。一般而言，童年经验指一个人在童年时期（包括从幼年到少年）的生活经历中所获得的心理体验的总和，包括童年时期的各种带有情绪色彩的感受、印象、记忆、知识、意志等多种因素。"可见，童年是一个人认识世界的开始，也是一个人心理发展的初始阶段，虽然短暂，但是其间的生活体验与心理情绪，却深深影响着人在未来的发展道路。

对于我们的主人公古龙来说，他的童年无疑是与颠沛流离相伴的。

20 世纪 30 年代末 40 年代初的中国，风云变幻，动荡不安。此时的中华大地，正在遭受日本侵略者的疯狂攻伐与践踏，到处都充斥着硝烟与战火，到处都是孤独无助、流离失所、有家归不得的受难百姓。不仅是内地，彼时的香港情况也不容乐观。我们可以一观张爱玲在小说《倾城之恋》中所作的描绘：

那天是十二月七日，一九四一年，十二月八日，炮声响了。一炮一炮之间，冬晨的银雾渐渐散开，山巅、山洼子里，全岛上的居民都向海面上望去，说"开仗了，开仗了"。谁都不能够相信，然而毕竟是开仗了。流苏孤身留在巴丙顿道，哪里知道什么。等到阿栗从左邻右舍探到了消息，仓皇唤醒了她，外面已经进入酣战阶段。巴丙顿道的附近有一座科学试验馆，屋顶上架着高射炮，流弹不停地飞过来，尖溜溜一声长叫："吱呦呃呃呃呃……"然后"砰"，落下地去。那一声声的"吱呦呃呃呃呃……"撕裂了空气，撕毁了神经。淡蓝的天幕被扯成一条一条，在寒风中簌簌飘动。风里同时飘着无数剪断了的神经尖端。

那时，人人都生活在战争的恐慌中。时局殊堪嗟叹。

熊耀华一家也无法幸免于难。关于他们的逃亡路线，目前已无确切资料可查证。比较确切的说法是，熊耀华六七岁时曾与父母前往汉口居住过一段日子。对于作为普通民众的熊耀华一家来说，这是一场无可置疑的灾难。可以想见的是，年幼的耀华蜷缩在父母的怀抱中，被此起彼伏、震耳欲聋的轰炸声与燃烧着的熊熊烈火笼罩，与人们一起四处奔散逃难。活下去，是人们心中唯一的念头。这种满目疮痍、哀鸿遍野的场景，在熊耀华的心中留下了不可磨灭的印象。

童年对于一个作家的意义十分重大。正如托尔斯泰所说的："所谓的一个作家写来写去，最终都要回到童年。"童年时的生活经验往往影响一个作家的创作题材、创作思维、创作风格与价值取向，这些都会投射在其文学创作的实践当中，成为作品隐含的潜在因素。

这一点对于古龙来说同样如此。不同于此时已是成年人的金庸、梁羽生，年纪尚小的他，还不懂得什么是国仇家恨，还不懂得什么是为国为民。属于他的战争记忆是四处漂泊的寝食难安，是父母搂紧自己躲避炮火的惊慌失措，是难民们哭天抢地的呐喊，是亲人随时可能离他而去的无助。

孩提时代的古龙，思想大概还尚未达到以天下为己任的高度。可是，战争带来的血腥与暴力依然让他反感，人们在战乱中的苦难也没有让他无动于衷，而对于和平、快乐、爱与美好的向往也始终在他心底深深埋藏。

多年以后，已经成为著名作家的古龙曾这样写道："我看电影，总喜欢有快乐的结局；我看小说，总喜欢有快乐的结束。""我总觉得，人生中不如意、不快乐的事已够多，已不需要我们再去增加。喜剧所表达的，也许永远不如悲剧那么深刻；快乐的意境，也许永远没有悲伤那么高远。可是我宁愿让别人觉得我俗一点，我也宁可去歌颂快乐，不愿去描述悲伤。不管怎么样，阳光普照的大地，总比'灯火阑珊处'好。"所以，我们看到古龙的小说总是会给主人公安排一个美好的结局，让他们能够获得作为人的尊严。而书中的大侠们总是在试图化干戈为玉帛，用自己的智慧来化解危机；总是在试图舍己为人，将心中的阳光播撒给人们，以自己的力量来改变世界。"想必，这是古龙对于现实苦难的一种反抗，也是他对于人类的爱与信心。

有人说，童年生活在战争中的古龙，拥有一颗如琉璃一般七彩透明的心。

诚哉斯言。

后来，侵略者们被赶走了，可紧接着便是解放战争的爆发，人们还是没有等到真正的和平到来。也许是厌倦了战争带来的纷扰，熊耀华一家选择在那之后移居至香港。此时的香港，虽然摆脱了日本侵略者的欺压，但又面临着昔日殖民者英国的卷土重来。1945年8月20日，英国海军在少将夏壳率领下，赶在国民党军到达之前大摇大摆地登陆香港，实现这一预谋已久的计划。重新被殖民者霸占的香港，成了许多人暂避风头的港湾。香港的浅水湾豪宅区，是越南末代皇帝阮福映、民革创始人李济深、民盟元老沈钧儒、国民党将军蔡廷锴、上海滩青帮大佬杜月笙等这些人们的避难之所。大批内地普通民众，也如熊耀华一家，选择涌入香港。这是一个繁华的国际都市，但并非是一块属于所有人的乐土。与古龙年岁相仿，几乎是同一时期来到香港，后来也去到台湾的著名比较文学学者叶维廉曾这样描述：

对于香港，我没有什么好说的。中国人奴役中国人。中国人欺骗中国人。接触的目光……要投给他们燃烧的汗，中风似的惊呆；不安穿透他们的器官、血脉、毛管和趾尖……我们贫乏的力量再不敢在事务间作太热切的旅行……不敢认知我们尚未认知的城市，不敢计算我们将要来到那一个分站，或分清我们坐卧的地方，我们什么也不知道，我们只期待月落的时分。

就在这样的环境里，熊耀华继续着自己的童年，并且开始就读于德声教会小学。此时，虽然周围已经没有了连天炮火，对于熊耀华一家来说，由于父亲在当时担任大光明戏院的经理，日子比起那些来逃难的难民家庭也要好过一些，但是未来尚不可知，气氛依然让人感到不安与压抑。香港，并不是他们的久居之地。他们在等待一个尘埃落定的结局。

这一天，终归是要到来的。1949年，中华人民共和国成立。1950年，熊耀华一家选择漂洋过海，来到台湾。已是少年的熊耀华，终于可以不再漂泊了。新的人生，就此开始。

定居台湾后的家庭动荡

战争的磨难，终于结束了。

人生的风雨飘摇，还远未结束。

古龙等来了期盼已久的和平，也等来了不曾想到的天伦梦碎。

1949年1月27日，农历腊月二十九。国民党战败并准备退居台湾已成定局。对于准备从大陆前往台湾的人来说，这天从上海开往基隆的"太平轮"是农历戊子年的最后一班船。原本只卖出了508张船票的太平轮，实际的承载人数超过了1000人。船上名人众多，有国民党山西省主席邱仰浚一家，国民党辽宁省主席徐箴一家，蒋经国好友俞季虞，袁世凯之孙袁家艺，《时与潮》总编辑邓莲溪，神探李昌钰之父，龚如心之父，南京国立音乐学院院长吴伯超等。同时，船上载满货物，除普通杂物外，还有"各地政府机关文件，钢材600吨，中央银行卷宗18箱，《东南日报》整套印刷器材和白报纸、参考资料、国民党党史资料，甚至还有两地商家的账本"。无论如何，总算是登上了轮船，且终究是年关已至，船上的人们难免沉浸在喜悦中。殊不知，灾难正在向他们悄悄接近。

午夜，临近除夕，海面一片宁静。谁也没有想到，一艘装满木材和煤炭的轮船会向"太平轮"迎面袭来。起初，被撞后的"太平轮"并无太大问题，还救起了对面建元轮上的多名船员。但是，没过多久，"太平轮"的船体便开始进水，在向附近岛屿靠拢的过程中逐渐沉没。

这就是吴宇森导演后来为我们带来的电影《太平轮》——也被称为"东方泰坦尼克号"——的故事原型。这艘太平轮所属的公司主人姓蔡，后来也举家去了台湾，他的一位公子就是现在台湾著名的节目主持人蔡康永。对于这场悲剧，蔡康永曾这样描述："爸爸在上海开的一家轮船公司所拥有的船。这家公司的所有轮船当中，最有名的一艘，叫作'太平轮'。'太平轮'，中国的'铁达尼号'。……在战乱的年代里，命运之神似乎背负着自己也无法控制的戾气。太平轮开到半路，出事沉没。全船只有36人获救生还。船上漂流散落的珠宝首饰、佛像牌位，让许多附近的渔民大吃一惊，悲喜交加。"

今日看来，"太平轮"的沉没是一场惨痛的悲剧，但在1949年大陆民众移居台湾的过程中，这不过是冰山一角。在"太平轮"出事前，1948年12月3日下午，一艘从上海开往宁波的轮船在吴淞口爆炸，遇难者数以千计。"太平轮"沉没后5天，"祥兴轮"与一艘葡萄牙货船相撞，葡萄牙船沉没，只有23人幸存。

实际上，那时候真正能够从大陆前往台湾的，除军队外，多为政府机构工作人员及其家属，普通人早早地就被严格限制入台。即便是在这样的情况下，据不完全统计，赴台人数亦在百万以上，未成功或途中出事者更是不可计数。

身处乱世，相较于从大陆前往台湾的民众，熊耀华一家十分幸运。他们是从香港出发的，也没有赶上1949年的赴台浪潮，一路上的风险要小得多。来到台湾后，历经生死磨难，躲过无妄之灾，并最终坚持到此的一家人，终于可以安定下来了。让人欣喜的是，家中更添一员新丁，熊耀华的大妹熊小云也出生了。而从出生到现在，一直都在路上漂泊流浪，从未真正停下脚步来歇息的熊耀华，恍然间已是少年。这一家人的日子，看起来正在朝着积极的方向发展。谁也没有想到的是，外界的危险解除了，家庭的动荡却开始了。

动荡的源头便是熊耀华的父亲熊鹏声，又名熊飞。

据闻，熊鹏声毕业于北平中国大学土木系。中国大学，初名国民大学，创办于1913年，1949年停办，现在的中华人民共和国教育部的办公场所就是当初的中国大学旧址。中国大学是由孙中山等人为培养民主革命人才所创办的学校，孙中山任校董，宋教仁、黄兴先后出任第一、第二任校长，李大钊、李达等先后在此任教，培养出了东北抗联创始人之一的李兆麟、八路军冀东抗日联军司令员董毓华、原铁道部部长段君毅等诸多革命人士。因此，该校在中国现代史上有着重要意义。按照今天的话来说，毕业于此校的熊鹏声，显然是一位受到良好教育的高材生，其在当时社会的事业发展应该不会太差。事实上，根据熊鹏声后来举家远走台湾以及在台湾的经历来推断,他作为国民政府机构工作人员的可能性较大。我们也在台湾《中央日报》的报道中,看到熊鹏声时任台湾交通机构特派员办事厅采购组组长,因涉嫌贪污勒索而被法办的明证。

另有一说是熊鹏声曾以笔名"东方客"创作武侠小说。关于这一点,本书作者曾通过多方查询,均未发现有以"东方客"一名为作者的武侠小说,并曾就此请教过林保淳先生,得到的回复是林先生在查阅现存所有可知的书目后,并未发现作者中有"东方客"一人。而这一说法的出处,我们同样不得而知。总之,熊鹏声是武侠小说作家"东方客"一说,目前来看,即便不是无稽之谈,至少也未得到证实,理应存疑。不过,他的文笔、才情、能力都应是相当不错的,不然也不会有他后来成为台北市市长高玉树的重要助选员和机要秘书,并曾任台北煤气公司常务董事,晚年又从东吴大学退休的人生经历。

可惜的是,这位在事业上大有成就的熊鹏声先生,在家庭方面还算不上是一位成功的丈夫与父亲。那些早期发生在战争年代的事情,我们无从知晓,但来到台湾后抛弃家庭的行为是众所周知的。作为局外人,我们不便指责,只是这样的事情,谈论起来也很难称得上光彩。

带着一家人来到台湾并在此定居的熊鹏声,开始从商,经营大勤棉纺厂。可是,不知道是不是因为生意上的缘故,他每天回到家的时候满面阴沉,不发一言,只是看着手里燃烧着的烟卷,偶尔的开口则是怒气冲冲地发泄对妻子的不满。面对儿子熊耀华与三个女儿,他也很难表现出身为父亲的喜悦与情感。平凡而软弱的妻子,对此无力反抗,往往在搪塞完孩子对于父亲的疑问以后,选择独自一人,以泪洗面,沉默不语。

此时,已稍通世事且内心颇为敏感丰富的熊耀华,察觉到了家庭气氛中不同寻常的变化,这样的生活环境让他觉得压抑与痛苦。

有了裂痕的镜子,在得不到小心保护和及时修复的情况下,裂痕会不断扩大,并最终走向破碎。家庭,特别是夫妻感情,也是如此。熊鹏声与妻子的矛盾日益加剧。丈夫开始不愿回家,见不到丈夫的妻子,对于家中事务也往往选择草草应付,随意了事。接着,便是双方开始无休止的争吵,乃至大打出手,整日上演全武行,消磨夫妻间那仅存的感情,直到最后离婚。从此,大家一拍两散,从同床共枕的亲人变成老死不相往来的仇人。这样的流程，往往适用于大多破碎的家庭，其中最大的问题所在是夫妻双方缺乏必要的理解与沟通。不同于一般情况的是，熊鹏声还有了外遇，离开家庭后，与一据说名为张秀碧的女子同居。据张秀碧后来的说法："二十多年前，刚认识他的时候，正好他做生意失败，那时，他很沮丧、潦倒，又碰到家庭发生不愉快，所以很快地就在一起，到现在没有夫妻名分。"这一走就是四十年，这一走就是夫妻双方往后余生的再难相见。而熊耀华的母亲，这位普通到甚至连名字都不曾留下的女子，含辛茹苦地领着子女们生活，后来早早地便郁郁而终。夫妻之间的事情，本无对错，也无从追究对错。只是，人生，往往是共患难易，共富贵难。

父母的生生离异，尤其是父亲抛弃家庭的行为，成为古龙心中一道永远无法抹去的伤痕。他十分仇恨父亲，认为家庭破裂的罪魁祸首就是父亲，上门与父亲大吵一场后，断绝了父子关系："从此以后，我没有你这个父亲！"离开家后，熊耀华对外不再承认熊鹏声是自己的父亲，一度宣称自己是国民党上将熊式辉之子。很长一段时间内，古龙还宣称自己是民国国务总理熊希龄的遗腹子。他甚至曾对倪匡说，自己想要回到熊希龄的老家湖南凤凰"认祖归宗"。这样的说法，有借机吹嘘为自己造势之嫌，自然也经不起推敲，但更多的恐怕还是古龙心中那复杂矛盾的父亲情结。

汪曾祺先生写过一篇散文，叫作《多年父子成兄弟》，文笔极佳，读来让人印象深刻。但若是古龙，光看到这个题目，恐怕就会嗤之以鼻。在他的世界里，父子莫说成兄弟，连普普通通地见上一面，心平气和地说上几句话，都是一件难度极大的事情。多年后，古龙父亲已步入晚年，并且有些老年痴呆，很想趁着意识尚且清醒的时候与儿子见上一面。当时很多人都在其中斡旋，希望促成此事。好友倪匡也出面给古龙打电话："我有一件事，想要亲自来台湾拜托你。"古龙的回答是，你拜托古龙什么事都可以，但千万不要拜托熊耀华事。这件事经过两年的周折，直到父亲快要失忆的时候，古龙才赶到医院与他相见，并且付清药费。

家既已破裂，不再是自己温馨的港湾，便再没有待下去的必要。正值青春年少，叛逆气息十足的熊耀华，紧跟父亲的步伐，离开家庭，离开学校，出门闯荡。人生掀开了新的篇章，而真正属于自己的人生传奇，也将从此开始。

第二章
落拓江湖载酒行

四海帮风云

离家后的古龙，开始在台北街头游荡。后来，他加入四海帮，度过了一段年少轻狂的江湖岁月。

这段砍砍杀杀的日子，仿佛是他此生作为江湖人的注脚。

古龙一生风流潇洒，身边美女如云，但他长相并不英俊，好友倪匡称他貌若屠夫。在中学读书时，矮小的身高，如斗的大头，加上一双小脚，共同组建了他并不和谐的相貌，酷似无锡泥娃娃大阿福。他也因此得名"熊大头"，是同学们平日里闲来无事时所嘲弄的对象。

然而，这些同学也许没有想到，这个被自己取笑与欺辱，并且不曾反抗的"熊大头"，会有成为黑道人物的勇气，加入四海帮。

四海帮，成立于20世纪50年代初，取《论语》"四海之内，皆兄弟也"之义，打着"有难同当，有福同享，打平台北市"的口号，号召帮众"一条心，二不白（不白吃、不白嫖），三结义，四海一家"，在台湾与竹联帮、天道盟并列为三大帮派。四海帮最初是由创始人冯祖语与44位青年学生在台湾大学校园里成立的，而这些学生大都是父母亲为国民党军政官员的"外省人"。

"外省人"是台湾原住民对于1949年后跟随国民党迁居台湾的大陆人的称呼，带有地域歧视的意味。彼时，诸多国民党军人及其家属，在历经千辛万苦到达台湾后，发现日子并不好过。他们没有稳定的住所，最初只能暂住在学校、寺庙、电影院这些地方，后来大多居住于台湾政府为安排军人及其家属所兴建的房舍中。在这里，背井离乡的人们用茅草、竹子等作材料，与砖块、水泥混合，搭建起自己的房屋，名为"竹篱笆"。这就是后来在白先勇笔下经常出现的眷村，一段历史变迁中的特殊记忆。

实际上，在国民党政府所鼓吹的反攻大陆背景下，很多外省人原本也并无在台湾长期居住的打算。在侯孝贤导演的电影《童年往事》中，主人公阿孝一家为了回大陆时能够轻便一些，家中购买的都是一些扔掉也不心疼的藤制家具。阿孝的奶奶，这位操着客家口音的老人始终认为，只要她顺着路走，过了桥，便能回到梅州老家。然而，故乡，还是成了他们回不去的地方。直到1987年，在祖国大陆的努力推动和台湾民众的强烈要求下，台湾当局才通过了台湾居民赴大陆探亲的法案。而此时，"外省人"中的相当一部分，已经带着对大陆故土的眷恋，遗憾地离开了人世。中国人自古讲求落叶归根，但在时代洪流的冲刷下，个体的希求显得那样渺小无力，魂归故土是多少大陆移民无法企及的奢望。

既然无法归去，这些大陆居民的子女，只好作为第二代"外省人"在此成长。从这里走出来的名人，有后来的前台湾地区领导人、原国民党主席马英九，亲民党主席宋楚瑜，国民党元老郝伯村之子、前台北市市长郝龙斌，台湾首富郭台铭，著名导演李安、侯孝贤、杨德昌，明星邓丽君、林青霞、王祖贤、费玉清等。这些孩子中，有一些稍微年长的在移居台湾时已是知晓世事的少年。由于父母亲工作繁忙，无暇管束，为避免被原住民欺负，正值血气方刚的眷村子弟们大讲兄弟义气，互相团结，结伴抱团，一呼百应，在台湾社会形成了一股外省人的势力。这便是四海帮与竹联帮两大外省挂帮派的雏形。

在四海帮成立后不久的1955年，古龙因生活所迫，加入其中，用邹郎在《来似清风去似烟》中的话来说，就是成为"老'四海'小兄弟"。

那是古龙一生最为穷困潦倒的日子。此时的他，刚刚离开家门，来到台北近郊的芳瑞镇，在孤独寂寞的同时，还要面对如何谋生的问题。因为年纪小，身材又矮小单薄，他很难找到正式的工作，因此只能四处游荡，做一些零零散散的杂活来赚取生活费用，养活自己。难得的是，在如此艰苦的环境下，他始终没有放弃希望，这是他对于美好生活的向往，是支撑他从黑暗走向黎明的力量。多年以后，他在《名剑风流》中写道："人生的痛苦，我却已尝得太多了。但无论如何，我还活着，我还年轻，世界这么大，到处都是我可以去的地方。"恐怕，这正是他想起过往那段辛酸经历时的内心倾诉。

古龙一生极重义气，与朋友肝胆相照，也多得朋友帮助。他曾说："一个孤独的人，一个没有根的浪子，身世飘零，无亲无故，他能有什么？朋友。"让他产生如此感悟的第一件事，应该就是在街头流浪时幸得友人相助，于浦城街寻得一处落脚之地，可以遮风避雨。暂时安定下来后，为了不再势单力薄，被人欺负，他生出了加入帮派以自保的念头。在这种情况下,因为是来自大陆的"外省人",父亲又是国民党官员,与四海帮的这些同龄人既有同乡之宜,也同出一脉,古龙便选择了投身四海帮。

既然决心混社会,自然难免要打打杀杀。50年代的台北,除四海帮以外,还有竹联帮的前身中和帮等,几大帮派都尚处于初创阶段,为了争夺地盘,相互间发生械斗犹如家常便饭。其中,四海帮因成员多为官宦子弟,性格叛逆顽劣,不怕事情,在参与街头拼杀时显得尤为活跃,组织规模也得以迅速扩大,渐渐地在各大帮派中崭露头角。因而,这段在四海帮"落拓江湖载酒行"的轻狂岁月,对古龙而言,虽然可以混迹于西门町的各类场所,结识了不少日后对他有所帮助的朋友,丰富了人生经历,也增长了见识,但无疑是在刀尖上舔血,回忆起来并非都是美好。

成名后的古龙,一日在与台湾著名散文家林清玄拼完酒,相约去泡澡时,露出了满身刀疤,看得林清玄胆战心惊。"他(古龙)全身脱光,吓了我一大跳,"林清玄回忆说,"他满身刀疤,伤痕累累,我就问是怎么回事,他淡淡地说,年轻时喜欢打架,时常和人家砍砍杀杀的,就留下这些纪念。"这一身伤疤和古龙淡然的口气,都让林清玄新生敬畏,心中顿觉古龙的形象变得高大起来,甚至连他的武侠世界也借此平添了几分真实。

年轻时候的经历使得古龙江湖气息十足。王家卫就曾说过,古龙是一个流氓,一个有才气的流氓。然而,流氓,特别是身体单薄而又色厉内荏的流氓,终究做不了黑道大哥,即便有才气也不行。

古龙就是这样一个做不了大哥的流氓,他天生不是混黑道的材料。多年以后,还有黑道大哥对人谈及古龙,说古龙这个人在黑社会这一行混不出名堂。

硬性配置的不足,让他在加入四海帮后,只能当一位不起眼的小弟。他的经济条件没有发生太大的改善,而且时常要在帮派战斗中冲锋在前,面临生命危险。这种整日刀光剑影,腥风血雨,看不到前途的日子让古龙心生疲惫,他觉得如此下去不是长久之计,想要另谋营生。

《圣经》有言:"当上帝关了这扇门,一定会为你打开另一扇门。"古龙没能成为雄霸一方的黑道大哥,但正因为如此,他才能发现并专注于自己真正的才华,走上文学道路。也应该庆幸的是,古龙没有继续混迹于黑帮,否则等待他的可能是完全不同的命运：作为黑帮小弟，或在愈演愈烈的江湖厮杀中伤亡，或在政府的扫荡行动中面临牢狱之灾。那么，文坛将少一员大将，武林将缺一位盟主。

初踏文坛试锋芒

以文谋生，是古龙最初的写作动机。

《从北国到南国》，是他正式进入文坛的投名状。

这篇初试锋芒的小说，已经显露出古龙在文学创作上的才华。

1955年11月1日《晨光》杂志第三卷第九期刊载了小说《从北国到南国》，作者署名古龙。

古龙，就是那位长相怪异的"熊大头"——熊耀华。此时，他就读于台北成功中学高中部二年级，已离家出走，加入了四海帮，开始通过发表文学作品，以赚取稿酬谋生。《从北国到南国》，正是他以古龙为笔名原创的第一篇小说。之所以这么说，是因为早在1954年，他便已经以"古龙"为笔名翻译了刊登于《柯里尔周刊》的小说《神秘的贷款》，发表在《自由青年》第十一卷第三期上。

有意思的是，古龙这一笔名还有一段来历，据说与他中学同学中一位名叫古凤的姑娘有关。古凤也爱好文学，时常写诗作文。龙配凤，龙凤呈祥，本是好意，可惜的是，我本将心向明月，奈何明月照沟渠。才情也无法掩盖古龙相貌上的缺陷，相比于文采，少年男女们更加倾心的还是外表和气度，连花间词祖温庭筠都曾遇到见面不如闻名的尴尬，遑论抽烟喝酒混社会的不良少年古龙。古龙对古凤的爱慕之心，自然没有得到对方认可。这件事情始终让古龙耿耿于怀。如果说《大人物》中那位貌不惊人，被田思思田大小姐称为"死胖子、酒鬼、猪八戒"的杨凡，最终以所谓的人格魅力赢得美人芳心，是古龙以自己少年时的感情经历为原型，进行艺术加工创作出来的，恐怕也不为过。后来，不知为何，古凤不再从事文学创作，但古龙的笔名却一直保留了下来。

这个说法倒是有迹可循。尽管古龙本人一直羞于提及，但古龙少年时的朋友还有人记得此事。林清玄不知从何处打听到了这一说法,在去看望卧病在床的古龙时向他求证,这一次,古龙虽然没有承认,但也没有否认,只是笑着说道:"谁这么多嘴?居然把这些话告诉你。"

言归正传。实际上,在著作等身、杰作颇多的古龙文集中,《从北国到南国》算不上是惹眼的一部。它篇幅不长,寥寥数千字,题材也并非武侠,若不是精研古龙小说的读者,甚至并不知晓。但是,这却是古龙公开承认的第一篇原创小说:"我第一次'正式'拿稿费的小说是一篇'文艺中篇',名字叫作《从北国到南国》,是在吴恺玄先生主编的《晨光》上分两期刊载的,那时候大概是一九五六年,那时候吴先生两鬓犹未白,我还未及弱冠。"这足见其意义之重大,至少在古龙心中,这是一部里程碑式的作品。

当我们重新以细读的方式来审视《从北国到南国》时,可以发现,这个小短篇在古龙的创作生涯中,不仅是初期的练笔之作,它的内里还蕴含着若干属于古龙早年经历的"密码"。在欣赏古龙那些赖以成名的武侠小说之前,我们也不妨一起来认真阅读一下这篇尚未引起读者朋友们重视的作品。

小说的情节很简单,以"我"为叙述者,采取倒叙的手法,讲述了少年铿与大姐之间的爱情故事。铿是"我们"一家在北平居住时的邻居,失去父母后辍学在家,与爷爷共同生活。因为家庭的关系,铿的内心有着异于常人的孤独和不甘,他曾经向爷爷哭诉:

"爷爷,告诉我,告诉我呀,到哪里才能找到我的父母,难道我是个无父无母的孩子吗?!""为什么人家所有的,所能享受的我都不能得到,上天生下了我为什么又要把我遗弃呢,我也是有求知,求学的欲望的呀?"

好在铿聪明好学,每每深夜苦读,因此通过自学考上了北平最难考的师大。此时,美好的爱情也在悄悄向他走来。他与大姐的两颗年轻的心逐渐碰撞出了火花。后来因时局所迫,"我们"一家从北平移居到汉口,铿为了陪伴爷爷留了下来。爷爷去世后,铿也来到汉口与"我们"汇合。战争进行时,"我们"一家与铿不断奔走逃难,在路途中染病,大姐更是不幸身亡。再后来,铿随"我们"来到台湾。一天晚上,铿向"我"倾诉了他对大姐的感情，告诉"我"是大姐改变了他对人生的看法，让他能够抛开烦恼，享受快乐。大姐的离世对他打击很大，他选择出门远行来消磨内心的哀痛。最后，小说以"我"发出"人生恨比爱多"的感叹作为结束。

严格意义上，这是一篇短篇文艺小说，与后来的武侠小说大相径庭。作为小说处女作，该文在某些内容的处理上略显稚嫩。比如在谈到铿与大姐的感情时，小说几乎没有做任何细节上的描述，既没有铺垫，也没有过渡，直接便写道：

> 在铿收获到他自己奋斗的果实之后，他埋藏着另一颗种子也萌芽了，这奇迹使得大姐和他消除了内心的隔阂，他俩的感情在平静而自然中发展着。

实际上，在这之前，铿与大姐作为邻居的交集，仅仅是大姐对于铿知识超过自己的嗔怒以及偷听到铿与爷爷的对话。此外，我们并未阅读到关于铿与大姐互相爱慕的文字。这里的情节安排有些生硬，缺少衔接。即便是小说创作，也总不能强做月老，仅因为他们是年龄相仿的男女邻居，便安排双方在毫无征兆的情况下就情投意合地走到一起。

关于两人在一起之后的交往，小说同样语焉不详：

> 日子在幸福中暗暗溜走了，浸在爱情里的铿和大姐更几乎不知道日子是怎么过去的，人世间的空间与时间都仿佛已远离了他们的生活，生命在他们，是奇妙而绿色的。

想必古龙自己也注意到了这一点，让作为叙述者的"我"代言道："我不知有何种文字允许我描述这一段'恋'的故事，但我确知，这几乎是无法描述的。"这种说法，自是很难让人信服。因为情窦初开的少年男女，内心世界往往极为细腻丰富，这种爱慕的情愫单纯，但并不粗糙。对于铿这样一个沉默而不孤傲，孤独而渴求关心的少年来说更是如此。这种感情，怎能以"无法描述"来一笔带过？

在描写铿与大姐在汉口的生活时，本应是两人感情发展的着力点，但小说对此仅一两句话便匆忙结束，略显词穷与仓促：

> 我们继续在汉口念着书，一幅美丽的远景展开在我们面前，渐渐铿也不复再忧郁，黄鹤楼，鹦鹉洲，龟山，蛇山成了他和大姐经常游栖的场所。经过这一次波折，他俩的爱情有了更深一步的进展，没有恨，没有怨，有的只是浓浓的甜意……

既然大姐的出现让铿改变了对于人生的孤僻态度，那么两人之间的交往必然丰富多彩，有着许多让人印象深刻的回忆，怎能以"浓浓的甜意"几字与罗列几处地点便加以概括？这就导致后文铿向"我"倾诉大姐对他的意义时，读者看到的完全是感悟式的心声，需要靠想象来弥补其中缺少的情节。

当然，我们也不能对这位初入文坛的新人过于苛刻。这篇小说仍有不少可取之处。

首先是在文体风格上，小说的文采十分出色，笔调清新流畅，散文色彩浓厚，情绪渲染到位。实际上，古龙很早就表现出了过人的文学才华，邹郎在《来似清风去似烟》中便提到："一九五二年，我看到他在《联合报》副刊发表一首十四行新诗，就觉得此人有敏锐的文字细胞。"在成功中学读书时，他常年于《蓝星诗刊》《中学生文艺》《青年杂志》《成功青年》等文学刊物上发表诗歌、散文，而且据龚鹏程在《人在江湖》中的介绍，《中学生文艺》《青年杂志》《成功青年》这几本还是古龙自己在学校创办的刊物。如此丰富的创作经历，加之与生俱来的文学天赋，让古龙第一次创作小说便出手不凡，大显文字功底。

同时，小说在叙事上与日本私小说十分相近，带有浓厚的忧郁情绪与自传色彩，让读者可以从中读出作者的影子。小说中的北平、汉口、香港等地，是古龙父亲或其本人曾经居住过的地方。故事的主人公铿，与古龙在命运上有着许多相似性。他是一个没有父母的孩子，性格孤僻，只知道读书求知，与周围环境格格不入。面对命运的不公，他曾大声哭喊，但却不曾放弃，最终通过自己的努力实现了求学的目标。古龙亦是如此。此时的他，在台北街头自生自灭，父母成了可望不可即的存在，不是孤儿，形同孤儿。没有家庭的经济支持，他再也不能享受与同龄人一样的生活，生计对他来说都是问题，上学读书当然也面临危机。在某种程度上，铿的努力好学，坚持读书即是古龙对自己的勉励。小说结尾，大姐的离世让铿重新陷入孤独的生活，这不禁让人联想到，感情上的失败同样加深了古龙的孤独。

另外，我们还能通过这篇小说来初窥少年古龙的文学积淀。

小说以唐代冯延巳《归国谣》中的诗句开头，为"我"与铿的离别渲染了悲凉的气氛：江水碧，江上何人吹玉笛，扁舟远送潇湘客，芦花千里江月白，伤行色，来朝便是关山隔。接下来的这段描写，与川端康成《伊豆的舞女》中薰子送别"我"的场景有着异曲同工之妙：

> 昨天夜里，他告诉我要去一个遥远而未可知的地方。今天早上，我在岸边送他，是一个多雾的清晨，码头上笼罩着一片冷漠的白色，再衬上几对断肠的旅客，更是迷茫、凄清……我紧握着他的手，站在靠海边的栏杆旁，我们相傍而无言，那被雾色沉浸在灰蓝色天幕里幽淡而缥缈的远山，似乎已表达了我们离别的情绪，那么我们还有什么话好说呢，说得越多愁更多。
>
> 最后，汽笛长鸣，是旅客上船的时候了，我再也无法忍住那已存留在我眼眶中很久的泪水，为了不使他有更多的难受，我只得将头转了过去，低低地说："今天的风真大呀。"

同样是港口送别，在《伊豆的舞女》的结尾，薰子与"我"之间也是默默无语，惆怅无限：秋日冷冽的早晨，薰子起床守在海滨等候为"我"送行。她一直在发愣，沉默地垂着头，脸上神情严峻。当"我"找了很多话题同她攀谈时，"她却一味低头望着运河入海处，一声不响。只是我每句话还没有说完，她就连连用力点头"。船出发时，舞女一直紧闭双唇，静静地凝视着远方，直到船驶远以后，"舞女才开始挥动白色的东西"。上船后的"我"，头脑中一片空白，没有了时间的感觉，泪水也打湿了书包。

我们所能知道的是，古龙受日本文学影响极大。虽然没有资料表明古龙曾阅读过川端康成的小说，《从北国到南国》与《伊豆的舞女》在内容上也并不相同，但是单纯地从美学层面来看，这两篇小说具有共通性，它们都以淡淡的情绪表达了离别的哀伤与不舍，意境悠远绵长。

除此之外，小说还包含了不少其他的文学因素。诸如以铿之口，书写了希腊诗人亚嘉逊的诗句"爱要为所有存在的与有生命的歌唱，而抚慰所有人与神的烦忧"，借此表达爱的伟大及其对铿的意义；在结尾处选择李煜《乌夜啼》中的"胭脂泪，相留醉，几时重，自是人生长恨水长东"一句，感叹人生道路上有着无数的痛苦与遗憾，流露出对人生的无可奈何。足见，少年时的古龙，不仅文采飞扬，更是博览群书。

总之，这篇处女作虽有缺点，但瑕不掩瑜，作为初入文坛的投名状，《从北国到南国》是合格的。由此，古龙的文学才华初露峥嵘。

纯文学之梦的破碎

古龙从淡江英专肄业后，开始以文为生。但是，微薄的稿酬并不能长期支撑这样的日子。成为纯文学作家的梦想，在生存问题面前显得如此无力。

日子就这样磕磕绊绊过去了，1957年，古龙就读于私立高等教育院校——淡江英专，这是如今台湾最好的私立大学之一——淡江大学的前身。古龙就读的是夜校部英文科。对于既要求生存，又要求学业的古龙来说，能够做到这一点，是非常不容易的。可以想，其间所经历的磨难绝对超乎常人。

古龙十分珍惜能够继续读书的机会。在淡江英专求学的日子里，他经常泡在图书馆中，阅读各种文学作品。他尤其喜爱近代日本文学与欧美文学，阅读过的作家作品可以列出一个长长的名单。生命是孤独的，灵魂是寂寞的，而文学赋予他继续生活的动力。他曾为吉川英治笔下终身以剑磨炼灵魂，追寻"神剑一如"的传奇武者宫本武藏痴狂，也曾向往与大仲马书中的火枪手们并肩作战。不仅是这些具有传奇色彩的英雄人物，美丽而悲情的茶花女，社会底层中善良、纯朴的"斯坦贝克式英雄"，同样使他动容。面对生活的苦难与荒诞，海明威的小说，尼采与萨特的哲学都给予了他一丝光亮，让他学会不屈不挠与反抗绝望。这对他日后的武侠小说创作有着一定的影响与作用，让他无论是在知识的储备上，还是写作的技巧上，都受益匪浅。1976年，古龙在接受叶洪生先生采访时就曾谈道："早期的作品很幼稚，不值一提；但近十年的作品自己也还满意。这或许跟我喜欢读近代日本及西方小说，从中'偷招'有关吧。"

尽管热爱读书，但是古龙生命本质中的浪子特性，让他没有在淡江英专完成学业。肄业后，他不像身边的同学一样，投身教育界，而是在台北美军顾问团谋得一职。关于他在美军顾问团的职位，有两种说法，一种说法是翻译，另一种说法是图书管理员。这两种说法各有依据。古龙的英语水平很高，据目前已有资料显示，1954年至1955年期间，他在《自由青年》与《中央日报》等刊物发表译文数篇，如《神秘的贷款》《公鹅》《林肯的遗物》《世界珍闻》《除疤新药》《盘尼西林克星》《星有多重》等。但是，台北美军顾问团的工作涉及私密文件，具有特殊性，必然对学历以及个人经历有所要求，而古龙不仅大学没有毕业，连高中都可能未毕业，而且他还参加过四海帮，这使得他在顾问团中从事翻译的可能性不大。再看图书馆管理员，因为古龙爱好读书，因此这一职正合他的心意。

古龙在台北美军顾问团的就职时间并不长。之后，他继续开始写诗作文，卖文赚钱。可惜，作家也是人，也要穿衣吃饭，养家糊口。纯文学家们，特别是立志于纯文学的青年作家，往往都会面临"为稻粱谋"的问题。几年前，《华西都市报》记者独家采访了曹寇、春树、阿乙、七堇年等青年作家，大家不约而同地谈到了一个主题：养活自己。阿乙认为，"青年作家最重要的是先工作，有一笔养自己的钱，有医疗保险，要锻炼，注重健康。"同时，"以文学为业的总是那一批人，收入不多，多了也不善于理财，谈钱就忸怩，又清高。"这恰恰是一个矛盾的地方：作家有养活自己的需求，却又不愿意在金钱上下功夫。

对于当时的古龙而言，阿乙的这一说法恰如其分。虽然当时的台湾生活水准并不高，古龙的稿酬也可以应付日常生活，但是，古龙是一个花钱如流水的人，在没有其他收入的情况下，他的稿费便略显微薄。

支撑他继续走下去的力量，是成为文学家的梦想。他曾满怀理想进入文坛，诗歌、散文、文艺小说，是他早期创作的主体，但现实却给了他沉重的一击。他的才华，他的努力，都没有让他在纯文学的圈子获得一席之地。几年下来，他还是那个默默无闻、毫无声望的文学青年，他发表的作品篇数甚至愈来愈少，稿酬也愈来愈低。可想而知，这种残酷无情的现实打击，会对古龙内心造成怎样的巨大挫折。再加上捉襟见肘的穷困，古龙也不得不屈服于现实，另谋出路。

这种非己所愿的选择，让他内心十分痛苦。在《一个作家的成长与转变》一文中，他曾说道：

> 因为一个破口袋里通常是连一文钱都不会留下来的，为了要吃饭、喝酒、坐车、交女友、看电影、住房子，只要能写出一点东西来，就要马不停蹄的拿去换钱；要预支稿费，谈也不要谈。
>
> 这种写作态度当然是不值得夸耀也不值得提起的，但是我一定要提起，因为那是真的。
>
> 为了等钱吃饭而写稿，虽然不是作家们共有的悲哀，但却是我的悲哀。
>
> 我相信有这种悲哀的人大概还不止我一个。

是啊，这样的悲哀何止是古龙一个人的。卖文以求生计，这对于许多作家来说，本就是有损尊严的事。可是，在生存这个生活的第一要义面前，尊严也只好往后放一放了。毕竟，只有活下去，一切才有希望。

英国作家乔治·吉辛以卖文为生，不停地创作，但因为作品的销路不好，终其一生，都未能摆脱穷困潦倒的境遇。他在《越氏私记》的自序中，假托好友得到一笔遗产，解决了生存问题后，立意要任随自己的心意创作一部作品，不为迎合书店老板的眼光，也不为迎合读者的口味，而是完全为了自己的兴趣写作。

这恐怕是文人在市场面前看似简单却遥不可及的梦想，让人看后不禁掬了一把辛酸泪。

不过，古龙是幸运的，我们这些爱好武侠小说的读者更是幸运的。古龙没有称心如意地成为一位纯文学作家，却另辟蹊径，开创了武侠小说创作的新局面，为自己赢得生前身后的名与利，也为读者留下诸多脍炙人口的经典小说与让人神往的传奇人物。

时也，命也。

第三章

一入武林深似海

情缘武侠小说

古龙与武侠小说结缘，是从武侠迷开始的。在很小的时候，他就开始阅读武侠小说。从《七侠五义》《三侠剑》到平江不肖生，再到北派五大家，古龙无一不读。

古龙与武侠小说结缘，远在他写小说之前。他曾说："写武侠小说的人，通常本来都是武侠小说迷，我也正是如此。"而他成为武侠小说迷的历史，可以追溯到在汉口读"娃娃书"的日子。

那时，古龙阅读的主要是《彭公案》《施公案》《七侠五义》《小五义》和《三侠剑》等侠义公案小说。这些根据民间的"说书"而写成的作品，"已可算是我们这一代人所能接触到的最早的一批武侠小说"。

在这些书中，他后来特别提到的有《七侠五义》与《三侠剑》。

《七侠五义》原为《三侠五义》，是清代石玉昆所著，三侠即"南侠""御猫"展昭展熊飞、"北侠""紫髯伯"欧阳春、"双侠"丁兆兰、丁兆蕙。五义即"钻天鼠"卢方、"彻地鼠"韩彰、"穿山鼠"徐庆、"翻江鼠"蒋平、"锦毛鼠"白玉堂，本书讲述的是他们共同辅佐包拯惩奸除恶的故事。一代文学大师俞樾在原有基础上，增以"小侠"艾虎、"东方侠"黑妖狐智化、"小诸葛"沈仲元，共为七侠。这位俞樾、俞曲园先生，正是章太炎的老师，俞平伯的曾祖，文学造诣极高，还是晚清的治学名家。因为俞樾先生改变小说的贡献，古龙将他称为"我们这些'写武侠'小说的前辈"。

《三侠剑》是清末天津知名说书人张永鑫根据《彭公案》《施公案》改编的评书作品。康熙年间，"金镖"胜英因年轻时误杀同为"明清八义"的八弟秦天豹，与秦家结仇，后秦天豹之子秦尤为替父报仇，勾结"太仓三鼠"杀人越货，入皇宫盗走御宝，栽赃此时已是镖师的胜英，引动江湖绿林，与官府和胜英作对。由此发生了一系列引人入胜的故事。最后，胜英在病重之时被秦尤所杀，胜英弟子黄三太千里捉秦尤，将其在胜英灵位前开膛摘心。至此故事结束，江湖回归太平。

该书"书胆"胜英，以"迎门三不过""甩头一字"和"鱼鳞紫金刀"扬名天下。但古龙认为，胜英并不是一个让人热血沸腾的人物，不仅武功比不上同门师兄弟，连为人也不如山东窦尔敦那般豪爽。这让古龙一度难以理解，为什么这样的人物可以成为小说主人公。直到后来他才了解到，这是因为当时的社会环境鼓励人们做老成稳重的君子，而非豪气干云的英雄。古龙还指出，该书应听众与听场老板要求而不断延长的评书特性，导致它非但结构散漫，而且人物众多，故事情节的发展脱离主线很远。总的来说，这并不是一本成功的武侠小说。

可见，古龙对于武侠小说的好坏有着自己独到的见解。他曾说："我'迷'武侠小说从我七八岁时一直到现在。可是'迷'的武侠小说作家不过三五个人。"这少数几人当中便有平江不肖生与"北派五大家"，也就是"奇幻仙侠派"还珠楼主、"悲剧侠情派"王度庐、"帮会技击派"郑证因、"奇情推理派"朱贞木和"社会反讽派"白羽五人。他曾多次谈论到自己对他们的喜爱与推崇，并且就其武侠小说做出过精彩的评述。

平江不肖生（1889—1957），原名向恺然，湖南平江人，20世纪20年代武侠小说作家中的执牛耳者。他的代表作品《江湖奇侠传》，被认为是近代武侠小说的先驱。小说讲述的是湖南平江、浏阳两县县民为争夺赵家坪，分别力邀昆仑、崆峒两派弟子助拳，引发两大门派恩怨情仇的故事。主角"金罗汉"吕宣良的弟子柳迟，正是以三湘奇侠柳森严为原型创作的。古龙认为小说后半段的发展有脱离主线之嫌，但前半段写得异常精彩，百看不厌，"也可算是本不朽的名著"。

还珠楼主（1902—1961），原名李寿民，四川省长寿县（今重庆长寿区）人。出身官宦之家，自小随父亲宦游，四上青城，一生历经波澜，极富传奇色彩。他博览典籍，通晓武术，信奉吕祖的伍柳天仙法脉，思想、文笔俱佳，被誉为"现代武侠小说之王"。关于还珠楼主，古龙曾评价道："还珠楼主恐怕是最不写实的一位作家了。还珠的故事海阔天空，鱼龙漫衍，奇瑰壮丽，不可方物，其学思渊博，想象力之丰富，大概至今还未有任何一位作家能比得上。"

《蜀山剑侠传》是还珠楼主的崛起之作。故事有着两条主线：一条是正邪两派的第三次峨眉斗剑,讲述了峨眉弟子学艺和斩妖除魔的经历,尤以峨眉女弟子李英琼为主要人物;另一条主线是五百年前的神仙大劫,讲述峨眉派如何帮助那些非本派的正道散仙们渡劫。小说内容繁复,但趣味一致,将每一个人物的来历都讲述得十分清楚。其中的景物描写也是一绝,融合了景色、饮食、起居等多方面的内容。古龙认为,《蜀山剑侠传》的这种写法正好可以发挥出武侠小说包罗万象的特性。据此,古龙将还珠楼主称为"承先启后,开宗立派的一代大师"。

当然,还珠楼主的小说也不是毫无缺点,在古龙看来,无论是张永鑫、平江不肖生,还是还珠楼主,都有一个通病,就是小说的局面过于宏大,以致最后很难收拾残局,"往往就好似一匹脱了缰的野马,到了想收的时候,已经收不住了"。《蜀山剑侠传》写到五百余万字仍未完成,留下无数悬案,引人遐想,令人遗憾。

与他们不同的是王度庐。王度庐(1909—1977),原名王葆祥,北京满族人。他与还珠楼主是同时代作家,但未受到他的影响。古龙认为:"王度庐的作品,不但风格清新,自成一派,而且写情细腻,结构严密,每一部都非常完整。"

饶有趣味的是,古龙最初是不喜欢王度庐的。"我七八岁时就开始读武侠小说,那个时候,我最不欣赏的武侠小说作家就是王度庐。"这种不欣赏是有缘由的,王度庐是创作言情小说出身,擅长描写爱情与悲剧,文艺气息浓厚,年幼的古龙并不能够完全理解其中蕴含的人生哲理与悲剧意味。随着年龄的增长和人生阅历的增加,有一天,古龙突然意识到自己最喜爱的作家竟是王度庐。他发现,王度庐对于小说人物的塑造,完全超越了扁平化,赋予其独立而丰富的生命意识。在小说《卧虎藏龙》中,李慕白是一个活生生的、有思想的、有个性的、有血有肉的人物,他甚至脱离了作者王度庐的控制。同时,王度庐将玉娇龙的骄纵、泼辣,绝不给人留余地的性格与她的暗器融为一体,也是极为成功的描写。

但是,古龙并不喜欢王度庐将小说中的爱情故事处理为悲剧的做法。《卧虎藏龙》中的俞秀莲是一个豪爽、坦白、明朗的北方姑娘。她深爱着李慕白,但并不主动表露心迹、争取幸福,而是默默忍受委屈与痛苦。尽管,李慕白也深爱着俞秀莲，但他的心里总认为自己的好友、俞秀莲的未婚夫小孟是因为自己而死，自己若与俞秀莲结合，便是对不起好友，于是他最后只能挥剑斩情丝。古龙很不满意王度庐这样的写法，觉得李慕白拿不起，放不下，总是在逃避责任。

郑证因（1900—1960），原名郑汝霈，天津人，是第一个让古龙佩服的武侠小说作家。不同于一般只能"纸上谈武"的武侠小说家，郑证因自己便是一个武功高手。他早年在北平国术馆馆长许禹生门下习武，能使得一手漂亮的九环大刀，曾公开献艺。初期，他曾与白羽合作，一人作画，一人写文，两人分道扬镳后，郑证因便独立创作。江湖人更知江湖事，他谙熟江湖门道，了解帮会规矩，写起各派武功来更是如鱼得水，使读者大有身临其境之感。

郑证因的代表作是《鹰爪王》。小说以150余万字的宏大篇幅讲述了较为单一的主线故事：清朝同治年间，淮阳派弟子华云峰与西岳派慈云庵主门下杨凤梅被凤尾帮所劫，淮阳派在掌门人"鹰爪王"王道隆的率领下，与西岳派一同，大举复仇，远赴千里，直捣凤尾帮总坛，破入分水关，再入雁荡山十二连环坞。双方倾力出动，高手云集，广邀朋友助拳，在归云堡上演群英会。最后，群英会上，凤尾帮叛徒引来官军，凤尾帮土崩瓦解，帮主武维扬只身逃脱。

古龙对郑证因评价甚高。1981年，台湾万盛出版社曾将《鹰爪王》拆成《淮上英雄传》《十二连环坞》《雁荡侠隐记》三篇，古龙挂名主编。他在《淮上英雄传》上册中，曾专门撰文评论郑证因。他认为，郑证因的武侠小说简单、明快、不拖泥带水，难得的是，他能够在节奏明快、故事紧凑的小说人物中，创造出一些性格非常鲜明，甚至接近鲜艳的角色，比如"女屠户"陆七娘与金七老。陆七娘本是江湖上有名的"荡女""淫妇""屠户"，而金七老则是江湖上专门惩治恶徒的大侠，两人应是生死之敌。事实上也确是如此，金七老以制裁陆七娘为己任。但是，金七老却发现陆七娘内心的善良，转而收其与门下。这种打破常规的选择，严肃而庄重，无论是在当时还是现代，都是难以想象的。据此，古龙认为郑证因关注的是"人的尊严与价值"，是一位"有尊严有价值的作家"。

古龙受郑证因的影响很大。这样的影响不是简单地在小说中多次引入淮南王家鹰爪功、十二连环坞等素材，而是古龙从郑证因那里学会了如何成为一个作家，一个有尊严、有价值、讲人性的作家。

朱贞木（1895—1955），原名朱桢元，浙江绍兴人，被后人称为"新派武侠小说之祖"。他曾任职于天津电话局，他的同事当中有一人名叫李寿民，这人正是还珠楼主，此时因创作《蜀山剑侠传》而名声大噪。两人关系甚好，交往密切，据还珠楼主哲嗣李观鼎所述，两人经常在李家畅谈，到兴起处甚至手舞足蹈。朱贞木受到还珠楼主影响，开始创作武侠小说。朱贞木的小说介于还珠楼主的虚无缥缈与王度庐等人的写实之间，情节诡谲，想象丰富，但对于历史背景、风土人情以及武功的描写又切于现实。古龙曾说："他的小说往往会于很平凡的人物和情节中，呈现出非常惊人的局面，充满了神秘而丰富的想象力和幻想力。他的小说写得侬情艳密，昔年曾令我叹为观止；现在回想起来，还是觉得回味有甘。"

在朱贞木塑造的诸多小说人物中，年少时的古龙最喜欢《蛮窟风云》中的"瞽目阎罗"左鉴秋与《虎啸龙吟》中的"陆地神仙"游一瓢。但相比于神通广大、无所不能的游一瓢，他更青睐左鉴秋。左鉴秋本是盲人，是成都城内的名捕，在追捕犯人的过程中，与飞天狐结仇，为躲避仇家选择隐居。后来，机缘巧合下，左鉴秋救治了沐王府二公子沐天澜，并收其为徒，入沐王府门下做了教师。飞天狐与文狮王找上门来寻仇，左鉴秋为保护王府血战身亡。古龙说，左鉴秋是一个绝对性的悲剧人物，生命中充满了悲怆与不幸，其生命堪比莎士比亚笔下垂死的理查王。由此，也足见朱贞木笔力之深厚。

古龙最不喜欢的人物是罗刹夫人，因为朱贞木将罗刹夫人描写得过于强大，沐天澜在她面前如同婴儿，毫无还手之力。在古龙的观念里，男女有别，各有特点，武侠小说要以男人为中心，女人应该依靠智慧、体贴与温柔降服男人，而非刀剑。所以，我们后来看到，尽管石观音与"水母"阴姬武功远高于楚留香，但是她们仍会败给楚留香。

"北派五大家"中还有一位是白羽（1899—1966），原名宫竹心，山东东阿人。白羽本是纨绔子弟，后家道中落，生活贫困，尝尽人间百味，性格也变得嬉笑怒骂，愤世嫉俗。他的小说也多为描写社会现实，用社会人情的眼光来描写武侠小说，揭示人情冷暖，用笔入木三分。同其他几位作家相比，古龙对白羽的描述并不多，但对他的评价却不低。古龙将他与还珠楼主、王度庐、郑证因与朱贞木并列为武侠小说五大门派的掌门人。白羽所作的《十二金钱镖》《毒砂掌》

《狮林三鸟》等小说,深得古龙的喜爱。值得一提的是,白羽小说《雄娘子》,其实就是后来古龙"楚留香系列"《画眉鸟》中那位亦男亦女的采花贼雄娘子的原型。

这些武侠小说界的前辈,是古龙走向武侠世界的引路人。古龙对于他们的武侠小说有着深刻的理解,正因如此,他才能够在后来走上武侠小说创作之路,并拥有了求新变的想法与实践。

为他人做嫁衣

20世纪50年代的台湾文坛,武侠小说的出版堪称盛况。古龙在司马翎等人的影响下也开始写作武侠小说。

不过,最初是为他人代笔。

20世纪50年代的台湾社会,民生凋敝,百业待兴。与此同时,国民党政府还宣布实行"戒严",实施《动员戡乱时期临时条款》,对台湾全社会施行党禁、报禁、军事管制,限制人民的生活自由。娱乐项目匮乏,日常行为被限,人们内心苦闷,缺乏精神寄托。于是,大家开始寻找一些不被禁止的活动来消遣时光。

读书,不失为一个合适之举,既花不了多少钱,也能充实自己的生活。据叶洪生、林保淳两位先生在《台湾武侠小说发展史》中的交代,当时台湾各地租书店的租金非常便宜,包月费约新台币30元,且不限部数、集数,每集(36开)单租的价格是1角至3角。

但是,人们可阅读的书目种类并不多。国民党政府在戒严时期,对大量书刊实行查禁措施。禁书政策漫天撒网,一切以政治为纲,莫说与意识形态相关的书籍,连冯友兰的《中国哲学史》、顾颉刚的《古史辨》这些纯粹的学术专著,都跻身其中。

在这一片"文化沙漠"中，武侠小说却奇迹般地获得了一席之地。究其原因，主要还是武侠小说具有满足人们幻想的特性，兼具侠义精神，对社会民众可以起到寓教于乐的作用。另外，相比于纯文学，武侠小说的受众也非常广泛，不受年龄与性别的限制，对于文化水平的要求也不高。无论是谁，只要粗识文字，能够略通大意，便可从中获得阅读的快感。即便目不识丁，听人转述后也会心潮澎湃，逐渐入迷。

因此，在香港新派武侠风潮传到台湾后的很长一段时间内，武侠小说在台湾文坛都极受欢迎，大街小巷随处可见。生意，只要有市场便有人做，文学作为商品进入商业渠道后，也不例外。有人愿意看，便有人愿意卖，有人愿意卖就有人愿意出版，有人出版自然就需要有人创作。许多租书店开始专以出租武侠小说为主业，报刊、出版社也将武侠小说作为出版重点，一大批武侠小说作家们应运而生。一时间，人人摩拳擦掌，抢刀跃马，都想拥进武侠小说圈一试风流。

这一时期，台湾武侠小说作家人才辈出，从最初由郎红浣一人独撑局面，到伴霞楼主与卧龙生崭露头角，诸葛青云、司马翎随之逐鹿争鼎，再到后来柳残阳、东方玉、武陵樵子、南湘野叟等人相继涌现，可谓正值武侠盛世。其中，古龙之前最为耀眼的明星便是有着"三剑客"之称的卧龙生、诸葛青云与司马翎。

卧龙生（1930—1997），本名牛鹤亭，河南镇平人。自幼爱读侠义公案小说，尤重"北派五大家"。高中肄业后，自愿参军。1948年赴台湾，在军队任职，并开始翻译外国文学作品。1956年被迫退伍后，靠踩三轮车维持生计，穷困潦倒，开始尝试创作武侠小说。取"卧龙生"为笔名，于1957年在台南《成功晚报》副刊发表小说《风尘侠隐》。同年在《民声日报》连载《惊虹一剑震江湖》，据此成名。

诸葛青云（1929—1996），本名张建新，山西解县人。毕业于台北行政专科学校，曾任"总统府"职员。出身书香门第，自幼爱好文学，尤喜还珠楼主《蜀山剑侠传》。1958年，张氏看到武侠小说的出版正值盛况，不禁技痒，取"诸葛青云"为笔名，撰写小说《墨剑双英》。该书为致敬还珠楼主之作。其后，诸葛青云在《自立晚报》分别于1959年与1960年，连载姐妹作《紫电青霜》与《天心七剑》，由此声名鹊起。

司马翎（1933—1989），原名吴思明，广东汕头人。他的早期经历与古龙十分相似，1947年随家人去往香港，1957年自香港负笈来台求学，就读于台湾政治大学政治系。大二时，以"吴楼居士"为笔名，撰写处女作《关洛风云录》，由台湾真善美出版社出版。出版后，在台湾风靡一时，广受读者欢迎。吴氏遂休学，转以"司马翎"为笔名开始从事武侠小说创作，在香港《真报》连载《剑气千幻录》，名声大噪，被视为文坛新星，号称"最受大学生及留学生欢迎的作家"。

这一时期的古龙，正是司马翎的万千"迷弟"之一。"三剑客"中，在文学方面，他最欣赏的就是司马翎："台湾早期小说的武侠小说作家中，我唯一'迷'过的只有司马翎，他算得上是天才型作家。记得当年为了先睹为快，我几乎每天都待在真善美出版社门口，等着司马翎的新书。后来一集追一集地等烦了，一时技痒，才学着写武侠小说。"

本来，古龙作为一介穷苦书生，只是一个普通读者，最多算是带有玩闹性质的"武侠票友"，不能进入武侠小说作家的圈子，自然也没有机会认识红极一时的"三剑客"。然而，机缘总是巧合的。"三剑客"是当时台湾武侠小说界的扛鼎者，在台湾武侠小说市场呼风唤雨，指点江山。他们喜爱交朋结友，因此组织了一个武侠小说作家沙龙以作消遣。恰好古龙有一位友人也是武侠迷，曾经参加过"三剑客"组织的聚会，回来后，几杯酒下肚，免不了要胡吹乱侃，并且怂恿古龙也去参加，以古龙的文采和酒量，说不定还能与他们交个朋友。古龙这样一个喜欢饮酒、交友而又性格豪爽的人，自然抵不住诱惑，何况对方还是鼎鼎有名的"三剑客"。

事实上也确实如这位朋友所预料的，并非庸碌之辈的古龙，来到沙龙后如鱼得水。独特的浪子气质与惊人的酒量让他在酒桌上纵横披靡，在人群中光芒四射，这让"三剑客"对他另眼相看，将他接纳为沙龙的座上宾。毫无疑问，这是古龙展露文学才华，走向武侠小说之路的重要契机。

当时的"三剑客"享誉文坛，各大报刊稿约络绎不绝，最多的时候，他们一天要写六七篇连载小说，然而，在沙龙中饮酒作乐，高谈阔论，沉迷赌博，乐不思蜀，无法完成创作是家常便饭。这种情况下，寻找枪手帮忙，便成为圈内共知的一个潜规则。只要小说连载出来了，报刊有利可图，读者有书可读，大家皆大欢喜，谁还有心思去细究作者是谁呢？

作为小老弟，古龙出手快，文采好，而且精力充沛，很快便进入到"三剑客"的视野中。刚开始接到代写邀请时，古龙内心是满是欢喜，甚至有些受宠若惊，因为这不仅能够让他赚钱养家，还能进入武侠作家们的圈子。

在这段秘密代笔的日子里，才华横溢的他也没有让前辈们失望。由于年代久远，加之当事人很少提及，目前已经找不到相应的资料来证明古龙具体代写过哪些作品。不过，可以肯定的是，捉刀代笔的经历的确锻炼了古龙撰写武侠小说的功底。他可以随时向"三剑客"求教，接受"三剑客"的亲自指点，并且在实践中揣摩武侠小说的故事结构、叙事技巧，这些都是旁人没有的机会。当然，这些执掌武林的前辈们恐怕也不曾想到，这位为自己鞍前马后地端茶递水，代笔写稿的小弟日后会誉满江湖，青出于蓝而胜于蓝。

但是，对于古龙这样一个有才华又有志向的青年来说，"苦恨年年压金线，为他人做衣裳"并不是长久之计。成名后的古龙对这段经历绝口不提，与"三剑客"也日趋疏远。据台湾武侠评论家胡正群在《神州剑气升海上——简述港台武侠小说的兴起、沿革与出版》一文中的叙述，古龙搬至"三福公寓"后，摒绝了一切交友，只与"新派"武侠名家高庸，多次为武侠名家捉刀、号称"天下第一枪手"的于东楼，以及此时正以科幻小说风靡香港的倪匡等少数人保持联系。究其原因，无非是内心极为敏感的古龙在"三剑客"那里虽然得到了机遇，但却受到了轻视。而"三剑客"对待古龙时的情绪也颇为复杂。他们的确在古龙成为武侠小说作家的道路上起到了引路人的作用，但却并不是有意为之的，只不过是出于代笔的需要，他们内心可能还是将古龙视为当初酒桌上的那个小兄弟、小跟班。然而古龙的成长速度以及达到的高度又远超他们的预计，甚至最终取代了他们的文坛盟主之位。"三剑客"对于这种地位上的落差恐怕也难以接受。因此，他们与成名后的古龙交集并不多，往往只是在酒桌上推杯换盏。1985年，古龙逝世后，朋友为他举办了一场隆重的追悼会，"三剑客"中只有诸葛青云一人到场，做了一篇应景的悼文。另外两位，司马翎因涉黑长驻香江，不能到场，此时仍在台湾的卧龙生没有到场，也没有象征性地发表悼念，以尽朋友之宜，原因不禁惹人遐想。

总之,"三剑客"的功成名就,让苦于生计问题的古龙找到了成功的"终南捷径"。在经历了一段时间的捉刀代笔后,正如胡正群所言,"卧龙的枭雄、诸葛的霸气、司马的深沉,使他感受到'三大'的压力,也使他悟出要想和'三大'并驾齐驱、一较身手,就必须求变、求新的道理"。他再也按捺不住内心的欲望,准备离开"三剑客",独立创作武侠小说,并以此为主业,一展宏图。

拾人牙慧的初创

初入武林的古龙并不顺利。

他试图摆脱"三剑客",另开山门,但又无法摆脱"三剑客"对他潜移默化的影响。

就这样,古龙的武侠小说创作开始了,始于拾人牙慧。

古龙在武侠小说创作这一领域属于天纵英才,但天才并不是凭空造就的。朱光潜曾说:"文艺必止于创造,却始于模仿,模仿就是学习。"而模仿的对象,往往正是我们阅读最多,对我们影响最大的作家和作品。古龙也不能避免这一规律。他曾说:"那时候我写的武侠小说,从《苍穹神剑》开始,接着的是:《剑毒梅香》《残金缺玉》《游侠录》《失魂引》《剑客行》《孤星传》《湘妃剑》。这些多数是破书,拾人牙慧,几乎完全没有自己的思想和风格。"但他的内心应该是颇为复杂的,因为他模仿和学习的对象,正是他试图摆脱的"三剑客"创作的传统武侠小说。

1959年末,时任台湾"中央研究院"院长之职的胡适先生,受邀访问香港,当时望重一时的胡适公开宣称"武侠小说是下流的"。而在当年12月31日,作为台湾地区唯一完全针对武侠小说的"暴雨专案"由"警总"通过,并于次年2月正式实施。一时间,武侠小说被推至风口浪尖。

然而,与当局想法相左的是,这样的打击没有让武侠小说从此沉沦,反而在广大读者的支持下得以进一步发展。也正是在武侠小说面临危机的1960年,古龙推出了自己的第一部武侠小说——《苍穹神剑》,由台湾第一出版社出版。这部书虽然文学价值不大,但是意义非凡,它标志着又一武林盟主"出山"了。此时,距离梁羽生创作《龙虎斗京华》已有六年,距金庸创作《书剑恩仇录》也有五年,这五六年时间早已让两位大侠声名鹊起,执香江武林之牛耳。

此时,古大侠才开始跃马江湖、武林争雄,可谓姗姗来迟。

《苍穹神剑》讲述的是康熙末年,因九子夺嫡而发生的江湖故事。皇太子胤礽为了巩固自己的实力,招揽武林高手为己效力,江湖高手"星月双剑",因得胤礽的军师熊赐履所救,投身胤礽麾下。胤礽失势后,"星月双剑"携恩人熊赐履的儿子熊偶逃亡。

在"宝马神鞭"萨天骥家中,"星月双剑"一个被随身奶妈误杀,一个被萨天骥误杀,萨天骥因此愧疚悔恨出走。但他的离开,更让这桩杀人命案坐实在自己身上。"星月双剑"死后,九岁的熊偶为若兰、若馨两姐妹所救,并学会了"星月双剑"遗留下来的剑法。七年后,十六岁的熊偶一入江湖就展现出出类拔萃的身手,使得江湖人士大为惊叹。此后,熊偶在泰山玉皇顶被飘然老人带走,在深山中勤练四年神功。再入江湖时,武功已经跻身顶级高手的行列。在闯荡江湖的日子里,熊偶结交了飞灵堡东方灵、两河绿林道总瓢把子尚未明、甜甜谷常漫天和散花仙子等大批同道好友。而萨天骥如今已是关东落日马场场主,他的养女夏芸——实为太子胤礽之女,却阴差阳错地成为熊偶的灵魂伴侣。

夏芸为天阴教掳去,熊偶虽结集诸多好友救出爱侣,但夏芸被对方打伤。熊偶在将夏芸送回落日马场养伤时,遇到了大仇人萨天骥。仇人见面,自然分外眼红。熊偶武功更高一筹,在利剑刺向萨天骥的一刹那,夏芸挡在了萨天骥面前,被熊偶误杀。熊偶心怀愧疚,痛不欲生,于是也挥剑自杀。男女主角,同时身亡。

有人曾将《苍穹神剑》与金庸的处女作《书剑恩仇录》对比,提出二者在故事年代、背景上较为相似,而且讲述的都是由清朝皇权争夺所引发的故事。因而,此时的古龙还尚处于对金庸小说的模仿阶段。这种说法虽无根据,略显牵强,但也反映出《苍穹神剑》所遵循的确实是传统武侠小说的套路,即主角家破人亡后获得奇遇并完成复仇。正如大陆武侠作家江上鸥所说，"只能算是小试牛刀，谈不上创意，而且艺术水平平平"。小说最大的亮点莫过于男主角姓熊，且小说以男女主人公双双殒命结局。除此之外，此书再无让人印象深刻之处，书中人物与古龙日后那些为人津津乐道的成名之作也无交集，乃至古龙本人后来也评价道"那是本破书，内容支离破碎，写得残缺不全，因为那时候我并没有把这件事当做一件正事"。

据程维钧在《古龙小说原貌探究》中考证，台湾第一出版社的一则声明证明该书的8—14册是由正阳代笔的："古龙先生为本社撰写之《苍穹神剑》，至第七集因事冗未克执笔，由本社促请正阳先生续写第八至十四集暂告一段落。"第一部小说便选择由他人代笔，这时的古龙恐怕对武侠小说创作并未投入太多的感情，而是仅想借此谋生。但这部小说也确实让初出茅庐的古龙尝到了甜头，变得更加自信。出版社给古龙这样的新手的稿酬为一部八百元，比起"三剑客"自然相形见绌，但是已经可以让古龙解决温饱问题，让他觉得依靠写武侠小说过上衣食无忧的日子已然可期。

于是乎，这位"快手侠客"在《苍穹神剑》之后，同一年内又推出了数部小说：《月异星邪》《剑气书香》《剑毒梅香》《孤星传》《湘妃剑》《游侠录》和《残金缺玉》。

《月异星邪》最初在香港《新闻夜报》上连载，后由台湾第一出版社出版，讲述了一个过程凄惨但结局圆满幸福的复仇故事。

十年前的一晚，皖南黄山始信峰下，月华清美，碧空澄霁。曾夜闯少林十八罗汉堂，笑挫昆仑掌教，怒扫黑道阴山十二舵，被称为当世第一高手的中原大侠卓浩然，携爱妻飞凤凰杜一娘与独子卓长卿，在此地遇到了昔日情敌、仇家万妙真人尹凡，被其以毒物所困，最终因身中奇毒而死，妻子杜一娘也被苗疆的"红衣娘娘"温如玉杀害。本也该被他们所害的卓长卿，幸得路过此地的隐世高人，与卓长卿的师傅古鲲一同被武林同道尊为天地双仙的司空尧所救。

十年后，温如玉为一举歼灭武林群豪，以金银财宝、名贵剑器与貌美如仙的徒弟温瑾为诱饵，在天目山设下擂台，借助武林败类鬼影儿乔迁，在多臂神剑云谦的七旬大寿上大肆宣扬此事。而这时的卓长卿也已艺成下山，在追踪温如玉手下的红裳少女时，遇到了"红衣娘娘"本人。但不曾想到的是，温如玉不计卓长卿要向自己报仇之心，主动提出要将温瑾嫁与他。万妙真人尹凡却在此时设下阴谋，他化身高冠羽士告诉卓长卿，温瑾的亲生父母梁孟双侠为温如玉所杀，并挑唆温瑾站在卓长卿一边。最后，温瑾亲手杀害了自己真正的生母温如玉，酿成惨剧。幸好仁义剑客云中程将万妙真人杀死，掩盖了这一切，使卓长卿和温瑾夫妇能够过上幸福生活。

从文本内容来看，这部小说依然没有脱离传统武侠小说的复仇主题，与《苍穹神剑》并无本质区别，但故事情节相对完整，脉络发展也更为流畅，总体算得上是有所进步。更重要的是，古龙的文笔在这部作品中已经有所展露。除了小说开头"月华清美，碧空澄雾"为人所称道之外，结尾的景色描写同样出彩，将卓长卿与温瑾的美好未来寓于其中：

秋波如水，灯光如梦，谁也不知曙色是在何时爬上地平线，于是东方一道金黄的阳光，冲破沉重的夜幕，昨夜碧空上的星与月，也俱在这绚烂的阳光下消失无踪——

《剑气书香》由台湾真善美出版社出版。这部小说的故事情节简单，讲述了两位年轻人王一萍与向衡飞分别继承了先代两位武林高人的绝学，同时也继承了这两位高人互相敌视、一决胜负的"恩怨"，因此相约再决胜负，从而产生了一系列的江湖故事。比起前两部，这部小说有些虎头蛇尾，结局不知所云。这让人不禁对古龙小说创作水平的进步有所疑惑和失望。究其原因，它并不是完全由古龙独立创作，它的后半部由墨余生续写。这位墨余生，原名吴钟绮，1918年9月出生于海南省琼山县，曾入复旦大学，毕业于中央军校13期炮科，任国民党少将副参谋长，后移居台北。1959年，曾为国民党高官的他，也赶上了武侠小说的创作浪潮，以"大侠龙卷风三部曲"成名。或许刚刚走上武侠小说创作之路的墨余生并未完全理解古龙的原意，在续写方面有所欠缺，又或许古龙与墨余生对这部小说都不上心，只是为了应付任务，总之，这部小说并不出彩。这部平平无奇的小说，在台湾真善美出版社出版后很少与读者见面，数个版本的《古龙全集》

也都未将其收入。直到2005年，经由林保淳推荐，《古龙作品集》的出版人罗立群推动，武侠名家温瑞安、古龙好友及古龙作品内地版权执行代理赵震中等人鉴定证实，这部小说才最终由台湾今古传奇·武侠版杂志社在2006年出版。此时，距离第一版出版已过去四十余载。

《剑毒梅香》由台湾清华出版社出版。这部小说与《剑气书香》相似，大部分由上官鼎代笔，古龙仅撰写了1960年6—7月出版的前四册，共十四章。值得一提的是这部作品代写的前后风波。因古龙与台湾清华出版社并未谈拢稿酬，故而拖延了交稿日期，出版社只好邀请上官鼎代写。古龙后来曾谈到此事，说对于当初台湾清华出版社只因他略微耽搁了交稿时间就径自找人代笔之事，他的确有所不满，但看到上官鼎接得不差，他也就乐观其成了。而这部小说成了笔名上官鼎的刘兆玄、刘兆黎、刘兆凯三兄弟步入武侠小说界的首作，此时只有十七岁的刘兆玄后来还成为台湾"行政院院长"。

因稿酬问题与出版社产生矛盾，《剑毒梅香》并非个例。初出茅庐的古龙，其实并不受出版社欢迎，甚至险些被他们拉入黑名单。在当时的台湾，武侠小说并非以单行本的形式发行出售，而是拆开来卖的，所以才有一本小说分为多少册之说。这种做法，一来是为降低成本，二来就像今天的网络小说一样，积累人气，吸引读者，让读者只有分册购买才能阅读完整的书。如此，既能激励作者，也能为出版社谋利，有利于双方。但是，古龙却钻了这样一个空子：聪明绝顶的他，往往想出一个绝妙的开篇，拿给出版商看，出版商看完后自然欣喜。这时候，他就提出让出版商先垫付后续内容的费用，为了能够让后续内容面世，出版商也就只好答应他这个近乎无理的要求。然而，收到钱的古龙却如同鱼游大海鸟飞空，去花天酒地了，人且不知去向，更莫谈小说下文。可很多时候出版商早已迫不及待地将小说出版，无可奈何之下，只能选择让他人代笔。我们今天看到的古龙小说，之所以在前期就出现这么多的代笔乃至烂尾之作，这也是一个重要原因。久而久之，古龙在出版界自然是"恶名昭彰"，出版商对他是爱恨交加。

《孤星传》创作于1960年，直至1963年才杀青，仍由台湾真善美出版社出版。主人公裴珏自小父母双亡，被"龙形八掌"檀明抚养长大，并与檀明之女檀文琪交好，却被檀明拆散。因而裴珏离开檀家闯荡江湖，遇到"七巧童子"吴鸣世，经其诱导，错将檀明视为杀父仇人。后经历奇遇，学艺归来，击败檀明。而真正的幕后黑手吴鸣世，在刺杀檀明时也被檀明所杀，二人同归于尽。裴珏则在"金童玉女"的帮助下，与檀文琪重归于好。这部小说的可贵之处在于情感真挚。古龙在文中运用了大量的心理描写，以展示裴珏初入江湖时因不会武功而被人讥讽、欺辱时的痛苦与不屈。如他遭到冷谷双木欺辱时：

　　他悲哀地叹息着，这倔强的少年，并不畏惧死亡，而仅是觉得自己这一生的生命，竟是如此短促而平淡，没有一件能够值得自己骄傲的事，他却不知道就只这一副傲骨，已足够令他自傲的了。

　　再令他难以瞑目的是，他觉得他欠了许多人的恩情，而将永远无法报答，他眼前似乎又泛起那嘴里镶着三粒金牙的胖子的身影，这一枚大饼的施与，已使他永生难忘，但那些曾经迫害过他的人，他却全然没有记在心里。

　　人们临死之前的感觉，该是十分难以忍受的吧？尤其当他在惋惜过生命的短促，和惦念着世人的情重的时候。

　　他虽然热爱生命，却也不肯为生命屈服，反而默默接受死亡。

《湘妃剑》的创作背景与《孤星传》相似，两部小说都是写于1960年，至1963年完成，并由台湾真善美出版社出版，但二者在技巧上略有不同。小说讲述了金剑侠仇恕练成绝技，假扮书生报父仇，却为仇人之女毛文祺所爱恋，但仇恕并没有为情所困，反而在暗中继续复仇，并且也没有怜悯毛文祺的自暴自弃，仍然与毛的师姐慕容惜生相爱。这部小说的复仇，虽然还是仇家子女相爱，但情节上相比于前几部有所突破，属于家族内部复仇。毛文祺被兄长教唆，使美人计去接近仇敌，却动了真情，但她仍履行使命暗算了仇敌。仇恕是毛文祺姑姑毛冰的儿子，事实上仇恕是在向舅舅复仇，仇恕的表妹毛文祺不过是家族内世仇的牺牲品。

　　这部小说中，最值得一提的人物是慕容惜生。无他，唯美尔。慕容惜生的美堪称超凡脱俗，难以言表。当她在仇恕面前揭下面具时，那副容貌让仇恕惊为天人，明白了什么是真正的倾城倾国：

> 此刻呈现在他面前的，再也不是丑八怪了！而是一个美绝天仙，美得令人不可思议的绝代丽人！用尽世上所有的词句，都不能形容仇恕此刻的惊异，用尽世上所有的词句，也无法形容出她的美丽！那是一种惊人的美，不同凡俗的美，超凡绝俗的美！世上的美人虽多，若在她面前一比，便都成了泥土。世俗的美，最多令人沉迷。但是她的美，却要令人疯狂！
>
> 那是一种奇异的美，神秘的美，带着一种震慑人心的力量，美得不可比拟，美得毫无缺陷……尤其，在她眉梢、眼角，凝聚着的那一种混合了悲哀、幽怨、愤怒的意味，使得她的美更……更……无法形容！
>
> 她这美丽的容颜，除了她最最亲近的人，谁也没有看到过——看到过的男子，都已死于疯狂！只因她深知自己的美丽，会为自己，更会为别人带来灾祸，于是她以一层丑陋的面具遮掩了它！

同时，这部小说的文笔也十分绝妙，散文气息浓厚，比如小说开篇便通过描写傍晚苍茫而绚丽多彩的暮色来渲染沉重气氛，为巴山剑客等人埋伏仇恕做了铺垫：

> 暮色苍茫——
> 落日的余晖，将天畔映影得多彩而绚丽，无人的山道上，潇洒而挺秀的骑士，也被这秋日的晚霞，映影得更潇洒而挺秀了。
> 没有炊烟，因为这里并没有依着山麓而结庐的人家，大地是寂静的，甚至还有些沉重的意味。

《游侠录》由台湾海光出版社出版。小说看似以白非为主角，讲述他与石慧如何联袂江湖、产生爱恨情仇的故事。实则，"游侠"之名取自小说的另一人物谢铿。谢铿两度为父报仇，第一次错杀救命恩人，却敢做敢当，自断双臂，后学艺归来击杀"无影人"，终报大仇，无愧于天地。这部小说在写作方面的一个最大特征是对蒙太奇手法的运用。古龙在书末附言：

"游侠录"这本书是一个尝试，里面有些情节承合的地方，是仿效电影"蒙太奇"的运用，但是这尝试"成功"吗？

"游侠录"结束了，真的结束了吗？

其实放眼天下，又有什么是成功了吗？什么是结束了吗？

这段颇具哲理但又略显拗口的文字，其实是古龙试图在创作上求变的表达。他并不知道这种蒙太奇的创新手法能不能得到大家的认可，也没有想好是不是要继续坚持下去，还在"成功"与"结束"之间徘徊。事实也确实如此，小说的部分情节前后矛盾，交代不清，比如试图以"游侠"之名，展"游侠"之风，却专注于白非、石慧之事，只在首尾写"游侠"谢铿，可谓欲言又止。可见，即便是古龙这样的奇才，在探索创新的道路上也有所犹豫。

此外，1960年还有一部在香港《南洋晚报》上连载的《残金缺玉》，讲述在武林魔头残金毒掌重现江湖后，相国公子古浊因行踪飘忽，行事古怪，被疑为残金毒掌传人，可谓首开悬疑之风，但故事尚未结束便戛然而止，实属遗憾。

忙碌的1960年就这么过去了。尽管不乏代写之作，但古龙这一年的产量颇高。但是，这种高产量并未在1961年维持下去。整个1961年，古龙不过创作了《飘香剑雨》《剑客行》《失魂引》，以及据传是《剑毒梅香》续作、但并不为人所熟知的《神君别传》数篇。这其中，真正完本且质量较高的只有由台湾明祥出版社出版的《失魂引》。

相较于1960年的作品，《失魂引》的故事安排更加新奇，显示出古龙对于推理式情节的探索，在其早期作品中算得上是一部佳作。世家公子管宁在外游历，夜宿四明山庄，遇到四明山庄发生变故，庄主"四明红袍"夫妇与数十名武林高手身亡。唯一的知情人西门一白却失去记忆，变成白痴。案情到此似乎变得无解，让人无从下手。管宁自感责无旁贷，选择插手其中，费尽艰辛，在凌影、沈三娘等人的帮助下，终于找到答案。凶手竟然就是庄主夫妇，二人以"如意青钱"利诱，故布疑阵，然后一举消灭众位高手。故事到此并未结束，"四明红袍"夫妇想要杀人灭口的原因是什么？西门一白中毒不治身亡后被掩埋，数月后棺木被打开，西门一白已不在其中。这无疑又让人产生疑惑，西门一白真的死了吗？"妙手峰"上的圣手不肯医治他，是不是因为发现了他可能没有死的秘密？可惜，这些疑惑都已经没有了答案。因为，"武林中的人与事，正都是浪浪相推，生生不息，永远没有一个人能将这浪浪相推，生生不息的武林人事全部了然，这正如自古以来，永无一人能全部了然天地奥秘一样"。

　　总体上来说，这一时期的古龙，刚刚离开"三剑客"，开始独立创作武侠小说，所走的仍是传统武侠小说之路，主要以复仇为故事发展主线。多年后，他指出："武侠小说已落入了一些固定的形式——一个有志气、'天赋异禀'的少年，如何去辛苦学武，学成后如何去扬眉吐气，出人头地。这段经历中当然包括无数次神话般的巧合与奇遇，当然也包括一段仇恨，一段爱情，最后是报仇雪恨，有情人成了眷属。"可见，他对于传统小说的弊病是有所感知的，但苦于经验所限，还未找到出路。曹正文评价道："古龙初期作品已开始追求离奇的情节，追求意想不到的结局。但由于这几部小说语言拖沓，文字不够流畅，写武打又流于形式，读来叫人腻味。"不过，难得的正是这种对离奇的追求，证明他已经产生了求变的想法。这为他后来在创作道路上实现真正的成功埋下了伏笔。

第四章

领异标新二月花

"求新""求变""求突破"

拾人牙慧是有馊味的。

才气傲人的古龙,内心不愿总是附于众人后。

因而,探索属于自己的武侠小说写作风格,就成为他的必然选择。

汪曾祺先生曾言:"一个作家形成自己的风格大体要经过三个阶段:一、模仿;二、摆脱;三、自成一家。"一个作家的写作往往起步于模仿,但随着生活经历的丰富与写作经验的积累,其往往会想竭力摆脱所受的各种影响,尽量使自己的作品与别人有所区别。毕竟,拾人牙慧是有馊味的。

作为一名才气逼人的新锐作家,古龙始终没有停下手中的笔,1961—1962年间,他又创作了两部新的小说:由台湾明祥出版社出版的《彩环曲》与在台湾《自立晚报》上连载的《护花铃》。两部小说虽然各有特点,比如《彩环曲》中的无臂、白发、黑袍的戚氏四兄弟以及"南荒大君"项天尊的儿子项煌等人物特点鲜明,高冷孤傲的"绝代剑痴"雪衣人更是"陆小凤系列"中的西门吹雪的滥觞,《护花铃》的开头诡异神秘,悬念重重,但总体上仍是在走前面几部作品的老路。《彩环曲》叙述平实,并无过多引人入胜的地方。《护花铃》的后续情节并不完整,且十分混乱,主要人物的下落尚且不明,重要人物帅天帆甚至还未出现,全书便草草结束,可谓敷衍之至,以致即便是该书可能的代笔者秦红也对此表示否认,推说高庸曾亲承由他续写。唯一有趣的地方是古龙将其他作家小说中的角色挪移至此:"瘟煞魔君"朱五绝,出自司马翎《剑气千幻录》;"千毒人魔"西门豹,出自诸葛青云《一剑光寒十四州》;"戳情公子"徐元平,出自卧龙生《玉钗盟》;而止水室主人,则是金庸《神雕侠侣》中的杨过。这大抵是古龙以玩梗的形式在向几位大哥致敬。

总是这样毫无目的地兜兜转转,既上不了更高的层次,也莫提与老大哥们并驾齐驱,古龙心中难免有些不甘,甚至一度产生想要放弃武侠小说写作的念头。但古龙毕竟是古龙,他自有一股狠劲。在他心中,此时如果金盆洗手,退出

"武林",自然称不上是功成名就,而且很快就会被世人遗忘,到那时自己又将何去何从?既然选择走上武侠小说创作这条路,那么就要有不撞南墙不回头的精神,别人都能成功的事情,凭什么他古龙就做不到?

意志是坚定了,可话又说回来,想要在茫茫武林中杀出一条血路谈何容易。古龙这样感慨到:"作为武侠小说的作者,其内心的辛酸苦辣,是很难为人了解的,他得留意选择自己写作的故事,既不能流于荒谬,更不能失之枯燥;叙事选择得要不离主题,人物创造得要极不平凡;写儿女缠绵之情,唯恐稍待猥亵;写英雄白刃之斗,更恐失之残暴。因为社会的限制是那么严格,而读者的要求,却又日渐其高。"可见,这个时候古龙已经意识到武侠小说的创作并非简单的故事套用与字数拼凑。假若自己想要在严苛的社会环境中,创作出能够满足读者日益增长的审美眼光的小说,那么无论是在内容上,还是在风格上都要有所创新。

创新,这是所有作家都知道,也希望自己能够做到的事情,可真的到了要创新的时候,却发现无从下手。古龙说:"因为那时候我一直想'求新''求变''求突破',我自己也不知是想突破别人还是想突破自己,可是我知道我的确突破了一样东西——我的口袋,我自己的口袋。在那段时间唯一被我'突破'了的东西,就是我本来还有一点'银子'可以放进去的口袋。"在这看似幽默、调侃的语气中,隐藏着的是一丝辛酸。在武侠小说创作模式日趋固定的年代,古龙的创新并没有一下子为读者和市场所接受。他为了自己的文学梦想,牺牲了物质条件刚刚开始变好的日子。

但是,古龙并不后悔。他觉得这段日子是他创作力最旺盛、想象力最丰富、胆子也最大的时候:"那时候我什么都能写,什么都敢写。尤其是在写'大旗''情人''浣花''绝代'的时候。"按照古龙本人的划分,他在寻求创新时期创作的具有代表性的几部作品分别是《情人箭》《大旗英雄传》《浣花洗剑录》《武林外史》《绝代双骄》与《名剑风流》。在古龙看来,这几部作品"虽然没有十分完整的故事,也缺乏缜密的逻辑与思想,虽然荒诞,却多少有一点味"。其中,除在出版时间上一前一后的《情人箭》与《名剑风流》外,其他四部小说被称为古龙中期"四大名著"。

《情人箭》与《名剑风流》，或多或少地都继承了《失魂引》中的侦探推理式写作模式，"故作惊人之笔"以成悬疑。但稍有不同的是，这一阶段的古龙已经不再仅仅满足于案情、线索与推理，而是将其与主人公的复仇、成长等主题相结合，实现了传统武侠小说与侦探推理的结合。

《情人箭》最初并不刊载在台湾或香港的书刊上，而是首发于1963年2月的泰国《世界日报》，名曰《怒剑狂花》，后又在香港《武侠世界》等报刊连载，并由台湾真善美出版社出版。与《失魂引》相似，《情人箭》开篇便抛出一桩江湖谜案：神秘而凶残的"死神帖"与"情人箭"每逢月圆之夜便肆虐江湖，掀起腥风血雨，这一双凶器令江湖人士闻风丧胆，人人自危，谈之色变。侠肝义胆的"仁义四侠"想要查明这背后隐藏的秘密，不幸的是，四侠之首展化雨也身中"情人箭"。在展化雨性命危在旦夕之时，唯一可以救助他的神医秦瘦翁，却因展化雨之子展梦白在言语上对其不敬而不愿出手医治。展化雨的好友们，也因不愿得罪秦瘦翁而没有向其求情。展化雨就此身死。悲愤交加之下，展梦白誓要破解"情人箭"背后的阴谋，为父报仇。在浪迹江湖时，他遇到自己的亲生母亲萧三夫人，并渐渐知晓自己的身世与武林中的神话之地"帝王谷"相关。原来，萧三夫人因展化雨与自己的表妹苏浅雪暧昧不清而离家出走，后为报仇，追随爱慕她的帝王谷谷主萧王孙，受其庇护。同时，还结识了江湖"七大名人"、蓝大先生、唐门老祖宗唐无影，甚至萧王孙本人。也许是爱屋及乌，萧王孙将女儿萧飞雨嫁给了展梦白。在这些武林奇人异士的帮助下，展梦白习得一身武艺，最终揭开"情人箭"的秘密：幕后黑手竟是被大家忽略的苏浅雪。

这部小说的构思不乏精彩之处，尤其是苏浅雪这一角色塑造得十分出色。苏浅雪自幼便与寻常女性不同，心中有着在这个由男人主导的武林世界中成为一代雄主的梦。尤其是在与初恋情人唐迪的恋情遭其父亲阻拦后，她更是下定决心要实现这个梦想。于是，她用尽手段，使得诸多武林高手拜倒在她的石榴裙下。当她与这些高手分手时，都与他们约定以一个暗记为标志，让他们日后只要看到这暗记，就如同瞧见自己一样。经过十数年的时间，这些武林高手的数量已经非常可观。机遇巧合之下，她求得一种奇毒无比的毒药药方，开始炼制"情人箭"，并故意借助红黑二色与月圆之夜等元素，竭力渲染"情人箭"的神秘性。同时，由唐迪亲自监造的机簧弩筒，让"情人箭"能够在悄无声息的情况下一击必中。光有"情人箭"的威力，还不足以让经验丰富的武林高手们毙命。想要达到目的，最好是让他们放松警惕。这时候，苏浅雪埋下的伏笔起到了作用——"死神帖"中骷髅的眼睛标有苏浅雪与情人们约下的暗记，可让他们瞬间失神，让"情人箭"的袭击变得万无一失。如果说仅仅是为了射杀武林高手，那么这不过是一种报复心理在作祟。苏浅雪的高明之处，在于利用"情人箭"的威慑力来制造江湖恐慌，谋取暴利。看到"情人箭"的巨大威力后，江湖人士纷纷购买，而负责这一买卖的正是唯一能够医治此毒的秦瘦翁。任谁也想不到，杀人者竟是救人者！苏浅雪计谋之深远、狠辣，可见一斑！心机这样厉害的女性角色，在武侠世界中，可能只有《天龙八部》中的马夫人可与之相提并论。

说起展梦白，他不同于古龙小说中那些极具个人魅力的男主人公们，这个人物的角色设定并不讨喜。尽管古龙将展梦白打造成一个翩翩佳公子，充满智慧，并且给予他一身正气，但这还是难以掩盖他性格上的暴躁易怒与偏激冲动。在全书中，他之所以能够破解"情人箭"之谜，离不开诸多武林传奇人物的帮助。在武功的学习上，他的经历甚至给人一种即便自己不想学，高人们也会强行输入的感觉。这让许多读者对他所谓的过人智慧印象不深，并且更加倾向于将他的成功归结于运气。这恐怕就是古龙所说的，"为了造成一种自以为别人想不到的悬疑，往往会扭曲故事中的人物的性格，使得故事本身也脱离了它的范围"。

这部小说与古龙后来的作品也有着诸多联系。譬如，自这次事件之后，"情人箭"的威力已深入人心。在《血鹦鹉》中，武林中人谈论起来仍心有余悸，连着对川东唐门的暗器毒药都颇为忌惮。萧王孙与蓝大先生的旷世一战，也成为武林传说，到了《多情剑客无情剑》中再次被提及："昔日帝王谷主萧王孙与蓝大先生战于泰山绝顶，蓝大先生持百斤大铁锥，萧王孙用的却是根衣带，他以至柔敌至刚，与蓝大先生恶战一昼夜，据说天地皆为之变色，日月也失却光彩。"而江湖"七大名人"的名号中分别带有：弓、枪、刀、箭、旗、剑、掌，其中除了箭是用来形容轻功外，其余都与各自所使用的武器相关。这虽然与后来闻名于世的"七种武器"不同，但若将前者视为后者的原型和初创，也并不为过。

关于《名剑风流》，据胡正群在《破茧之作，露业奠基——〈名剑风流〉》中说，古龙从1961年夏秋之交开始动笔，断续书写数年，但直到1967—1968年才由台湾春秋出版社出版。胡正群对这部作品评价极高："《名剑风流》不算是古龙成就最高的作品，但却是他多年发奋图强之后，脱颖而出、登峰攀极的'破茧之作'，在古龙毕生的著作中，应当是最具代表性的一部极重要作品。"之所以具有代表性，细细说来，主要还是因为这部小说以宏大的篇幅，严谨的结构展现了一个完整的故事，内容之间环环相扣。

《名剑风流》开篇也是一个悬念丛生的诡异事件。已退隐林中、不问世事的江湖名门先天无极门掌门人俞放鹤在家中遭遇不明身份者的毒手，被暗算致死，儿子俞佩玉死里逃生，幸免于难。正在惶恐之际，未婚妻林黛羽来到家中，告知他自己的父亲林瘦鹃与太湖王、王雨楼等多位武林耆宿也已遇难。然而，令人匪夷所思的事情发生了：林瘦鹃等人突然奇迹般地"死而复生"，出现在俞佩玉家中，连林黛羽也不再承认自己说过的话。

俞佩玉害怕再生不测，便逃离家中，来到武林大会的举办地黄池。在此，他不仅再次看到了林瘦鹃等人，连自己的父亲俞放鹤竟也出现，声音举止无不相似，甚至连"先天无极功"也足以以假乱真。而俞放鹤也力压少林、武当，成功当选为武林盟主。目睹父亲丧命的俞佩玉不肯相信这件极为荒谬的事情，愤慨之间，他指出这定是一场骗局。在没有确凿证据的情况下，除丐帮帮主红莲花、百花帮帮主君海棠、林黛羽与昆仑派掌门天钢道长等几人外，没有人相信这个年轻人的"胡言乱语"。他被众人当成一个疯子，毫不留情面地逐出武林大会。

到这里为止，小说充满着"亡者归来"的诡异气息。而俞佩玉似乎也陷入了一个死局，有着说不出的苦楚：明明亲见父亲身死，也知道亡者不可能归来，但却无人相信自己。

此时，留给俞佩玉的选择只有两个：要么相信"事实"，苟且偷生，要么查明真相，揭穿阴谋。俞佩玉选择后者。离开武林大会后，因"俞放鹤"等人将天钢道长之死嫁祸给俞佩玉，一时间他成了武林公敌，四处躲避。在仓皇之中，他逃入杀人庄。杀人庄同样处处透露着诡异和残酷，有着能听懂鸟儿说话的痴呆少女姬灵燕、凶狠剽悍的姬灵风、行踪形同鬼魅的庄主夫人、将杀人作为乐趣的侏儒庄主姬葬花。俞佩玉为逃离此地，便接受高老头为其易容，成为"天下第一美男子"。本来怀疑他人伪装的俞佩玉此时为了查明真相，自己也同样易容。杀人庄可谓又一转折。

然而，易容后的俞佩玉，依然不能让"俞放鹤"等人放下警惕。辗转之间，他来到李家栈。李家栈一役是全书公认的高潮。李家栈原是一个毫不起眼的小镇，但一夜之间成为武林人士关注的焦点，因为新任武林盟主"俞放鹤"要同天下第一暗器名家、蜀中唐门当代掌门唐无双在此博弈兼比武。各路英雄豪杰为目睹这一盛况纷沓而来，一时间，原本平静的小镇变得藏龙卧虎，热闹非凡。"俞放鹤"与唐无双作为这场焦点之战的主角自不必多言，除了他们，南海日月岛不夜城城主东方大明，神风岭李天王，极北荒漠中的乙昆，隐居西南青城山的怒真人，"吃尽天下无敌手，腹中能容十万兵"的天吃星，专以摄心术骗情而又弃情的郭翩仙，以及当世最凶最狠、轻功最高也是最会用毒的女人胡姥姥等武林高手也齐聚李家栈。镇上那间简陋小屋中奄奄一息的老头和老气横秋的女孩子，更是来历不凡：老头子是名冠武林的凤三先生，女孩子是昔年艳名远扬的销魂宫宫主朱媚的女儿朱泪儿。

这些来到李家栈的高手们，几乎各个都有自己的如意算盘。俞佩玉自然是为查明"起死回生"的真相，替父亲报仇。郭翩仙与"琼花三娘子"中的银花娘是为巨额财富而来，"俞放鹤"与唐无双等武林高手则是为抢夺销魂宫宫主遗留下来的至宝——凤三先生与朱泪儿所居住的小楼是当年销魂宫宫主的住处，据传藏有其武功秘籍。各方人士皆是武功高强之辈，个性鲜明，手段也层出不穷，你方唱罢我登场，好不精彩！如果用金庸小说来类比的话，"李家栈"就是《飞狐外传》开篇的"商家堡"。最终，因不敌凤三先生，"俞放鹤"放火烧镇，俞佩玉与朱泪儿等人侥幸逃脱，并得到销魂宫宫主遗留的账簿和竹牌。

逃亡途中，他遇到杨子江，在杨子江的地道密室中，他被杀人庄庄主姬葬花的父亲姬苦情折磨得生不如死。这时，杨子江的师傅"墨玉夫人"出现，杀死姬苦情，将其救起。"墨玉夫人"告诉俞佩玉，那本账簿就是记载武林人士丑闻的《阎王债册》，而那竹牌则是"大地乾坤一袋装，布袋先生"东郭先生的信物"报恩牌"。东郭先生正是这场武林动乱的背后黑手。"墨玉夫人"让他持"报恩牌"找东郭先生学习"无相神功"，并伺机暗杀他。在《阎王债册》上，他了解到姬苦情的秘密是兄妹乱伦，而自己还有一个被父亲俞放鹤放逐于漠北为盗的叔叔俞独鹤。当他遇到东郭先生后，才发现他就是那位多次指点自己的老者。东郭先生告诉他，原来"墨玉夫人"就是姬苦情的妹妹与妻子姬悲情，姬家竟是世代兄妹成亲的乱伦家族。姬苦情在犯下多桩无头大案后被东郭先生的弟弟"万里飞鹰"东郭高——也就是高老头发现，不得不逃至漠北寻找"墨玉夫人"。这二人加上俞独鹤欲夺取武林盟主之位，控制整个武林。而姬苦情精湛的刀圭之术，让"俞放鹤"能够在死后"复生"并不被武林同道发觉。

故事到此，谜底才真正揭开，读者被勾起的阅读兴趣总算是得到了满足。这时候，最终的大团圆式结局反而显得普普通通，不是那么重要：习得无相神功的俞佩玉，将姬悲情等三人的阴谋公之于世，姬苦情、俞独鹤死于无相神功催动的浑天神掌之下，姬悲情则不敌遁走自杀，俞佩玉终得清白，并当上武林盟主。

这部充满悬疑恐怖手法的小说，无论是在结构上，还是在人物、环境，乃至心理的描写上都精彩纷呈，但是，它也不是毫无缺点。说起来，这个缺点还是要归结到古龙小说的老问题：代写与烂尾。目前公认的说法是，因出版社催促，《名剑风流》结尾有部分内容由擅写"时代动作"的乔奇——也就是那幅著名挽联"小李飞刀成绝响，人间不见楚留香"的作者代写而成。遗憾的是，或许是文风不同，或许是仓促写就，乔奇的代写甚至不如他的挽联精彩，不仅语言平庸，与前文在结构上也有所脱节，使得《名剑风流》的水平大打折扣，且算是白璧微瑕吧。

落日照大旗

江湖离不开武艺高强的大侠，江湖却少真正的英雄。
尤其是缺少铁血柔情、仁义无双的英雄。

所以，《大旗英雄传》才更显可贵。

《大旗英雄传》，这应该是本书目前所提到的作品中最为读者所熟悉的一部。该书最初在1963—1964年连载于台湾《公论报》，同时由台湾真善美出版社在1963—1965年分册出版，以边疆"铁血大旗门"与中原"五福联盟"的世仇为故事背景，分别讲述大旗门二弟子铁中棠与三弟子云铮两人的人生历程。

先来说说铁血大旗门。这是一个行踪飘忽、剽悍鸷猛，同时致力于行侠仗义的门派。昔年，"三怪、四煞、七魔、九恶、十八寇"为害江湖。直到大旗门创始人云、铁二位大侠出道江湖，以两柄神剑，杀尽贼人，以此四十一人之鲜血，染成一面大旗。自此之后，江湖人士感其恩德，"大旗令"所至，天下群豪无不从命。是以，两位大侠创立铁血大旗门，以"德、义"立规，以"德、义"服人。

同时，大旗门也是一个门规严苛到几乎不近人情的门派。他们禁止门人谈情说爱，更禁止与仇家门派的女人发生瓜葛。小说开篇，大旗门大弟子、掌门人云翼之子云铿因与"五福联盟"中的寒枫堡堡主冷一枫之女冷青霜相恋，被云翼视为不忠不孝，违逆祖先，因而要将其五马分尸。当得知冷一枫的次女冷青萍来寻找铁中棠时，云翼不问青红皂白，便一掌将铁中棠打到墙角，惨呼道：大旗门不幸，又出了个叛变师门的孽徒。若非冷青萍以命相搏，救下铁中棠并解释事情原委，铁中棠定然会被云翼击毙。其实，云翼并非是一个无情嗜杀之人，相反，在他那看似冰冷的面孔下隐藏着一股热血。云铿"自杀"后，他虽然目光森寒，面色如铁，但高大威猛的身躯，却已在不住颤抖。他也曾为冷青萍的真情所打动，饶她不死。当他将铁中棠和云铮驱逐出师门，并率其他人返回边疆时，没有回头看一眼他疼爱的门徒和亲生儿子，但是，"在他苍老的心房中，却已充满悲伤哀痛"。只是，在他心目中，遵循大旗门门规，做到"令出如山，永无更改"，以及复兴大旗门要远比个人情感来得重要。这种对门派的忠诚和责任如一座大山般，数十年如一日地积压在云翼的背脊上，让他的一生显得那么可怜而可悲。

大旗门是一个只属于男儿的热血世界，信奉男性沙文主义，将女人视为生育工具与天生的弱者，生下子嗣后便要被遗弃。因此云、铁二位大侠一生行事虽无可指摘，但对他们的妻子却是无情无义。云夫人姓朱，铁夫人姓风，这两位夫人，不但贤淑已极，而且也都有一身武功。朱夫人生性较强，夫婿无情，她便远走海外，创立了"常春岛"，大旗门每一代被遗弃的妻子，都被接引到这孤岛上。大旗门武功精义渐失，常春岛却日益光大。而这一任常春岛的岛主，日后就是云翼的妻子。而另一位风夫人生性柔弱，在积年忧虑下，活活被气死。风夫人之弟见姐姐遭遇如此悲惨，一怒之下便决心报复，因自己不便出面，就教唆盛、冷等外姓子弟，反叛大旗门，组成"五福联盟"。"五福联盟"与大旗门世代为敌，"风门"子弟俱在暗中相助，常春岛竟也袖手旁观，决不过问。所以，昨日因，今日果，本是家事，却成江湖世仇，以致死伤无数，令人既感荒谬，又不禁嗟叹！

再来说说这篇小说最重要的人物铁中棠。不同于前文所提的那些主人公——也包括他那一腔热血但性格冲动的师弟云铮，铁中棠应当是古龙塑造出的第一位真正意义上的大侠。古龙对铁中棠极其喜爱，称他"坚忍无双、机智无双、侠义无双"。

铁中棠为救云铿，甘冒同被五马分尸的风险，又背上杀害兄弟的骂名。对此，他不做任何辩解。云铮对他产生仇恨，多次误会他，他却毫不在意，处处维护云铮。为救云铮，堂堂七尺男儿，不顾膝下黄金，甘向大旗门仇敌司徒笑下跪。相比云铮的鲁莽冲动，比他大不了多少的铁中棠，真正算得上是忍辱负重！此谓"坚忍无双"。铁中棠以巧计救云铿，假挟冷青萍救云铮，识艾天蝠之刚烈，算是小智。在洛阳城中，他乔装打扮，在敌对势力的怀疑之下不慌不乱，运筹帷幄，巧妙地利用在场人物间的矛盾布局成功脱险，当是大智。在这个处处险恶的武林中，既要有小智灵机一动，也要有大智把握大局，方能处处化险为夷。此谓"机智无双"。不仅是云铮、云铿这些兄弟，即便是海大少、冷青霜、花灵铃、盛存孝、易明这些人，都未曾受过铁中棠的恩惠。正如楚留香时代的魏行龙所说："铁大侠一向面冷心热，无论遇着多坏的人，总要给那人一个改过的机会。"此谓"侠义无双"。也只有这样智勇双全、仁义兼备的绝妙人物，才能够化解大旗门与

"五福联盟"间的百年恩怨，成常人难成之事。

在古龙后来的小说中，铁中棠已是武林侠客们的膜拜对象，是领导了一个时代的传说人物。如果一定要举一个例子来形容铁中棠在武林中的声望和地位的话，那么我们就应该看看《楚留香新传·蝙蝠传奇》中的描写：

> 魏行龙一字字道："在下说的这位大英雄，就是'铁血大旗门'的掌门人，天下第一、侠义无双的铁大侠铁中棠！"
>
> 铁中棠！
>
> 这名字说出来，突然没有人喘息了！
>
> 数百年来，若只有一人能令天下豪杰心悦诚服，称他为"天下第一"的，这个人就是铁中棠！

常言道："文无第二、武无第一。"这"天下第一位大英雄"几个字，是所有江湖中人都翘首期盼的称号。但是，人人又知道，这个称号若真加到自己身上，则是后祸无穷，只因没有人会对拥有这个称号的人物服气。数百年来，江湖代有才人出，无数英雄豪杰做过多少轰轰烈烈的大事，可是没有一个人能真正让天下人心服口服，将这几个字心甘情愿地奉予他。然而，在暗无天日的蝙蝠岛上，魏行龙第一次将"天下第一""仁义无双"这样的无上殊荣用在铁中棠身上的时候，却无人表示反对。所有人露出的不是嫉妒、憎恨，而是发自内心的敬仰！这是一种怎样的人格魅力啊！

《大旗英雄传》不仅写大旗门的铁血英雄，也写铁血英雄身边的柔情美人。开篇的冷青萍爱铁中棠爱得一往情深，生死不渝。她本是深居简出的大家闺秀，偶遇挟持她的铁中棠，在那惊鸿一瞥后，便对他倾心无悔，甘于抛弃家庭，抛弃尊严，甚至抛弃生命。可是，这也注定了她一生的悲凉。在铁中棠心目中，冷青萍值得他怜惜与疼爱，但终究不是那个相伴一生的人。感情，毕竟不是感恩。

温黛黛出场时，她搔首弄姿，卖弄风情且心机颇重的风尘女子形象让读者对其并无好感。可后来，我们才知道，她也是一位身世凄惨的可怜人。她是无父无母的孤儿，跟随义父流浪江湖，吃尽苦头。几个泼皮无赖灌醉义父，强奸了她，义父愤怒寻仇无果后，也弃她而去，留她一个人面对世间风雨。在这个人心险恶的世界里，她开始寻求如何保护自己。她知道自己的优势在于美貌，便迷惑落日马场马师，让他帮助自己报仇，又攀上落日牧场场主司徒笑，成为司徒笑的外室。这样的生活虽然能让她衣食无忧，但她还要让自己真正强大起来，于是她开始读书、学武。

直到遇到云铮。起初，她试图利用自己的身世博取云铮的同情，哄骗云铮将其带往大旗门。李府之变后，她携珠宝逃跑，因担心被司徒笑追杀，便将真相告诉云铮，希望两人共同御敌。假若此时温黛黛还心存利用云铮保护自己的想法的话，那么云铮受伤后，她为救云铮苦守在少林寺外，并拿自己与雷鞭老人交换就是真情流露。当性格倔强的云铮还是不肯原谅她时，她更是伤心欲绝，想要一死了之。

云铮的心当然不是铁打的！他从雷鞭老人手中救下温黛黛，并为还温黛黛自由，应日后要求跳崖。生无可恋的温黛黛，决心要为云铮做些什么。坚毅而聪慧的她做到了！在大旗门外，她以云铮妻子的身份劝服顽固的云翼，让云翼听从她的指挥，并提出以嫁给雷小雕为交换，让雷鞭老人帮助自己，最终救大旗门于危难之中。对于这样一个本性纯真善良而又聪明果决的奇女子，我们又怎能狠下心来去指责她最初对云铮的欺骗呢？遗憾的是，得知云铮可能未死后，温黛黛有没有和他走到一起，成为古龙为我们留下的又一个谜案。

水灵光更是一位奇女子！她的奇，一是奇在容貌。一个人的容貌气质是天生的，即便是满身污垢也难以掩盖她的灵气。初见铁中棠时，洗净面容的水灵光就是一个不染凡尘，不带烟火气，似空谷幽兰般的神仙妃子："容光绝代，肌肤胜雪，有如莹玉塑成般的美人！她穿的是一身缀有明珠的宫装罗衣，在珠光宝气中更显得绰约有如仙子，她面上的笑容是如此明亮焕发，使得铁中棠再也不能相信自己的眼睛。"她的美，与《楚留香传奇》中的秋灵素并称为"天地双灵"。

二是奇在身世经历。水灵光的身世之谜在书中可谓一波三折。当铁中棠见到她的母亲是"江湖中第一孝子，武林中第一剑客"盛存孝的妻子水柔颂时，便以为她是盛存孝之女。在得知水柔颂曾与自己的叔叔铁青笺有染后，又认为水灵光与自己分属堂兄妹。水灵光与铁中棠为逃避这段感情,一个拜入九子鬼母门下,另一个则极力撮合对方与夜帝之子朱藻的姻缘。她虽然深爱铁中棠,不愿嫁给朱藻,但是,自觉身为大旗门后人,有振兴大旗门的责任,她无奈之下只好答应。真要这样,那就是一段令人扼腕叹息的爱情悲剧!幸好,还有善良、无私、慈悲的盛存孝。他在得知水灵光的身份后,毅然自揭家丑,告诉众人水灵光原是夜帝之女,与朱藻乃是兄妹。这样,水灵光才有了能与意中人相守的机会。可命运对她的捉弄与困扰还没有结束——学成武艺下山后的铁中棠,与夜帝一起被困在山洞里,不知生死。小说只留下一段模棱两可的话:"铁中棠究竟是生是死?三个月中,他们是否能找着他?这些问题,此刻当真谁也不能答复。但无论如何,这铁血少年,若生,无论活在哪里,都必将活得轰轰烈烈,若死,死也当为鬼雄。"

最后我们再来看看古龙小说中少有的令人印象深刻的武功:"嫁衣神功"。所谓"嫁衣",自是为他人做嫁衣。若想要将这门举世无双的武功练至大成,最奇特之处在于在武功练到六七成时要自行毁去,重新练起。夜帝夫人在将功力转至铁中棠时,感叹道:"嫁衣缝成,让别人去穿,缝的人虽使千针万线,怎奈自己却不是新娘子,这种神功练来也是要留给别人享用的。练的人虽然吃尽千辛万苦,自己却半分也用不上。"而"嫁衣神功"又号称"武道禅宗"。夜帝夫人领悟到:"这神功既称武道中之禅宗,自是也以顿悟为重。顿悟乃立刻悟道之意"。那么,这种顿悟到底是什么?是指在武功修炼上一夜顿悟,还是指顿悟"嫁衣"二字?为铁中棠做嫁衣的夜帝夫人不明白,接受嫁衣的铁中棠其实也不明白。其实,这也是曾常年为他人做嫁衣的古龙的困扰,所以,没有顿悟的铁中棠,同样并未将"嫁衣神功"练至完美。

当然,得到这么多赞美的《大旗英雄传》也并非尽善尽美。譬如,故事中的叙事过于松散。不仅是主角,连小说中的过场人物们也往往不知所终。如果不是《楚留香传奇》对此加以弥补,我们都不知道铁中棠接任大旗门门主,并击败魔教教主独孤残,成了天下第一的大英雄,更不知道水灵光最终与他相伴一生。同时,吹毛求疵地说,小说缺乏明显的层次波澜,特别是缺乏李家栈这样令人印象深刻的高潮片段,这也是一种遗憾。

柔情浣花，君子洗剑

君子浣花，美人清白；武者洗剑，领悟真谛。《浣花洗剑录》并不是古龙最看重的作品，但却是他告别传统武侠小说写作模式的一次宣言。

《浣花洗剑录》，最初在1964—1965年连载于台湾《民族晚报》，并由台湾真善美出版社在1964—1966年首发出版。故事主要讲述的是东瀛剑客白衣人挑战中原群雄，寻求武道真谛，第一次因紫衣侯使出上古大禹治水时所创、武林失传数百年之久的"伏魔剑法"而棋输半招，后又被学成归来的方宝玉击败。

叶洪生先生对此书评价颇高："作为一个改革传统的'急先锋'，古龙汲取了日本名作家吉川英治《宫本武藏》所彰显的'以剑道参悟人生真谛''战前气氛一刀而决'；会通了金庸《神雕侠侣》的'无剑胜有剑'之说，而发为'无招破有招'！于是写《浣花洗剑录》便与众不同，境界自高。"叶先生的这一说法，实则指出了《浣花洗剑录》的几个重要特点。

一个是本书受到日本文学中的宫本武藏这一形象影响。前文提到，古龙在学生时代曾阅读过大量外国文学作品，其中就包含吉川英治的《宫本武藏》。宫本武藏是在日本家喻户晓的一代剑圣，二十岁余时便以"圆明一流"自成一派，后又写成剑术书《兵道镜》，并自创"二天一流"剑术，最终参悟"剑禅合一"的至高境界。他一生曾与数十位高手比武，未尝一败，尤其是在岩流岛与佐佐木小次郎的惊天一战中，面对小次郎的高超剑术和力道，他凭着精神之剑取得最后胜利，成为名副其实的天下第一高手。《浣花洗剑录》中的白衣人，之所以想要挑战中原武林，并非是因为其嗜杀成性，想要杀尽中原武林高手，而是因为在无敌于东瀛武林后，他想前往天地更为广阔的中原武林，追寻武学真谛。这也是为何他会在认为白三空是一位真正的武人后，放其生路。这就是所谓的"以剑道参悟人生真谛"。

金庸曾对《宫本武藏》中《水之卷》的《芍药使者》一章推崇备至："《宫本武藏》中有《芍药使者》一章，我觉得那是中国所有武侠小说中从来没有写到的精彩比武场面。我读了中译本之后，也认为此书有巨大的吸引力。"那么这一段讲述的到底是什么呢？细说起来，它还与《浣花洗剑录》有着莫大的关联。

宫本武藏在闭关三年后，剑术有所成就，准备前往日本武林的第一剑道家族柳生世家，希望能与"柳生新阴流之祖，畿内第一剑豪"柳生石舟斋请教。但是，柳生石舟斋此时已是一位耄耋老者，又早已功成名就，自然不会轻易与人交手。此时，与武藏同来的还有剑客传七郎等人，柳生石舟斋命人送来芍药花作为礼物。传七郎等人不明白他的用意，有所轻慢，并不接受。但是，住在传七郎隔壁的武藏注意到了这支芍药的特别之处——切口。在反复观摩后，武藏以腰间短刃树杈，将两处切口进行对比，自觉不如远矣。

这一情节，到了《浣花洗剑录》中就成为一个极重要的线索。白衣人初战中原时，在白三空家门外，他以剑削树枝，让白三空的弟子拿给他看。白三空接过树枝后，目光瞬也不瞬地凝住在那段枯枝切口上，他知道此人剑法不但高越自己数倍，当今武林中亦无其之敌手。而后，胡不愁在带着这段枯枝寻找"海内外第一剑法名家"紫衣侯的途中，遇到万老太太，并以此枯枝将其惊退。就连原本已决定不再与人比武的紫衣侯，在看到这个切口后，也决心迎战，与对方一较高低。可见，有时高手比武，并不一定要真的动手才知对方高低。武功练到极致，一花一草一木皆可见一世界。这就是所谓的"战前气氛一刀而绝"。

不仅如此，石舟斋的老师上泉伊势守信纲与石舟斋——那时还叫柳生宗严——比试，也与紫衣侯同马脸岑陬的交手有异曲同工之妙。伊势守和宗严一连比试三天，每一次都会告知宗严自己要攻击的部位，并依次击中。即便是宗严在第三天改变招式，伊势守依然可以按照之前的方式逐次攻击预定的部位。而在《浣花洗剑录》中，紫衣侯为向白衣人下战书，要求以刺岑陬一剑作为放他回大宛的条件。紫衣侯告诉岑陬，在三声之后，自己这一剑将会刺向"肩井穴"以下，"乳泉穴"之上七处大穴，绝无第二招。而那一剑，不但去势缓慢，剑式平凡，而且明明够不上部位，岑陬觉得躲避起来自是容易。可就在一瞬间突然幻起光幕，随着岑陬一声惊呼，他的身上多了七道血口，而且分散在左、右双肩，胸，腹，胁下各处。比武，往往讲究出其不意，但这多是基于双方实力在伯仲之间的情况。在上泉信纲、紫衣侯这样的顶尖高手眼里，面对实力大不如自己的对手，即使告诉对方自己要如何出剑，他们依然无处可躲。仅此一剑，紫衣侯便绝不弱于上泉信纲！

　　本书的另外一个特点是"无招破有招"之说。"无招胜有招"，或谓"无剑胜有剑"，本是《神雕侠侣》与《倚天屠龙记》中的经典桥段，是金庸武侠体系中的两位至强高手——独孤求败与张三丰——的最高境界，武侠小说读者们自然耳熟能详。但是，古龙的无招破有招其实是一种扬长避短的写法。在早期小说中，因受"三剑客"与金庸等人影响，古龙也曾注重武打场面的写实性，但是，古龙在这一方面并不擅长，至少没有如金庸一样创造出让人印象深刻的武功招式与武打场面。因而，试图求新求变的他，选择另辟蹊径：既然传统路数自己写不好，又易于流入俗套，那么何不专注于自己的优势，譬如人物的心理、精神，以及周围环境的渲染？

　　《浣花洗剑录》是古龙实现这一写作技巧的关键之作。紫衣侯的师兄锦衣侯周方，原是真正的天下第一剑客，见识更是非凡。他曾这样解释武功与武道之别：

> 武功以力取，武道以意会。力拙而意巧，力易而意难，是以天下通达武功之人虽多，上参武道之士却如凤毛麟角。简而言之，要练一套武功，是何等容易，纵是十分年轻之人，若是以勤补拙，也可练成，但若要由自然动静中悟出万物变化之理，自万物变化之理中悟出别人剑路之破绽，这却是何等困难之事，若非具有绝大智慧之人，纵然勤练百年，也不可成，是以千百年来，能以意悟剑、上通武道之人，实是绝无仅有。

而聪慧、武功高强者如紫衣侯，在生命终了时才算真正明白这个道理：

> 我那师兄将剑法全部忘记之后，方自大彻大悟，悟了剑意他竟将心神全部融入了剑中，以意驭剑，随心所欲。虽无一固定的招式，但信手挥来，却无一不是妙到毫巅之妙着。也正因他剑法绝不拘泥于一定之形式，是以人根本不知该如何抵挡，我虽能使遍天下剑法，但我之所得，不过是剑法之形骸，

他之所得，却是剑法之灵魂。我的剑法虽号称天下无双，比起他来实是粪土不如！

方宝玉在周方这番理论的教导之下，不为招式所困，向天地学艺，以悟剑道。他的方式比由武功领悟人生真谛要高明一层。因此，尽管白衣人已经到了精神、意志与剑气合为一体境界，甚至可以不战而屈人之兵，但是，方宝玉还是以由心念促生的"自然之剑"战胜了白衣人。

我们可以将周方的这段话，视作古龙武侠小说创新的纲领性表述。在古龙看来，武功是靠力来取胜，是有招式套路的，看似高深，可学起来并不复杂。武道的难度则远在武功之上，武道是要在明万物之理的基础上抽丝剥茧，一击致命。这就是大道至简，如独孤九剑，可破世间万法。如此一来，真正的高手对决，也就不用依靠多么繁复的打斗场面来证明其武功的高绝。从另外一个层面来说，这也是古龙对于自我武侠小说地位的抬高。传统武侠小说犹如武功，有章可循，即便天资不佳、没有独到的理解，也能以勤补拙。而他的创作要遵循的并不是这般路数，相反，他要试图开创只可意会、不可言传，能够体现作者大智慧的新模式，犹如武道。正是从《浣花洗剑录》开始，后面才有了李寻欢、陆小凤、西门吹雪这些武功神乎其神，然招无定式的高手。

《浣花洗剑录》引人瞩目的地方，除了写作方面的创新之外，还有人物的塑造。古龙笔下的大侠，大多是像陆小凤、楚留香一般横空出世、身份神秘。其中极为突出的，"小魔星"江小鱼是一位，方宝玉也是一位。

刚刚出场的方宝玉，就与寻常同龄人不同。作为武林世家子弟，他好读圣贤书，不爱习武，亦不喜玩闹，显得老气横秋。同时，他读书，但不死读书，不拘泥于死理。胡不愁要带他离开时，他不吵不闹，没有丝毫的拖泥带水，男儿之气彰显无疑。在寻找紫衣侯的途中，他们遇到万老夫人与木郎君这样凶神恶煞的成名高手，连胡不愁这样的成人都感到恐惧，方宝玉却胆气十足。他虽也害怕，但却敢鼓起勇气与万老夫人争执，并戏耍木郎君。最让人印象深刻的是他与紫衣侯的对话：

方宝玉瞪了眼睛道："我一生不知道有多少害怕的事，但却最不怕去做那些事。"

　　紫衣侯微笑道："好孩子，这才叫英雄本色！若是从不知道害怕的人，只是呆子、莽夫，算不得英雄！"

　　除了气度和胆量，方宝玉还有智慧。在五色船上，他以三纲五常、四维八德的道德礼法诘难水天姬，为胡不愁解围。出于玩笑，水天姬曾称方宝玉为小丈夫，说自己是他的大妻子。方宝玉便以此为由，指责水天姬不守妇道，一时间竟让冰雪聪明的水天姬也无言以对：

　　方宝玉大眼睛一瞪，道："你既然是我妻子，却对我大叔无礼，以下犯上，可说是无礼！你此刻承认了，方才却说没有将我带走，翻来覆去，可说是无情！你既已为人妻子，却还要抛头露面，为了达到目的，竟不惜将自己作为礼物送人，又可说是无耻！"

　　这样优秀的人物，难怪让紫衣侯这等人物也赞不绝口，说他不同于女儿小公主的小聪明，具有大智慧，能成大器，并将七年后的"洗剑之约"——所谓"洗剑"，即洗剑上之辱——交付于他。

　　可也是这番话，让方宝玉在成长过程中多次遭到小公主的为难。初见方宝玉时，小公主的心神便被看似杂乱无章，实则错落有致、恰到好处的插花所吸引。此时的小公主有些刁蛮，只因宝玉碰了一下茶花，她便要将茶花浣洗干净："就是要把花洗干净，管它是死是活"，但却单纯如一张白纸。紫衣侯死后，小公主想要证明自己并不比方宝玉差，多次为难宝玉，甚至险些陷其于万劫不复的危境，像极了《天龙八部》中任性的阿紫。但是，宝玉也如萧峰一样，因为知道她作恶的缘由，每一次都选择原谅她。小公主回来后，一切仿佛又回到了从前，她终于可以向他一诉衷情："我知道我以前常常令你伤心，令你难受，但……但你知不知道，我对你那么坏，只因为我太爱你。"

　　纵观全书，我们可以看出古龙写这部小说时是心存理想主义的。所谓"浣花洗剑"，从文学创作上来说，是指古龙洗刷过去的创作模式，走出属于自己的文学之路；从小说内容上来说，是指美人经过君子的浣洗重获清白，而武者也以浣洗手中之剑再获新生，领悟武道真谛。不过，正因为过于理想，有些需要贴近现实的事情反而被忽略，比如书中留下许多没有揭开的悬念和一群不知踪向的过场人物，为读者所诟病。

江湖的第一个十年

《武林外史》塑造了古龙小说的第一位浪子，第一位游侠，第一位才子，第一枭雄，也开创了古龙江湖的第一个十年。

《武林外史》，最初在1964—1966年连载于香港《华侨日报》，并由台湾春秋出版社在1965—1967年分册出版。故事讲述少年侠客沈浪与朱七七、"幽灵宫主"白飞飞、"千面公子"王怜花、游侠熊猫儿之间的爱恨情仇，以及与一代枭雄快活王柴玉关的斗智斗勇。

上文说到，《浣花洗剑录》受到了吉川英治《宫本武藏》的影响，那么《武林外史》则有着另外一位日本作家柴田炼三郎的影子。柴田炼三郎也是一位享誉日本文坛的武侠小说家，以《眠狂四郎》《猿飞佐助》《荒城浪人》《决斗者宫本武藏》等小说闻名于世，并曾创作改编中国古典文学的《水浒英雄传》《新编三国志》等，被称为日本"时代小说第一人"。自1988年开始，集英社为纪念柴田炼三郎，设立柴田炼三郎奖。时至今日，柴田炼三郎奖已成为日本文坛最重要的奖项之一，林真理子、北方谦三、浅田次郎、角田光代、东野圭吾等日本重量级作家都曾荣膺该奖。

不同于吉川英治，柴田很少为作品设置宏大的历史背景，全面描述历史人物的真实面貌，他擅长通过侦探、推理的手法渲染环境气氛，注重情节的悬疑性与对故事中各种阴谋诡计的揭秘。金庸和古龙都曾向柴田学习这种写作方式，比如《倚天屠龙记》中的成昆策动六大派围攻光明顶、《天龙八部》中的带头大哥之谜，以及前面提到的《失魂引》《情人箭》《名剑风流》等都与此相关。这正如金庸所说："侦探小说的悬疑与紧张，在武侠小说里面也是两个很重要的因素"。但是，古龙比金庸多向前走了一步，学习了柴田炼三郎的另一写作技巧：擅写同一主角的不同短篇，这些短篇既是独立也可联合。说到这里，我们自然会想到最著名的楚留香与陆小凤。其实，《武林外史》中的沈浪，应该才是这些侠客们的前辈。所谓前辈，当然不仅是指沈浪出现在他们之前——譬如《午夜兰花》就曾提到"昔年的名侠沈浪，从少年时候就可以缉捕名凶名盗所得之花红为生，身经百战，战无不胜，其经历之诡奇，绝不在楚留香之下"，还指的是他们都或多或少地继承了沈浪的神秘、智慧，世家弟子的风雅、平淡冲和，以及浪子的形骸落魄、洒脱不羁。

同样是少年侠客，沈浪出场便与铁中棠不同。古龙对他进行了一番特写，使他看似散漫实则有力，看似落魄实则豪阔，连他身上用来杀人的利剑都在他的微笑之下显得并不骇人。

在仁义庄的酒席之上，高手们均不愿与这位无名少年同桌。当丐帮金不换相邀时，他毫不迟疑地落座在这位隔着桌子便可嗅到身上酸臭气的乞丐身边。金不换举起筷子，在满口黄牙的嘴里啜了啜，夹了块蹄髈肥肉，送到他的碟子里，沈浪"看也不看，连皮带肉，一齐吃了下去，看来莫说这块肉是人夹来的，便是自狗嘴吐出，他也照样吃得下去"。这份洒脱不羁毫不做作，常人自是难以比拟。

他常年依靠仁义庄的赏金为生，这是一份拿命换来的辛苦钱。可他随手便取出五分之一赠予庄上的童子，剩下的转头又给了无耻索取的金不换："这五百两银子他赚得本极辛苦，但花得却容易已极，当真是左手来，右手去，连眉头都未曾皱一皱。"看到当金不换还不满足，沈浪连身上的皮裘都脱下来赠予他。面对金不换的抱怨，他全不在意，只是含笑饮酒。殊不知，莫说这点银子，连仁义庄用来做赏金的家底，都是他散尽家财送来的。沈浪之父为"九州王"沈天君，其家族乃是武林中历史最悠久的世家巨族，资财何止千万。此举之仁义慷慨，冠绝古今。沈家子弟，两百年来经历七次巨大灾祸，而又能七次重兴家道，可真当是"千金散去还复来"！沈浪也自有这份底气，任你"玉面瑶琴神剑手"徐若愚、"华山玉女"柳玉茹不识真人，辱骂轻慢，我自清风徐来，荣辱不惊。

"从天下最豪华的地方，到最低贱之地，沈浪都去得；从天下最精美的酒菜，到最粗粝之物，沈浪都吃得。他无论走到哪里，无论吃什么，都是那副模样。"这份武林世家子弟的优雅并不是装出来的。在沁阳城的客栈中，面对众人的打斗较量，沈浪持杯浅啜，安然自若，因为他的心中藏有一种令人生畏的自信，是以便可蔑视一切别人加诸他的影响。

说起沁阳鬼窟一节，沈浪又现其智。从情节设置上来看，沁阳鬼窟当属典型的侦探推理案例。沁阳城外，惊现魔窟，一日一夜竟害死两百余人。武林高手一笑佛等人，准备一探究竟。从仁义庄逃出的沈浪、朱七七与朱八也一同前往。众人正在较量之时，客舍外突然传来凄厉刺耳的惨呼，黑暗中还有一阵缥缈的歌声，仿佛在这无边的酷寒与黑暗中，正有个索命的鬼魂在狞笑长歌。这些高手们"虽也是什么都未瞧见，却只觉那黑暗中真似有个无形无影的'死神'，手持长弓，在狂风中随着落花飞舞，乘人不备，便'嗖'地一箭射来，但等人燃灯去寻长箭，长箭却已化入碧血，寻不着了"。众人寻找出去，轻功较弱的李霸在他们身后被暗杀，暗器却化为乌有。而另一边，护送李霸尸身回到客舍的彭立人，被灰袍人制服要挟："区区人力，也敢与鬼魂争雄"。还未进入鬼窟，鬼魂便找上门来，神秘恐怖的气氛已然产生。

在经过朱七七假扮鬼魂捉弄众人后，沈浪与一笑佛、莫希、胜滢四人决定入窟查明真相。本已准备离去的七七因不放心沈浪，又与朱八返回窟中。在鬼窟中，众人遇到推理小说中常见的"密室"事件。众人见到重逾千斤的石门，加之朱七七、朱八的渲染，本已足够恐慌，突然间，目力极佳的胜滢发现桌上的铁牌消失了，于是乎众人开始相互猜疑：莫希怀疑胜滢说谎，胜滢怀疑一笑佛诱骗，一笑佛怀疑沈浪来历，唯有沈浪神情自若。一波未平，一波又起，莫希又被人在背后打了一拳。于是众人心中疑惧之心更重，彼此怀疑，彼此提防，目光灼灼，互相窥望，火光闪动下，众人面上俱是一片铁青，眉宇间都已泛起了杀机。在莫希与胜滢扭打后，朱八又惊呼有人拧他。此时，恐怖气息达到一个顶点："人人心上，俱是毛骨悚然，想到黑暗中不知道有什么人会在自己脸上拧上一把，打上一拳，众人但觉一粒粒寒栗自皮肤里冒了出来，衣衫凉飕飕的，也已被冷汗湿透。"

正在这时，铁化鹤也来到窟中，众人紧张情绪得以缓和。就在众人准备继续前行时，沈浪突然出手，控制住朱八。这里的火孩儿朱八，竟是花蕊仙假扮的！沈浪向众人解释，窟内的诡异现象，并非因为鬼魂，而是花蕊仙在故弄玄虚。沈浪抓住了她唯一的破绽：戴着面具的她，又如何能被人拧脸？原来，花蕊仙等"十三天魔"早已知道这座古墓是藏宝之地，她发现此次中毒身亡的人，均是死于大哥花梗仙的"立地销魂散"之下，便认定此次的主事人是花梗仙。为保护大哥，她想以鬼魂之说将众人惊退。

随后，受灰袍人命令，彭立人将方千里等人也引入墓中，沈浪、朱七七、花蕊仙三人则被他们逼入死门。三人深入洞中，发现其中有无数奇珍异宝，所谓杀人于无形的鬼箭竟然是冰箭——这也是侦探小说中常见的设计。三人惊异之时，突然中了花梗仙的迷香倒地。灰衣人也在此时正式出场，告诉三人，自己是"金银收藏家"，之所以将他们以及方千里等人引入墓冢是为了绑票。沈浪将这些线索相连，瞑目沉思良久后，直接指明灰袍人的身份："快活王"座下财使。花梗仙在临死之前，曾将独门秘法和这座古墓的秘密交由柴玉关。哪知财使来到此地后发现，墓中空无所有，便利用江湖人士的好奇心理，营造古墓的恐怖神秘，将众人引诱至此，绑票赎买。这番逻辑清晰的联系，让财使金无望称赞道："古人云，举一反三，已是人间奇才，不想沈兄你竟能举一反七，只听得花蕊仙几句话，便能将所有的秘密，一一推断出来。"

如果仅仅是揭露，尚不能解决眼前危机。接下来的情节，才算是真正展现出沈浪应变之机智。第一次与金无望交手时，他先称自己并未中毒，将金无望惊走。后又告知朱七七，自己的确中毒，是以体内残存的最后一丝气力将他骇走。听到此言的金无望再次转回，千钧一发之际，奇迹又现，沈浪再次扣住金无望。此时，金无望与朱七七才知道，沈浪确实没有被迷，此番博弈，虚虚实实，只为让金无望放松警惕。这一连串反套路，读来的确让人又惊又喜。

在这之后，又出现金不换与徐若愚欲以朱七七要挟沈浪的变故，多亏徐若愚幡然醒悟，悬崖勒马，才未让沈浪自断一臂。由此可见鬼窟一役情节之跌宕起伏！故事还未结束，从鬼窟中走出的铁化鹤等人却不知所踪，金振羽等人并非死于花蕊仙之手，也不是财使所为，那么凶手又是谁？正因为留下了这样的悬念，后面才有"云梦仙子"、王怜花与熊猫儿等人的出场,沈浪与朱七七和白飞飞间的情感矛盾,寻找快活王等后续情节,可谓环环相扣。但是,无论情况如何危急,沈浪总能以他的机智,化险为夷,终成"江湖第一名侠"。

不仅是主角沈浪,王怜花、熊猫儿乃至快活王也与古龙此前小说中的人物大不相同,各具魅力。

不同于沈浪的浪子形象,王怜花是一位为人亦正亦邪的绝艳才子。虽然"快活王"是整部小说的最终反派,但是小说的大量篇幅都是在描述沈浪与王怜花间的斗智斗勇。作为"快活王"柴玉关与"云梦仙子"王云梦之子,王怜花不仅外貌玉面朱唇,风流可人,在武功上也身兼各家之长,且俱是江湖不传之秘,并不弱于沈浪多少,在才学上甚至更胜沈浪一筹,"文武两途之外,天文地理、医卜星相、丝竹弹唱、琴棋书画、飞鹰走狗、蹴鞠射覆,亦是无一不精,无一不妙",所学之杂,涉猎之广在武林中堪称独一无二。即便是在智谋方面,王怜花在与沈浪等人的较量中同样不落下风,连沈浪都多次中招。然而,由于自小在缺少爱的环境中成长,且受母亲的仇恨教育影响,王怜花的性格敏感而乖戾任性,专门寻求别人的痛处来获得快乐。比如,初见朱七七时,他便设法捉弄、欺凌她,又是亲吻,又是各种变换面容,被轻薄的朱七七一度对其既感到害怕,又恨得咬牙切齿,视其为恶魔,而他自己却是一脸无辜:"我只不过是在说真话而已。"因朱七七多次在他面前提及沈浪,如同小孩子得不到糖吃一般,在与沈浪一起为朱七七去除易容术时,王怜花给沈浪下以迷药,只为在朱七七面前证明沈浪不如自己。这样有趣、可爱的君子中的小人,小人中的恶魔,竟让人生不出一丝讨厌,最后还和沈浪化敌为友。根据《多情剑客无情剑》中的交代,王怜花最后与沈浪、朱七七远赴海外,并留下一部集其毕生所学精华的《怜花宝鉴》。

古龙第一部以游侠为名的小说是《游侠录》,而他笔下第一个真正意义上的游侠儿应是熊猫儿。何谓游侠儿?王昌龄的《塞上曲》有云:"莫学游侠儿,矜夸紫骝好",游侠儿就是指自恃勇武、重义气而轻生命的侠客。

如果说黑夜中熊猫儿与朱七七的相遇,只能算是预热,那么他的正式出场不同于沈浪的洒脱淡泊,也不同于王怜花的妖孽,而是独具一种男儿豪情:

突听得道路前方传来一阵歌声："金挥手美人轻，自古英雄多落魄。且借壶中陈香酒，还我男儿真颜色。"一条昂藏八尺大汉，自道旁大步而来。

　　只见此人身长八尺，浓眉大眼，腰畔斜插着柄无鞘短刀，手里提着只发亮的酒葫芦，一面高歌，一面痛饮。

　　他蓬头敞胸，足蹬麻鞋，衣衫打扮虽然落魄，但龙行虎步，神情间却另有一股目空四海、旁若无人的潇洒豪迈之气。

他年纪轻轻便行侠仗义，领袖数千弟兄，做出一番惊人伟业，众人夸他曰："熊猫儿，熊猫儿，江湖第一游侠儿，比美妙手空空儿，劫了富家救贫儿，四海齐夸无双儿……"在小弟们的心目中，能结识熊猫儿这样豪迈的汉子，做他的小兄弟，真是福气。连沈浪都认为，这种人天生就是要做老大的。

在这部小说中首次出现的，不仅有第一位名侠、第一位才子、第一位游侠，还有第一位枭雄——"快活王"。"快活王"柴玉关的人生极为传奇。他出生于巨富之家，幼时便天资聪明。十四岁时，他设法让一家三十余口一夜暴毙，接管万贯家财。败尽家资后，他出家为僧，因偷学武功被逐。二十岁入"十二连环坞"，拜帮主史寿松为师，却与史寿松宠妾金燕私通，席卷史寿松平生积财而逃。为躲避史寿松追杀，转手便将金燕送与七心翁，习得武功后，又设法让七心翁暴毙。再回中原时，柴玉关已改头换面，成了仗义疏财的侠客，人称"万家生佛"，并横扫"十二连环坞"，重创史寿松，一雪前耻。

改头换面，毕竟不是洗心革面。柴玉关之所以被称为千百年来江湖中"第一个大恶之人"，主要是因为他做了一件"惊天动地"的大事。柴玉关为成天下第一高手，与妻子江湖中第一女魔头"云梦仙子"设计出一条毒计。柴玉关散布了百年前"无敌和尚"仗以威震天下的"无敌宝鉴七十二种内外功秘笈"即藏于衡山回雁峰巅的消息，江湖中人纷沓而至，临行前均为防不测，将自己的遗物和秘密交付于此时已名声极佳的柴玉关。结果，这些武林高手们一无所获，死伤殆尽。而柴玉关，不仅不费吹灰之力将这些武林高手一网打尽，还获得了他们的武功秘籍、家资财富。狠心的他，竟试图将此时武功强于他的"云梦仙子"

也杀害。后来，他身居关外，设"酒""色""财""气"四大使者，享尽人间清福。

这样的人物，即便是最后失败了，也没有人敢小觑他。沈浪最后感叹道："人性本愚，是人才难免相争，但上者同心同智，下者同力，我与快活王虽然彼此都一心想将对方除去，但也不知怎地，彼此竟有几分相惜，你想我若与他真个抡拳动脚，厮杀一场，岂非大无趣了吗？"

与这些男儿们的江湖恩仇相比，朱七七与白飞飞的爱恨离不开一个"情"字。有人曾将朱七七与《浣花洗剑录》中的小公主相比，认为她们同样的任性、胡作非为。然而，细细读来，爱憎分明且天性善良的朱七七，是与小公主截然不同的。她的悲欢、任性全都因沈浪而起，她希望沈浪能够关心她、爱护她，她为了沈浪可以抛弃一切，别说"活财神"家的千金身份，哪怕是自己的生命。所以，当她得知沈浪与熊猫儿、王怜花等人合伙欺骗、捉弄她时，感到异常的寒心、愤怒与悲伤：

朱七七嘶声道："酒后高兴？何苦生气？你……你……可知道方才我为你多么着急？你可知道我闯进来是拼了性命来救你的？"

……

朱七七道："我知道你们都是聪明人，你们串通好了来骗我这个呆子，但你们可曾想到我这呆子所作所为，为的是什么，难道是为了我自己？"

……

朱七七冷笑道："你们这些聪明人，以为这样做法，根本没有什么关系，最多不过只是让我闹闹笑话而已，反正我也不会受到伤害，事过境迁，大家哈哈一笑也就罢了，由此可以更显出你们是多么聪明。"

她咬牙强忍着目中的泪珠，嘶声接道："但你们这些聪明人难道从未想到，如此做法，是多么伤我的心？你……你们凭什么要伤我的心？"

在那个大雪纷飞的寒夜，朱七七一个人躲在城外，放声大哭，悲恸的哭声在静夜中自是分外刺耳，也传得分外遥远。

朱七七是幸福的,不仅出身幸福,自幼在家受宠,而且与沈浪终成眷属。白飞飞则不一样。她生来就背负着复仇的使命:"死亡,仇恨,在我眼中看来,世上只有这两样事是可爱的;死亡令我生,仇恨令我活……"父亲柴玉关为骗取"幽灵秘谱"将其母亲玷污,对其百般折磨,让其生不如死。侥幸逃脱后的母亲,不断给她灌输复仇思想。亲情的缺失,让本该善良成长的她,自幼便生活在黑暗和仇恨中。于是,外表温婉动人、楚楚可怜的她,内心却是狠毒冷酷的幽灵宫宫主,多次加害沈浪等人。为报复父亲"快活王",她竟想出嫁给父亲,让他痛不欲生的主意。但在仇恨掩盖之下,她也有善良,她曾为金无望断臂懊悔动容,并因朱七七不计前嫌地相救,留下"点水之恩,涌泉以报,留你不死,任你双飞,生既不幸,绝情断恨,孤身远引,至死不见"的纸条后离开。沈浪说:"她究竟是善?是恶?只怕也永远没有人知道。"不,其实有人知道。在《多情剑客无情剑》中,阿飞眼里的白飞飞永远是温柔的、善良的母亲。可能为人母的白飞飞,才是卸下面具真正活着的白飞飞吧。

对于小说而言,是否有让读者印象深刻、津津乐道的主人公,应当是其是否出色的重要标志。而这部小说中的主要人物,哪怕是金无望、金无换兄弟这样的边缘人物,都值得大书特书。就这一点来说,本书应当是一部成功的作品。更重要的是,《武林外史》是古龙江湖历史的奠基之作,沈浪开创了江湖的第一个十年,而后才有李寻欢、叶开、公子羽。因此,假若我们还固执地认为古龙仍在模仿"三剑客",乃至金庸、梁羽生,显然有失公平。

绝代双骄

小鱼儿与花无缺,是古龙小说中少见的双主角。

他们的区别就像是野草与鲜花。

野草不屈,鲜花无缺。

《绝代双骄》,1966—1969年期间首载于香港《武侠与历史》杂志,同时由台湾春秋出版社出版。小说讲述的是，有着"江湖第一美男子"美誉的江枫与移花宫宫女花月奴夫妇被"十二星相"和移花宫宫主杀害后，其子孪生兄弟小鱼儿与花无缺分别被"天下第一剑客"燕南天与移花宫两位宫主带至恶人谷与移花宫，设计出"兄弟相残"的绝妙毒计。但是，事物的发展往往是不以人的意志为转移的，两人长大后尽管遭遇重重障碍，最终还是解开谜团，兄弟相认。

《绝代双骄》的主线自是小鱼儿与花无缺兄弟的成长经历，而在这条主线上也穿插着各色人等，正如曹正文总结的："出场人物多达百人，给人留下深刻印象的则有：江枫、燕南天、花月奴、邀月公主、怜星宫主、"十大恶人"、铁心兰、慕容九、碧蛇神、江琴（江别鹤）、江玉郎、黑蜘蛛、秦剑、南宫柳、胡药师、顾人玉、魏无牙、苏樱，等等。"因此，《绝代双骄》也成了古龙小说中篇幅最长的一部。

"花开两朵，各表一枝。"燕南天在恶人谷遭暗算，小鱼儿——因为他是条漏网之鱼，所以唤作小鱼儿——不得不在恶人谷长大，并且每日都要周旋于恶人之间。江湖中臭名昭著的"十大恶人"，此时有五位在谷中，他们留下小鱼儿的目的，是要将他培养成天下第一恶人。

武功位于"十大恶人"之首的"血手"杜杀，负责教授小鱼儿武功。杜杀冷酷如雪，对小鱼儿极为严苛。所以，小鱼儿跟着他的时候最规矩。小鱼儿不到五岁时，杜杀就强迫他开始与恶狗斗，与恶狼斗，与小老虎斗。这是你死我亡的斗争，容不得半分同情。这对于任何一位这个年纪的孩童来说都是不可想象的，所幸的是，每一次走出房间的都是伤痕累累的小鱼儿。一年间，"他已杀了五条狗、四只狼、两只小山猫、一条小老虎，他身上的伤疤，数一数已有二十多条"。杜杀虽冷酷嗜杀，却并不是一位无情之人。他心性刚直，敬佩真正的英雄，面对燕南天时，毫无惧色："杜某一生对敌，从未逃过！"当被马亦云偷袭时，临死前的他凄然说道："早知如此，我不如死在燕南天手里，他毕竟还是个英雄。"

不同于杜杀的冷酷，"笑里藏刀"哈哈儿从来不会打骂小鱼儿，他要小鱼儿跟着他学笑。在跟随哈哈儿的一个月里，小鱼儿是最开心的，连脸上的肉都笑疼了。哈哈儿本是少林和尚，因被师妹羞辱为肥猪后恶向胆边生，将同门与师傅杀得一干二净。他的人生准则就是以笑容面对人、事、物，好让对方放松警惕，一击致命，用屠娇娇的话来说就是："要能一面在嘴里叫哥哥，一面在腰里掏家伙"。

"半人半鬼"阴九幽是童年小鱼儿最害怕的人。他的身上总有股寒气，就是六月天，小鱼儿只要在他身边，就会从心里觉得发冷。俗话说，名字有叫错的，绰号没有起错的。阴九幽自命轻身功夫天下无双，从来不与人正面对敌，专门在暗中下毒手。他因暗算少林俗家弟子李大元，而被少林方丈囚禁在阴冥谷底，怎料却奇迹般地逃出，真像是一个从那传说中九幽之地走出的非人非鬼的怪物，阴气十足。

"不吃人头"李大嘴让小鱼儿感到最难受，因为李大嘴吃人肉。李大嘴原是三湘武林盟主铁无双的女婿，因妻子不满下嫁李大嘴，而与师弟暗通款曲。李大嘴念及铁无双恩情，最初希望妻子能够从此改过。无奈，妻子并未听从，并对他极尽侮辱。一怒之下，李大嘴将其杀死后煮而烹食。铁无双自然不会善罢甘休，纠结各路高手要为女报仇，李大嘴只好连夜逃入恶人谷。这种人吃人的恐怖行径，让他有了"恶人"之名。其实，他并非爱吃人肉，后来的他，只不过是借此来维持自己的恐怖形象，好让对方对他保持畏惧之心。这一招也确实奏效，无论是武功高于他的人，还是同样穷凶极恶的恶人们，都因觉得他嗜好吃人而不敢轻易与他发生冲突。真实的李大嘴，除了吃人外，还是至情至性之人。他虽怒而烹食其妻，但对于赏识他并将女儿嫁于他的岳父铁无双，却是心怀愧疚。面对铁无双的追杀，李大嘴再也没有杀害过其他铁家人，并仍试图维护铁老英雄的声誉。

"不男不女"屠娇娇是童年小鱼儿认为最为奇怪的人。小鱼儿的这位屠姑姑，忽男忽女，雌雄难辨。武林中人提及恶人谷中的恶人时，觉得他们无一不是极难对付，"尤其是那'不男不女'屠娇娇，不但诡计多端，而且易容之术已臻化境，明明是你身畔最亲近的人，但说不定突然就变成了她的化身"。燕南天陷落恶人谷，屠娇娇当"立首功"，将小鱼儿培养成"天下第一恶人"也是她的计谋。抓捕欧阳兄弟时，我们看到屠娇娇可谓是算无遗策。全天下除尽得她真传的小鱼儿，恐怕没有人能揭露她的心计。

除了这几位恶人，童年小鱼儿的老师还有一位神医万春流。万春流并不是真正为非作歹的恶人，只因他误诊导致开封城九十七人一夜暴死，便在懊悔与心灰意冷之时躲入恶人谷一心研究医道。他以研究医术为由，救下已成活死人的燕南天,并在小鱼儿知晓自己的身世后,引导他树立正确的人生观与价值观。

"十大恶人"中的另外六位身在谷外。"迷死人不赔命"萧咪咪,是一位自带凄迷妖艳之气的绝美少妇,嗜好男色,擅长媚术,连小鱼儿都险些被她纳入"后宫"。"损人不利己"白开心,素与李大嘴不合,害怕杜杀。他常常手持一个碧玉鼻烟壶,假扮市井小民和泼皮无赖,擅长在江湖中行挑拨离间、损人不利己之事,甚至小鱼儿都受过他的欺骗。欧阳丁当兄弟,哥哥叫"宁死不吃亏"欧阳丁,弟弟叫"拼命占便宜"欧阳当。他们本是一对孪生兄弟,因私吞"十大恶人"共同的宝藏,强行暴饮暴食改变身材以躲避追杀,并化名罗三、罗九继续行骗与挑拨离间,连江别鹤、铁无双、赵香灵这样精明的老江湖都被他们欺骗。不过,他们也因自己的"宁死不吃亏"而丧命:他们将失忆后的慕容九送到小鱼儿手中后,觉得吃亏,便要占回便宜,被屠娇娇与小鱼儿设计落网,并被几大恶人折磨致死。临死前,他们仍不改本性,将几位恶人骗到"十二星相"的"鼠王"魏无牙处,试图以两命换五命,也真算得上是没有吃得半点亏。

最后两位,没有罪孽深重的恶行,其实算不得真正的恶人。"恶赌鬼"轩辕三光,平生唯喜赌博,并且强求别人与他对赌,脾气上来时,父母妻子都能被他压上赌桌。江湖传言:"遇见恶赌鬼,不赌也点赌,非赌个天光、人光,钱也光才收手。"但是,他一生行事光明磊落,愿赌服输,未曾做过一件恶事,后与小鱼儿成为知己。"狂狮"铁战,本质上是一个武痴,同样算不得恶人。"穿肠剑"司马烟就曾说过,严格地说,铁战根本就不能名列"十大恶人"之一。屠娇娇也说,狂狮虽然狂起来时,六亲不认,见人就打,就连他的儿子,都被逼得非和他打一场不可,但并没有杀过人。不过,铁战的思维和行为也不能以常人度之,他曾公开支持女儿铁心兰可以一女侍二夫,同时嫁给小鱼儿与花无缺。这两位在观看"双骄"大战后,携手下山而去。

"十大恶人"中,除轩辕三光与铁战外,萧咪咪被小鱼儿困于地宫之内,溺水而死,其余各位也都不得善终,且死于自相残杀。白开心好色,强娶"十二星相"中的马亦云为妻。马亦云美虽美也,但是性格暴躁,行为放荡,还有受虐倾向。这也导致婚礼上,马亦云的前夫、"十二星相"中的白山君得知白开心要娶她为妻时,不仅不怒,还高兴地前去祝贺,办理交接手续后仰天大笑而去,也算是奇闻一件。追随白开心后，马亦云开始挑拨几大恶人的关系。于是，杜杀被马亦云暗算而死，阴九幽联手马亦云重伤李大嘴，却也被李大嘴扭断脖子，白开心中了哈哈儿的暗器，屠娇娇临死前，拼死拉着情人哈哈儿一道去地府做了"亡命鸳鸯"。唯一要说死无遗憾的，当属李大嘴。临死之时，他拒绝苏樱的医治，并一吐衷肠，与女儿铁萍姑相认。看到铁萍姑在感情遭遇不幸之后，与"十二星相"中唯一弃恶从善的胡药师携手时，大笑离世。李大嘴说："三十年前，我就知道我们这些恶人注定会自相残杀而死的，因为像我们这样的人，世上也只有自己能杀死自己了吧？"这样的结果，也许就是恶人们早已注定的归宿。

言归正传，转眼间数年已过，小鱼儿在恶人谷中逐渐成长，并继承父亲江枫的优良基因，成为一个魅力十足的美少年。而在几位师父的教导下，小鱼儿学以致用，捉弄各路恶人们，成为恶人谷中人见人怕的"小魔星"。用宋三的话来说就是："这几年来，这小魔星可真使人人的头都大了三倍，谁若得罪了他，不出三天，准要倒霉。"哈哈儿、杜杀、李大嘴、屠娇娇、司马烟等人在感叹小鱼儿已将自己的本领学全的同时，也纷纷叫苦不迭。

于是，他们想到自己的最初目的，正是要培养一位青出于蓝的天下第一恶人，便将小鱼儿请出恶人谷让他去江湖上祸害别人。哈哈儿留下了一段脍炙人口的"名言"："哈哈，江湖中的朋友……黑道的朋友们，白道的朋友们，山上的朋友们，水里的朋友们，你们受罪的日子已到了。"

结果并非完全如恶人们所愿，因为小鱼儿在受到他们培养的同时，还接受了万春流的教导，保持着善良的本性。这让他既能不受人蒙骗与欺辱，又爱憎分明，不会随意加害别人，尤其是去伤害真正的好人。比如，当他因不愿与铁心兰一起前行而故意气走她后，嘴上虽然对着马儿说"你瞧我可是个聪明人，这么容易就将个女人打发走了，你要知道，女人可不是好打发的"，可是转身就担心她遇到危险而跟随其后，并替自己解释道："能瞧瞧女孩子的秘密，总不是件坏事，何况……咱们也没有什么事急着去做，等等也没关系，是吗？"在照顾生病的铁心兰时，看到她嫣然一笑，小鱼儿也笑了："他突然发现女孩子有时也是很可爱的，尤其是她在对你很温柔地笑着的时候。"此处描述将他善良而又懵懂的少年人心性表露无疑。如果说机智是小鱼儿最为显著的标志，是他在前期武功并不高强的情况下每每都能化险为夷的关键——否则他早已被花无缺与江别鹤等人杀害，那么这样的品行，也让他没有堕入歧途，在成功识破江别鹤面目后，因不愿冤冤相报而选择宽恕，并且化解自己与花无缺兄弟相残局面，终成一代大侠。

与小鱼儿相比，花无缺一开始的形象并不立体，性格也有些单薄。这并不是说他本人不够出色，相反，他在移花宫两位宫主的培养下显得过于优秀，优秀得有些超乎寻常。小鱼儿是恶人谷里不屈的野草，花无缺是移花宫中华贵的鲜花。他过着远比王孙公子高贵的生活，此外，他容貌惊艳，武功高绝。不同于小鱼儿的精灵古怪、飞扬洒脱，他举止温文尔雅，说话亲切得体，譬如他刚刚出场，便在峨眉山上三言两语地揭露藏宝图诡计，将各大掌门间不死不休的杀伐之气化为祥和，"柳玉如眼波转动，始终不离他面目，铁心兰瞧着他，嘴角不知不觉间泛起了一丝钦佩的笑意"，简直是十全十美，实在是配得上"无缺"二字。小鱼儿评价他道："花无缺，无缺公子，他既不狠毒，也不奸诈，似乎完全没有什么心机，除了武功外，似乎全无任何可怕之处。但这种'全无可怕之处'正是最可怕之处——他整个人似乎就像是大海浩浩瀚瀚，深不可测。"

可是，这世上哪有真正完美的人和物啊，有时过于完美反而代表着与尘世间的事物格格不入，花无缺便是如此，完美得让人难以接近：

> 他说的话总是那么谦恭，那么有礼，但这情况却像是个天生谦和的主人向奴仆客气，主人虽是出自本意，奴仆受了却甚是不安——有种人天生出来就仿佛是应当骄傲的，他纵然将傲气藏在心里，他纵觉骄傲不对，但别人却觉得他骄傲乃是天经地义，理所应当之事。

如此完美的他，内心其实并不快乐。在移花宫中，他接受的是断爱绝情的教育。两位宫主过于强势，尤其是出现花月奴事件以后，他们对宫女约束极严，一位宫女仅仅因为与小鱼儿多说几句话就被杀死，这让花无缺在走出移花宫之前，身边没有一个可以说说真心话的人，因此，他过得极为压抑，性格也就有些冷漠，甚至无情。当他第一次发现小鱼儿是他要奉师命杀死的人后，便痛下狠手，他并不知道，也未曾想知道是出于何种原因，只因受命如此，并以一句"本宫令严，无人敢违"作为理由，像是一个只知道执行命令的机器人。

但是，花无缺也在不断成长。在与铁心兰相伴的两年里，两人渐生情愫，并在多次经历磨难后，感情更加坚定不移。在为小鱼儿所救后，虽然知道师命难违，但还是决定与小鱼儿在决战前的三个月内化敌为友。直到最后与小鱼儿决战之前，花无缺才成为一个真实的、有血有肉的、有七情六欲的普通人。且不说轩辕三光、小仙女这些与小鱼儿亲近的人，连爱人铁心兰也向他求情，宁可自己赴死，"也不知为了什么，她总是认为花无缺比较坚强些，所以也就不妨多忍受些痛苦，所以她宁可伤害花无缺，也不忍伤害小鱼儿"。花无缺终于忍受不了这种情感上的被抛弃感："每个人都来求我莫要杀小鱼儿，为什么没有人去求小鱼儿莫要杀我呢？难道我就该死？"可惜的是，也许是古龙依然想让无缺公子继续完美下去，花无缺在决战前决定牺牲自己的性命来成全包括小鱼儿在内的所有人，这让他又有了几分宽恕一切、超凡成圣的意味。

除了"绝代双骄"和"十大恶人"，书中还有一些个性鲜明的角色。比如个人魅力无可匹敌的江枫与燕南天："江湖中有耳朵的人，绝无一人没有听见过'玉郎'江枫和燕南天这两人的名字；江湖中有眼睛的人，也绝无一人不想瞧瞧江枫的绝世风采和燕南天的绝代神功。只因为任何人都知道，世上绝没有一个少女能抵挡江枫的微微一笑，也绝没有一个英雄能抵挡燕南天的轻轻一剑！任何人都相信，燕南天的剑非但能在百万军中取主帅之首级，也能将一根头发分成两根，而江枫的笑，却可令少女心碎。"邀月则是既可恨又可怜。她冷酷无情，强势无比，没有人能与她占有同样的东西，哪怕是妹妹与她争夺一颗桃子，她也从不相让，可她在情感上却敌不过一个身份卑微的婢女。自此，她为仇恨所控制，最后为复仇竟不顾亲情，杀死欲告诉小鱼儿和花无缺二人真相的妹妹怜星。怜星一辈子都生活在邀月的阴影之下，貌若天仙却身体残疾，连爱慕江枫都不敢让人知道，后来还将这份感情转移到小鱼儿身上："只要一想到小鱼儿，心里就发疼。小鱼儿对她实在不错，而她对小鱼儿呢？这恶毒而残酷的计划，可说全都是她安排的。"怜星终其一生，如一颗寂灭孤星，伴月而起，悄然陨落。

而关于恶人，不仅是"十大恶人"恶得各有千秋，还有"十二星相"，角色鲜明，尤其是恶心变态、猥琐狠毒的魏无牙。但是，曹正文认为："《绝代双骄》中的反面人物，写得最好的还轮不上'十大恶人'，也轮不上魏无牙与邀月宫主，而是江氏父子——江别鹤（江琴）与江玉郎"，事实也确实如此。

江琴出场时，不过是江枫的贴身书童，实在是一个无关紧要的人物。但这个小人物，其实是造成小鱼儿与花无缺不同命运的重要推手。作为江枫的心腹，他仅因三千两银子便将主人的行踪出卖给"十二星相"，造成夫妻丧命，兄弟离散的惨剧。也是这个小人物，十数年后，摇身一变，成为"江南大侠"江别鹤，以洁身自好、义薄云天闻名江湖。他眉清目秀，面如冠玉，风神潇洒已极，却只住着三五间破旧的小屋，陈设简陋，没有姬妾奴仆，饮食只有他亲手做的极为清淡的三四样菜蔬。小鱼儿叹道："名震天下的'江南大侠'，过的竟是如此简朴的生活，千百年来，武林中只怕没有第三个了"，并称赞他是一位真君子。

可是，这位武林中少见的君子、大侠，白天是人，晚上是鬼。小鱼儿发现，他的密室里面藏着毒药、人皮面具和江湖人中生死相搏的"燕南天藏宝图"——这竟是他伪造的。峨眉山藏宝图事件后，为贪墨合肥镖银，并除去德高望重的铁无双，他又策划了"镖银失窃案"，勾结化名后的欧阳丁当兄弟，造成双狮镖局灭门，铁无双冤死。在伪装自己这件事情上，江别鹤并不弱于伪君子的代名词——岳不群。

江玉郎则深得其父江别鹤真传。江玉郎初次登场时，凸显了一个"忍"字。他以男仆和奴隶的身份出现在萧咪咪的淫窟中。在萧咪咪面前，他居然想到装死，在一年中以挨饿受冻、与肮脏之物共存的方式，躲在粪坑下面挖出一条求生之路，小鱼儿都情不自禁地夸赞他是"天才"。而后，江玉郎显示出"奸"的特征。他惯能笑里藏刀，虚与委蛇，上一秒温存听话，磕头求饶，下一秒便能蓦然出击、陡下黑手。哈哈儿评价江玉郎说，他简直可以给以谎言著称的欧阳丁当兄弟做师傅。非但能"忍"且"奸"，江玉郎还足够"狠"。白山君夫妇以凌辱铁萍姑来试探花无缺是否清醒时，江玉郎面不改色，无动于衷，还劝萍姑加以忍耐。他丝毫不曾想过，眼前这位赤身裸体的女子，是对自己痴心不悔的女人。由此可见，不同于其父虚伪的儒雅，江玉郎是一个十足的卑鄙小人。

林林总总，不一而足。曹正文说得好："《绝代双骄》在中国武侠小说史上以擅长塑造人物典型取胜，绝非虚言。"正如燕南天在遭遇重重磨难、武功尽失，甚至成为活死人后，终于将"嫁衣神功"练至大成，步入铁中棠所未达到的境界，古龙也终于明白了何为"嫁衣"，何为"顿悟"，那就是不破不立。只有"欲用其利，先挫其锋"，懂得取舍而非纠结利弊，视"嫁衣"为基础和积累而非倚赖和路径，才能达到金刚不坏、不动明王、如来护法、随心所欲的至高境界，可以不再倚赖纯阳无极剑这样的外物相助。所以，同为天下第一，读者们所争议的铁中棠与燕南天在武功上孰优孰劣，其实已有答案：相比于《大旗英雄传》等其他几部作品，《绝代双骄》应是古龙中期小说巅峰中的巅峰，代表着他创作心境的真正成熟。

第五章

但开风气不为师

写自己的小说

"嫁衣神功"的大成,让古龙得以名列武侠小说作家第一线阵容,甚至在声誉上一举超过三剑客。

从此,他开始写自己的小说了。

写自己的小说,对每一位真正立志从事文学创作的作家都是极为重要的事情,对从学习他人并"为他人做嫁衣"起步,而力求实现创新的古龙来说,尤为如此。毕竟,这时已有名气的他,早已不再为稻粱忧了。

既然写自己的小说,那么自己就必然形成了如何写小说的纲领性观点。在20世纪70年代,古龙曾发表过数篇关于武侠小说的论战文章,此时的古龙,无论是在声誉上,还是在创作上,都正值巅峰。

1973年4月,受台湾当局邀请,金庸第一次登上台湾岛,进行了十天的访问。令人玩味的是,此前金庸与国民党并无公开往来,他的武侠小说长期以来也因被认为影射台湾当局"反攻大陆"的"复国"梦而位列禁书。因而,此次金庸访台,在岛内文化界引起热议。文化界人士针对武侠小说的地位及价值,在台湾《中国时报》上爆发长达半年的论战。1973年6月7日与8日,台湾《中央日报》副刊发表谢台宁所写的《漫谈武侠小说》,文中承续着过去的观点,蓄意贬抑武侠小说。这一批评武侠小说的老调,却引起罗龙治的反弹,同年7月1日他在《中国时报》人间副刊上发表《武侠小说与娱乐文学》,从武侠小说作为"娱乐文学"的角度,批驳谢台宁的观点,并在6、7两日,以《毒草香花谈武侠》继续申论。从该年8月到11月,该报共刊登近十篇文章来讨论武侠小说的价值。

其实,论战虽发生在20世纪70年代,但岛内关于武侠小说是"闲书""毒(读)物",可令人逃避现实等争议始终存在,用叶洪生和林保淳先生的话来说就是"读者欢迎,社会批评"。20世纪60年代,"三剑客"和古龙都曾发表过为武侠小说辩护的文章。比如,1961年8月20日,《大华晚报》第三版特别制作了一个《谈武侠小说》的专题,邀请他们四位,各自发表一篇对武侠小说的看法。其中，此时刚成名不久的古龙，发表了《武侠小说的创作与批评》一文，从作家的价值，以及读者拥有选择自己读书权利的角度来为武侠小说辩护。

早已产生为武侠小说正名之心的古龙，自然不会错过此次机会。1974年4月23日，古龙也在《中国时报》发表《小说武侠小说》一文。这篇文章不但体现了古龙渊博的学识——文章从唐人的小说笔记谈到《彭公案》《施公案》《七侠五义》《小五义》再到还珠楼主与金庸等人，而且体现了古龙前期武侠小说创作的重要特征：既向"古"求，也向"外"求。

向"外"求，即向外国文学学习。他认为，想要求变，就得求新，就得突破那些陈旧的固定形式，去尝试，去吸收，像日本小说一样将外来文学作品的精华融会贯通，创造出一种新的民族风格的文学：

> 《战争与和平》写的是一个大时代的动乱，和人性中善与恶的冲突，《人鼠之间》写的却是人性的骄傲和卑贱，《国际机场》写的是一个人如何在极度危险中重新认清自我，《小妇人》写的是青春与欢乐，《老人与海》写的是勇气的价值和生命的可贵。
>
> 这些伟大的作家们，用他们敏锐的观察力，丰富的想象力，和一种悲天悯人的同情心，有力地刻画出人性，表达出他们的主题，使读者在悲欢感动之余，还能对这世上的人与事，看得更深、更远些。
>
> 这样的故事，这样的写法，武侠小说也同样可以用，为什么偏偏没有人用过？

古龙在这里的观点，其实在此前的文学创作中已现端倪。但是，古龙此番观点的意义，并不仅仅在于指出他在创过程中存在学习外来作品以求创新的愿望，更重要的还在于明确自己武侠小说创作的核心：人性。所谓"人性"，是指人的善恶、卑贱、悲欢、同情、勇气等，更准确地说，就是铁中棠、沈浪与王怜花、小鱼儿与花无缺、"十大恶人"等这些个性鲜明的人物角色身上的人格特征。

这也正应了他对福楼拜的看法。福楼拜认为十九世纪以后就没有小说了，因为十九世纪的伟大作家们写尽了悲欢离合的七情六欲。古龙并不这样觉得，他说二十世纪出现的诸多小说证明福楼拜忽略了一点，就是人类的感情在变。故事的曲折变化会有穷尽，人类的感情的变化却是无穷的。所以，人类的思想感情，是写不尽的题材。尤其是利用不同的文学形式，可以描述出变化无端的思想感情。武侠小说也是如此。他认为，只要对人类有同情心，只要具有悲天悯人的情怀，不管用什么形式创作，都应该列入文学殿堂。

如果说这篇文章是古龙对前期小说的创作总结，那么他在1979年发表的两篇文章就可看作是解读古龙武侠小说整体精神的钥匙。1979年3月4日至5日，6日至7日，古龙在台湾《中国时报》分别发表文章《我不教人写武侠小说，我不敢》与《我也是江湖人》，反驳武盲在《你也想写武侠小说吗？》中对武侠小说的批判。武盲者，乃台湾政治大学数学系教授、中山文学奖得主唐文标。从职业上来看，也许是因为数学强调求真、求实、求是，唐文标是一位坚持文学现实性作用的诗人与评论家，他曾在1973年发表数篇文章批判周梦蝶、叶珊、余光中等人对现实的逃避，与颜元叔、余光中等人发生争论。他对武侠小说的评价，也遵循这一路径，并且作为古龙好友的他，选择以"古龙师兄"为箭靶：

　　——那么你不妨看看他们怎么写？
　　他们的武林怎样虚假和冒替？
　　他们的主角怎样非人性和残忍？
　　他们的历史观点如此荒唐而且无理？
　　他们的地理知识如何不真和僵硬？

好友既然出招，古龙就没有理由不接招。在他看来，这位武盲数学教授认为武侠小说就是"传统的民间故事"，并且指责金庸、古龙等人的武侠小说创作始终采用"万里追逐法"——即"跟着主角团团转"，这些理解本身就是存在偏误的，没有注意到新一代武侠小说的创新与改变。那么，什么是新一代武侠小说的改变？在文章中，古龙除了对武侠小说创作中的一些技巧，比如角色设置、内容布局等作出回应外,还以他本人的武侠小说为例,解释了什么是"江湖人",什么是"侠",以及武侠小说的价值等问题。古龙看似是在反驳武盲对武侠小说的批判,实则是在为新武侠,特别是自己的小说辩护,而辩护的中心依然是"人性"。

他认为,"武林"是一种特殊的社会形态,生活在其中的是一群不能见容于正常人的江湖人:"一个没有根的浪子,一个孤独而倔强的灵魂,他们也许什么都没有,但他们也是有血有肉的人,而且通常都有一股气。一股'为朋友两肋插刀'的义气,一股'虽千万人吾往矣'的勇气,一股'有所不为,有所必为'的侠气,还有一股完全不计利害成败得失的血气。"发生在这些人身上的事情,自然不是寻常人家中的日常:"人在江湖,有时会因为惺惺相惜而成为刎颈之交,有时会因为受人点水之恩而以义相报,有时也会因为睚眦之怨拔刀相见,甚至会因为仗义负义而不惜血溅五步。"同时,"江湖人"是不论出身的,行侠仗义也并不需要取得某种身份上的资格,不是达官贵人、富商巨贾、文人学者的专利,因而,"丐"能为侠,"妓"亦可:"'放下屠刀,立地成佛',善恶本是一念之间的事,一念间可以成佛,为什么就不能成侠?'丐'又何妨,'妓'又何妨?"

当然,古龙也承认了武盲对武侠小说中多有"吃喝嫖赌""奸淫邪道"的指责,不过,这些本来就是人类的劣根性所在,岂是武侠小说独有?更何况,武侠小说从来就不是为了赞扬这些负面信息,而是"怎么样去消灭这些人和这种事之间的过程"。譬如,尽管"十大恶人"与魏无牙这样的恶人也有可爱之处,但大都绝非良善,最后也将不得善终。在这段过程中,"一定会发生一些悲壮慷慨激昂的故事,一定会出现一些艰苦卓绝百折不回的勇士,为了表达出他们的志节和勇气,就不能不提高和他们对立的恶势力的可怕"。细细想来,这应该就是"快活王"的存在对于沈浪的意义。

那么,为什么古龙对"江湖人"如此理解呢?因为他自己就是"江湖人"。生活在正常人社会中的江湖人,看起来与正常人并无不同。他们有自己的价值观,不会粗暴无礼地随意侵犯正常人的生活空间,并且会给正直的正常人尊敬、帮助和保护。如果他们需要正常人的帮助,也不会选择强取豪夺的方式,而是会衡量对方是否可以做到,再以正常的方法,提出合理的要求和条件,付出合理的代价，并且牢记恩情。当然，"江湖人"也有"江湖人"独有的血性。他们要求自己重信义，守诺言，憎恨假冒伪善、口是心非的伪君子，见利忘义、言而无信、欺善怕恶的小人，对侵犯、出卖他们的人，他们往往采取激烈而直接的手段。这种"不平则鸣，以牙还牙"，让他们逐渐为当今社会所不容和排斥。"这就是江湖人的悲哀。这个世界上永远有江湖人存在，也永远有这种悲哀。但是他们那种守然诺、重信义、锄强扶弱、永不妥协、路见不平就要拔刀相助、有仇必报、有恩也必报的精神，也永远随着他们的悲哀存在。"

古龙所想要做的，正是将这种可悲的矛盾融入武侠小说中，能让人在消遣之余有所感触，从而"激发我们中国人人性中某种潜在的无畏精神，消除我们这个社会中某些怯懦逃避狡诈不平的现象，使我们中国人在这个困难的时代中站得更稳，站得更直"。这种写法与风土人情、百姓生活等"横的历史"无关，而是"有一种纵横开阔的侠义精神贯穿其间"。这就是古龙所说的，新武侠小说中存在一种"不屈不挠，永不屈服，永不向邪恶低头的精神"，这是工业社会最缺少但又最需要的一种精神。

读懂了这几篇文章，其实也就了解了古龙武侠小说的本质。这些"江湖人"独有的侠义精神，在古龙早中期小说中表现得还略显生硬，只有铁中棠、沈浪与燕南天等寥寥数人明确涉及，但在其巅峰期的作品中比比皆是。

根据古龙本人的划分，以及程维钧的统计，从1968年的《多情剑客无情剑》起至1979年的楚留香系列之《新月传奇》，古龙巅峰时期共创作小说三十七部。因为小说数量过多，且并非都是精品，我们若要将这三十七部作品在此一一细说，显然有些不切实际。因此，有详有略就是必要的选择。

胸有丘壑自成章

古龙创作巅峰期的小说，经典频出。

李寻欢、楚留香、陆小凤、萧十一郎，这些人物已经创造出属于自己的江湖传说。

但是，在他们之外，古龙还有一些独立成篇的作品值得我们细细回忆与品味。

古龙这一时期的小说主要可分为两种类型：系列作品与独立作品。系列作品，包括众所周知的小李飞刀、楚留香、陆小凤、萧十一郎、七种武器等，不同小说主要人物之间的关系存在延续性，此处暂不讨论；至于独立作品，则是一些故事独立成篇，主要人物互不交叉的小说。这些小说主要包括《欢乐英雄》《流星·蝴蝶·剑》《剑·花·烟雨江南》《大人物》《绝不低头》《七杀手》《天涯·明月·刀》《血鹦鹉》《三少爷的剑》《白玉老虎》《碧血洗银枪》《大地飞鹰》《七星龙王》等，其中不乏经典之作。又因《欢乐英雄》与《大人物》《流星·蝴蝶·剑》与《绝不低头》在主题上具有相似性，我们选择将其并为一类进行详述。

我们先来看看这些小说哪些存在代笔或者未完结的情况。

《剑·花·烟雨江南》，1971—1972年首载于香港《武侠菁华》，并由台湾汉麟出版社在1978年出版。故事讲述的是雷奇峰之子小雷在仇家上门时，为不连累心上人纤纤故意将其气走，纤纤在不知情的情况下对小雷进行报复，最后二人又破镜重圆的故事。小说的文笔洗练，无论是在书名上还是内容上，都极富诗意和美感，在情节上，它也不同于此前小说的复杂诡谲，而是简单纯粹，像是一部披着武侠复仇外衣的爱情小说。比如，小说开篇将纤纤作为一个怀有春思的少女描写得惟妙惟肖。因为自己的仆人身份，纤纤知道自己没有自由。因为清醒，所以她不会像其他少女一样快乐，即便是面对主人雷奇峰慧眼独具的赏识目光，她也没有流露出过多的感情。廊外下着春雨，而她的忧愁就像这春雨一般连绵不断："春雨令人愁，尤其是十七八岁还未出嫁的少女，在这种季节里，总是会觉得有种无法描述、不能向人诉说的忧虑惆怅。"读到这里，我们大抵会以为这是一个只知多愁善感的女子。

其实她也有快乐，但她的快乐并不在人前。回到房间的她，眼睛里突然就有了神采，她换了一副独属于柔情少女的妆容，只因为她要去见自己的情郎了：

她这才松了口气，对着镜子，扮了个鬼脸，她又转身推开窗子，向窗外望了望，看到四下无人，就轻轻一纵，跳出了窗子，暮春三月，草长莺飞。绿油油的草地，在春雨中看来，柔软得很像是情人的头发。

纤纤一只手挽着满头长发，一只手提着鞋子，赤着脚在绿草上跑着。

雨丝打湿她的头发，她不在乎；她的脚趾美而秀气，春草刺着她的脚底，痒酥酥的，麻酥酥的，她也不在乎，现在，她就像是一只刚飞出笼子的黄莺儿，什么都已不在乎了，心只想着去找她春天的伴侣。溪水清澈，雨丝落在上面，激起了一圈圈涟漪又正如春天少女们的心。

古龙说自己是"江湖人"，所以了解"武林"中的人与事，可令人惊奇的是，为何他对少女那不为人道的情思也会如此熟悉呢？这里的写法，比处女作《从北国到南国》中对大姐的描写不知要高明多少。

再比如，小说中欧阳急和小雷之间有一段经典的对话：

"这里是什么地方？"

"客栈。"

"你故事里的人，为什么好像总是离不开客栈？"

"因为他们本就是流浪的人。"

"他们没有家？"

"有的没有家，有的家已毁了，有的却是有家归不得。"

在二人对话结束后，书中的旁白道："你若也浪迹在天涯，你也同样离不开酒楼，客栈，荒村，野店，尼庵，古刹……更离不开恩怨的纠缠，离不开空虚和寂寞。"这恐怕也是古龙对自己人生的感慨吧，武侠小说中的浪子居无定所，空虚寂寞，自小因有家归不得而流浪江湖的他，又何尝不是如此呢？

可惜的是，不知出于何种原因，《剑·花·烟雨江南》最终草草收尾，代笔者或曰是上官鼎，或曰是于东楼，原因是文末的文风与前文有所差距、情节没有展开且缺乏变化等。当然，这也不过是后来人的推测，或许是古龙为应付交稿而迅速完结也未可知，这在他的写作生涯本也是常态。无论如何，这部褒贬之处都很鲜明的古龙巅峰之作，还是有其特殊性所在，它更像一部纯文学作品而非通俗小说，读者仍可从中见到他少年时的写作风格。

《血鹦鹉》，1974年由台湾南琪出版社出版。故事讲述的是，江湖中流传着这样一个传说：幽冥中有十万神魔的十万滴血凝成的"血鹦鹉"，它能够满足人们的三个愿望。身重奇毒只有百天寿命的侠客王风，身怀侠义之心，帮助名捕铁恨追查失踪的太平王和宝藏的下落，最终揭开"血鹦鹉"之谜：原来，太平王王妃李大娘为吞没太平王财产而设计威胁太平王，所谓的魔王、血奴与"血鹦鹉"，正是她利用人的"贪婪和猜忌"所虚构出来的魔幻神话，目的是为了掩盖自己运送宝藏的秘密。

这部小说的创意其实源自古龙想要打破武侠小说的武力威胁而直至源自人类内心深处的恐怖。然而，创意虽好，但他只创作了该小说的前五章，其后的二十五章均委托黄鹰代笔。说起黄鹰，这也是一位著名的"灵异推理派"作家，他一生中最为著名的作品就是后来因拍成电影而风靡大江南北的《僵尸先生》。而黄鹰小说创作之路，正是从代笔《血鹦鹉》开始起步的。此时只有十八岁的黄鹰，尽力模仿古龙的文笔风格，难得的是，这位少年才子出手不凡，没有让古龙失望。对于这样的年轻人，豪情义气冲云天的古龙，也一定会毫不吝啬地帮助他。黄鹰更是不负所托，接着创作出《吸血蛾》《黑蜥蜴》《水晶人》《无翼蝙蝠》《粉骷髅》（又名《罗刹女》）等五部作品，合称《惊魂六记》。古龙曾这样评价《惊魂六记》："想写惊魂六记，是一种冲动，一种很莫名其妙的冲动……因为只有从心灵深处发出的恐怖，才是真正的恐怖。那种意境，绝不是刀光剑影，所能表达的了。那才是真正的惊魂。"因此，虽然从严格意义上来说，《血鹦鹉》应当属于黄鹰的作品，但是这部小说之所以能够成型，还是离不开古龙的构思和前期铺垫。

《白玉老虎》，1976—1977年以《满天苍雨》为名，首载于新加坡《南洋商报》，并由台湾南琪出版社出版。这部小说是以为父报仇为主要线索来展开的。为父报仇，在武侠小说中是一个经久不衰的话题，古龙从第一部小说开始就用到了。按理说，巅峰期的古龙已经完成了对传统武侠小说的突破，这时候不应该还在写为父报仇。可古龙偏偏就写了，还写出了别样风采。

江湖大派大风堂的少爷赵无忌在一个黄道吉日结婚了。这一天真是个诸事皆宜、大吉大利的黄道吉日。宜婚嫁，也宜杀人。结婚当天，赵无忌的父亲赵简赵二爷被人杀害，连头颅都消失了。种种线索表明，这件事很有可能是赵简的结义兄弟上官刃联手大风堂的对头霹雳堂和蜀中唐门所为。事后，上官刃也不知所踪。

大喜之日变成大悲之日，任何一个人都会痛苦难熬，赵无忌也是如此。无忌，即不猜忌、不忌惮、不忌讳之意，是古时人们常用的名字，有名者如战国时的信陵君魏无忌、唐代宰相长孙无忌，此即明朝大小李梦阳之对："蔺相如，司马相如，名相如，实不相如；魏无忌，长孙无忌，彼无忌，此亦无忌。"武侠小说中最著名的无忌是《倚天屠龙记》中的张无忌。不同于张无忌名无忌实则常有顾忌，赵无忌行事随心所欲。他脾气虽然有点坏，却是个很好的年轻人，乐于行侠仗义，虽有时会好心办坏事，但从不推脱责任，更不会因噎废食；视朋友为手足，在江湖人的眼里，赵无忌是一个随时都可以替朋友挨刀的好汉。可是，父亲的死，让这个本来乐观向上的男孩子一下子失去理智，几天几夜不吃不喝，不眠不休。

但是，他知道自己不能倒下，因为他还要替父亲报仇。在贤良淑德、善解人意的新婚妻子卫凤娘的默默支持下，赵无忌毅然决定离开大风堂，闯荡江湖，寻找上官刃为父报仇。想要报仇，就要有高绝的武功，以赵无忌现在的身手是绝对不可能的。机缘巧合之下，他见到了两位绝世高手：萧东楼与九幽侯爷，后者现在亦名地藏。地藏允许赵无忌去九华山找他。而萧东楼尽管没有指导他武艺，却教给了他很多人生哲理。比如，萧东楼告诉他：最聪明的人往往不能成为绝顶高手，因为他们太聪明了，他们总会去想办法避免痛苦，而一个绝顶高手却必须经历痛苦的洗礼；只有人才能创造奇迹，用他们的恒心、毅力、智慧，用巧妙的方法、严格的训练。显然，萧东楼已经看出了赵无忌满怀心事，他在用自己的人生经验告诉他应该怎么做。可是，年轻人往往不能立即接受长辈们的训诫，反而还会觉得这样的大道理并不能解决眼前的实际困难。赵无忌也是一样的。相比于讲道理的萧东楼，他还是选择去找九幽侯爷，毕竟这样更直接，见效也更快。

赵无忌出发了。在九华山"非人间"的一年中，赵无忌过着非人间的生活，他将自己关在密室中，沉迷于剑谱，忘乎所以，披头散发，又脏又臭，连妻子卫凤娘都认不出他，甚至分不清他是"疯"还是"痴"。所幸的是，赵无忌坚持了下来，"只因他对自己有信心，他相信自己一定能活着走出那地方"。此时，如果赵无忌会回想起萧东楼的那番话，他可能会对其中的内涵深有体会。人生何尝不是一路历练？在天赋上，莫说萧东楼和地藏，就算是比起他们的两位弟子，赵无忌也有所不及，但是，只要他有信心、有恒心、有毅力，就一定能够在经历痛苦的洗礼后，做到自己想要做的事情。一年的时间，赵无忌在失去父亲宽阔的臂膀后，从男孩成长为男人。

学成武艺、重出江湖的赵无忌，多番打听后知道上官刃隐藏在唐门，便欲进入唐门刺杀上官刃。临行前，司马晓风送给他一只白玉雕成的老虎，嘱咐他一定要交给上官刃本人，绝不可落入他人之手。

唐门有着几百年的历史，是古龙小说中时常出现的一个世家门派。此门派最擅长的并不是拳脚刀剑，而是暗器和毒药，比如《情人箭》中的唐无影、唐迪，《名剑风流》中的唐无双，都是唐门中赫赫有名的前辈高人。到了这一代，唐门已经成为武林中力量最庞大、声名最显赫的门派之一，尤其是在与霹雳堂联合以后，制造出满天花雨这样混合毒药与火药的霸道武器。唐门所在的唐家堡防卫森严，与紫禁城一样分为内外三层，其内部高手如云，在剑法上已窥堂奥的大少唐傲、唐玉、唐缺、十二长老，个个武功高强，而且惯于弱肉强食。因此，一直被唐门盯着的赵无忌想要取得他们的信任并不容易。

赵无忌没有遇到武功最高的唐傲，而是遇到了唐玉与唐缺，可这两兄弟也足够让他头疼。唐玉化名李玉堂，在明知赵无忌身份的情况下卧底在他的身边，他心狠手辣，为取得赵无忌的信任，不惜亲手杀死自己人；唐缺比唐玉还要难缠，表面上他是一个好吃且好男色的猥琐胖子，实则无论是在武功还是心机上，他都远远超过唐玉，以至于唐玉始终在模仿他。赵无忌不断与这二人周旋，并得唐缺相助进入唐家堡。可是，进入了唐家堡又能怎样呢？上官刃这样的成名高手尚且只能入赘唐门，更何况是他。

既然来了，那么即便是不可为也要努力为之。在唐家堡内，赵无忌四次遇险，又四次得人暗中相救。而这个暗中相救的人竟然就是上官刃。那么，上官刃这么做的目的又是什么呢？是良心发现，还是另有隐情？赵无忌发现上官刃暗中保护自己的秘密时，与他当面对质。在武功上高于赵无忌的上官刃并未抵抗，就在赵无忌要成功报仇时，他突然想到司马晓风给他的白玉老虎。打开白玉老虎后，里面露出一张白纸，上面记录着全书最大的秘密：上官刃竟是大风堂在唐门的卧底！

原来，面对唐门与霹雳堂的联合，大风堂感受到前所未有的压力。赵简、司马晓风、上官刃三人便想出一个荆轲刺秦王的主意。与唐门素来有隙的赵简是樊於期，上官刃是忍辱负重的荆轲，稳重多智的司马晓风则是燕太子，留在大风堂担负着兴盛大风堂的责任。他们三人将这一次的计划取名为"白玉老虎"。三人又想到赵简独子赵无忌万一潜入唐家堡，并像此时此刻一样拥有机会杀死上官刃，那该怎么办？他们觉得空口无凭，于是留下那只白玉老虎作为证据。

得知真相的赵无忌，陷入了深深的矛盾。他已承受了太多的苦难：父亲身亡，兄妹亲人离散，生离与死别就在一瞬之间，自己的妻子现在很可能已在别人怀中。

过去，他之所以可以忍受这一切，是因为他觉得他的牺牲是有价值的。现在他已经知道了这秘密，他的一切牺牲却反而变得很可笑："他几乎真的忍不住要笑出来，把心肝五脏全都笑出来，再用双脚踏烂，用剑割碎，用火烧成灰，再撒到阴沟里去喂狗，让赵无忌这个人彻底被消灭，生生世世永远不再存在"。

好在还有上官刃。这个背负着杀害兄弟骂名的男人告诉赵无忌，他必须要活下去，为了他的父亲，为了上官怜怜，为了卫凤娘和赵千千。古龙说："'白玉老虎'这故事，写的是一个人内心的冲突，情感与理智的冲突、情感与责任的冲突、情感与仇恨的冲突"，这指的正是赵无忌内心的变化历程，以及一个人在精神支柱轰然倒塌后应该何去何从，如何成长，如何学会承担责任。

可惜的是，故事到此戛然而止，留下太多疑问。按照古龙的说法，我们现在看到的这本书只是《白玉老虎》的上部。这部分主要写的是赵无忌这个人，"现在赵无忌内心的冲突已经被打成一个结，死结。所以这故事也应该告一段落"。

可是,因为赵无忌还活着,这个结迟早要解开,"所以这故事一定也还要继续下去"。为此,古龙许下诺言:"关心赵无忌的人,关心凤娘、千千、怜怜、曲平、唐傲、唐缺,和那一对奇怪而可爱的孪生子的人,也一定希望能看下去。所以我也一定会写下去,再过几期后,我一定会让每个人满意。"然而,也许这番话只是古龙的酒后豪言,算不得数,读者们再也看不到自己关心的这些人和事了。

无论如何,这部小说"无间道"式的情节设置,以及对人物内心冲突的精彩描述,足以让它成为古龙所有未完结,包括由他人代笔的小说中艺术价值最高的一部。

《圆月·弯刀》,1976—1978年以《刀神》之名,首载于香港《武侠春秋》,并由台湾南琪出版社在1976—1977年出版。在这凡尘人间,"神"代表着神秘而无所不能,是一种传说。刀,是江湖中人最常用的武器。正是因为常用,古往今来,武林中出现太多优秀的刀客。"神刀无敌"白天羽、"魔刀"傅红雪、萧十一郎,这些人都已经成为武林传说。可是,刀法在古龙小说中被封神的只有一位,那就是"刀神"丁鹏,他已经达到"人是刀的灵魂,刀是人的奴隶"的境界。

少年刀客丁鹏以"天外流星"之技扬名江湖。然而,人心险恶,柳若松和他的妻子秦可情设下美人计,骗走刀谱并冤枉丁鹏盗窃武功,让他身败名裂。丁鹏侥幸逃脱后,已是心灰意冷,只求一死,后被美丽善良的"狐女"青青所救,进入"狐"的世界。后又因为救青青而受伤,得到美人青睐,并习得青青祖父的魔刀刀法"神刀斩"。其后,他重新回到人的世界,创立圆月山庄,凭借着一柄充满"魔力"的圆月弯刀,大败柳若松,一雪前耻。他渐渐发现,所谓的名门正派,都只不过是伪君子。更重要的是,青青他们也不是什么"狐族",而是多年前叱咤江湖的魔教。从此,他卷入魔教、神剑山庄、名门正派三者的争斗中。最终,他戳破神剑山庄谢晓峰之女谢小玉试图称霸武林的阴谋,并用木刀杀死同样学会"神刀斩"的柳若松,与青青隐居江湖。

《圆月·弯刀》本应成为一部经典小说。古龙将中国传统小说《聊斋志异》中的狐仙传说代入其中,这一点上大有回归还珠楼主之风,十分巧妙。江上鸥曾这样评价:"中国古典文学中出现狐仙的作品很多,其中最集中的要数《聊斋志异》。《圆月弯刀》中的青青无疑是《聊斋志异》人物的演化和移植。

从她身上可以看到《胡四姐》中狐姐狐妹的影子，也可以看到《侠女》中白狐的影子。当然，经过武侠小说家妙笔生花，形象的再创造，青青已经是身怀绝技的武林奇'狐'了。"古龙之所以选择这样的创作方法，是因为他曾与于东楼谈起古典文学作品《子不语》，特别是其中《惊魂六记》的叙述方式。在创作《圆月·弯刀》之前，美国大片《步步惊魂》等外国影片正在台湾上映。善于学习他者而化为己用的古龙，将有关情节移植入自己的作品之中。书中出现的丁鹏屡屡惊魂就是受到《惊魂六记》与这些外国惊险影片情节发展的影响。

然而，遗憾的是，古龙开了一个好头，司马紫烟却收了一个烂尾。根据程维钧的考证，该书的台湾汉麟出版社版第二册本，自第十一章"双刀合璧"中，"天下有什么比十七岁的少女对心目中的英雄的赞美更令男人动心"开始，由司马紫烟代笔续完。无论是陈青眉还是程维钧，都用"恶俗"二字来形容司马紫烟的代笔部分："其中最恶俗的当然还是司马紫烟代笔的那部分，谢小玉动不动就脱衣服真是看得人想骂三字经；还有春花秋月香香这些丫头，简直无聊得让人不忍心看；我每次看到青青叫丁鹏"爷"的时候，胃里都有些异样……"我们细读文本，发现的确如此。谢小玉出身名门，父亲是剑神谢晓峰，母亲是魔教公主，本是冰清玉洁，到了司马紫烟笔下就变成动不动就要脱衣的荡妇，显然不合情理。除此之外，丁鹏也是性情大变，成为一个喜怒无常之人，对女色来者不拒，而小李飞刀再现江湖、龙小云的后人龙天香的出现，则给人一种时空错乱之感。由此可见，司马紫烟的代笔部分属实荒谬，乃是狗尾续貂。

《七星龙王》，1978年首载于香港《武侠小说周刊》，同年由台湾春秋出版社出版。龙，是一种充满神秘感的生物，我们都是只闻其名而不见其形。这部小说以龙王为名，显得迷雾重重，神秘莫测。不过，《七星龙王》描写的并不是"七星龙王"，而是由一段三角恋引发的江湖恩怨。

小说开篇就十分精彩。济南巨富孙济城为躲避仇家追杀，同《让子弹飞》中的黄老爷一样为自己找了一个替身，然后移花接木，让江湖中人都觉得他已被自己的护卫丘不倒杀害。同时，在孙济城死后的第二天，济南城出现了两位来历神秘的人物：平凡的小商人吴涛和精灵古怪的小叫花元宝。随后，与铁血大旗门同为四大旗门的花旗门田老爷子、他的儿子田鸡仔、丐帮刑堂帮主萧峻等人纷纷登场，抽丝剥茧，发现孙济城并无死亡的秘密。同时，元宝也因有着退隐多年的高手"雷电双仙"的保护，身份不同一般。接着，田老爷子等人将吴涛同孙济城，孙济城同昔年名震天下的大盗"三笑惊魂"李将军李笑相联系。线索到此看似被理清了，但是还是留下种种谜团：丘不倒当初掉包的十三人是谁？元宝是来做什么的？萧峻为什么要杀大笑将军？

吴涛去赌场与萧峻赌博，赢的是那消失的十三个人的命。吴涛杀完人回来后，赌场灯灭，众人混战，元宝被人救走，吴涛生死未卜。救走元宝的正是赌场老板汤兰芳，醒来后的元宝，意外地对面前这个年长他十余岁的貌美妇人一见钟情。汤大老板告诉元宝，从前江湖上有一个以追捕天下所有漏网的盗匪为己任的组织——"天绝地灭"，组织的首领是江湖中武功最高绝的一对夫妻，丈夫名叫郭灭，妻子名叫高天绝。这个组织后来在追击大笑将军时失败了，郭灭身死，高天绝欲为夫报仇继续追杀大笑将军。这里就将追杀吴涛的人引向高天绝。

镜头一转，我们再来看萧峻。在恶斗中死里逃生的萧峻，此时仍然心有余悸。恶斗中死的是另外八位高手，且他们并不是死于吴涛之手。田老爷子分析他们是被高天绝所杀，然后嫁祸给吴涛。萧峻遇到了戴着银面具的高天绝，从他们的谈话中，我们得知萧峻断掉的那只手正是被高天绝砍下的，而大笑将军更是他的杀父仇人。这样，萧峻为什么也要追杀吴涛就清楚了。

吴涛赶到大明湖畔与高天绝和萧峻见面。我们发现，吴涛和高天绝似乎原是认识的，而且很可能是很好的朋友，可是他们之间却又好像有种谁都无法化解的仇恨。有了前文汤大老板的交代，他们之间有仇恨不难理解，但是为什么又会是很好的朋友呢？就在李将军欲带萧峻离开时，受高天绝教唆的萧峻在背后刺了李将军一剑。奇怪的是，李将军看向萧峻时，"他的脸上并没有那种面临死亡的恐惧，也没有那种被人暗算的愤怒，却充满了痛苦和悲伤"。这种表情和凄厉的笑声，让大仇得报的萧峻难以忘怀。

镜头再一次转到了元宝和汤大老板那里。元宝竟然向汤大老板求婚，这让她有些猝不及防。醉酒后的汤大老板，看着又聪明、又顽皮、又可爱、又讨厌的元宝，想起了幼年时青梅竹马的小男孩，已经十数年没有对男人心动的汤兰芳，不禁春心荡漾。突然，"雷电双仙"中的"无声霹雳"云中雷出现了，将汤大老板掳走。

而高天绝也出现在元宝面前，想要杀了元宝，尽管她已经知道了元宝的身份——"七星龙王"的儿子。接下来的描写，古龙运用了交叉蒙太奇的手法，将这两件同时发生的事情进行交叉叙述。一边是元宝运用自己的机智与高天绝周旋，一边是汤大老板使尽浑身解数也不能逃脱银电仙子之手。不过，"雷电双仙"夫妇并不是想要为难汤大老板，而是在考察她是不是配得上元宝。当"雷电双仙"与汤大老板三人回到赌坊时，发现元宝已经不见了，只有一个毁容的独臂女子躺在床下。原来，这个独臂女子就是高天绝，她被元宝点穴后置于床下。而元宝则穿着高天绝的衣服来到船中寻找萧峻。这里的换装，就意味着高天绝所承担的角色任务转移到了元宝身上。

从元宝与萧峻的对话中，我们得知原来萧峻刺杀大笑将军是高天绝安排的阴谋，杀死之后再告诉萧峻大笑将军是他的父亲，以此达到复仇的快感。元宝相信大笑将军并没有死，便和萧峻一起去寻找他。另外，高天绝也在与汤大老板三人的对话中得知，她的丈夫郭灭居然是死于他手。事情的真相再一次变得扑朔迷离。

萧峻和元宝在舱底找到了受伤的吴涛，并从他的口中得知原来他并不是大家一直以为的大笑将军，而是郭灭，大笑将军其实是萧峻的母亲。看到这里，不仅是身在其中的萧峻感到疑惑，就连我们这些站在上帝视角的读者都觉得不可思议。郭灭的妻子正是高天绝，而高天绝又安排郭灭的儿子萧峻来杀他，这其中又有着怎样的隐情？原来，李笑与高天绝本是同胞姐妹，而郭灭是她们父亲所收留的孩子。本来，郭灭与李笑——那时还叫高天仪——相恋，可他们的父亲却在临终前乱点鸳鸯，让郭灭与高天绝成亲。原本李笑已经大度地退出，可是已经有了孩子的她性格大变，专与"天绝地灭"作对，最后带着萧峻悄然隐退。这样也就解释了为何高天绝会砍断萧峻的手，而丐帮帮主之所以告诉萧峻母亲是被李将军害死的，是因为如果不是情仇纠缠，母亲怎么会化身李将军？

故事发展到这一步，郭灭、高天绝、大笑将军、萧峻四人间的关系总算是理清楚了。可是，元宝还有很多事没有答案："高天绝发现了她丈夫和她姐姐的私情后，是用什么样的方法和态度来处理这件事的？高天绝的手臂怎么会被砍断？是被谁砍断的？李将军为什么会忽然退隐？悄悄地带着她的儿子隐居到乡间，郁郁地含恨而死？死前为什么要把她的儿子托付给丐帮？"

元宝三人从船舱中出来后，遇到了正在岸上等他们的田鸡仔。田鸡仔的出现，解决了元宝心中的一个疑问。孙济城是李将军的消息，正是田鸡仔散播出去的。他试图将武林中人引至济南，以便自己浑水摸鱼，占据孙济城家中的柳金娘和孙济城的财富。于是，郑南园以一个答题人的角色出现了，为众人一一揭秘。当年，高天绝发现郭灭与李将军在水月庵相见后十分愤怒，三人发生混战，高天绝被误砍手臂后离去。这时郑南园——也就是那时候江湖中的四大剑客之一，皇宫大内的第一高手铁长春——与丐帮帮主、点苍派掌门等八大高手因追查皇宫大内丢失的宝物来到水月庵。郭灭、李将军二人与他们定下协议，保证李将军的安全，并将李将军所劫的不义之财用来行侠义之事。李将军在悔恨和创伤中早早地离开了人世，而郭灭和铁长春分别化名孙济城和郑南园，正是为了守护这笔财富。

相比于烧脑的故事发展，小说有着美好的大团圆式结局。元宝的三姐来到济南，答允了汤老板与元宝的婚事，并将高天绝一并带到龙家疗伤。三姐也希望郭灭能一起去龙家疗伤，以治愈高天绝内心的情伤。

故事结束了吗？看起来是结束了。

可是，也不算是结束了。"七星龙王"，小说中只出现了两颗星：拿给田鸡仔看的天降福星和李将军赠予元宝大姐的一颗星。剩下的五颗星，随着古龙的离开，我们再也不能知道那是些什么星了。元宝说："天上有那么多星，你不去看，为什么偏偏要看我的星？"和汤老板一样，我们这些读者也想看，因为古龙的星比天上的那些都要亮。

不难看出，这部小说情节的起承转合十分精彩，环环相扣，并且分别采用平行蒙太奇和交叉蒙太奇手法分而述之，让人不看到最后就会根本不知道真相是什么，在推理型武侠小说中堪称精品。同时，在武林恩怨之外，又穿插着元宝与汤大老板的感情故事，语言风趣幽默，故事的发展松弛有度。而这部小说之所以产生代笔争议，主要是因为香港武侠小说作家、也是古龙的弟子薛兴国对外说自己曾为《七星龙王》临时代笔，而程维钧通过分析《武侠小说周刊》的原本，发现第5期的部分文本在风格上与古龙所写存在一定差异，疑似是黄鹰代笔，但是，这些说法目前都没有明确答案，姑且算是疑说。

除了这五部小说存在不同程度的争议外，从现有资料来看，上述其余小说均为古龙独著的完结本。

《七杀手》，1973年首载于香港《武侠春秋》，并在1974年由台湾南琪出版社出版。故事讲述的是捕快柳长街受天下第一捕胡力所托，接近"行踪常在云霄外，天下英豪他第一"的龙五，后又与他共同揭露龙五之妻秋横波如何要挟胡力，犯下京城附近三百三十二件巨案的故事。

就像《七星龙王》并没有讲述"七星龙王"，《七杀手》也不是描写"七杀手"杜七的小说，它的主角是砍下杜七左手的柳长街。古龙小说中的探案高手往往都是声名显赫的大侠，偏偏《七杀手》中的柳长街是个意外。他只是一个默默无闻的捕快，也正是默默无闻，才能让他卧底在龙五身旁，揭露真相。但是，他的默默无闻，并不是因为他无能，而是因为相比于人人都想做的大英雄，他只想做自己想要做的事："不管怎么样，捕快也是人做的。一个人活在世上，做的事若真是他想做的，他岂非就已应该很满足？""清音俗世流，纷争几时休，若能破名利，太虚任遨游"，人生最难堪破的不过名与利，能做到这一点的寥寥无几。柳长街做到了，所以他活得坦坦荡荡，快快乐乐。

除了柳长街这个角色外，《七杀手》并无太多让人印象深刻之处，小说情节转折过多，又滥用悬念，反而让这部小说显得缺乏合理性。

《三少爷的剑》，1975—1976年连载于香港《武侠春秋》，并由台湾南琪出版社同时出版。这是一部古龙明确表示想写"江湖人"故事的作品，即所谓的"江湖人系列"的首部，也是唯一一部，谈得也是名与利。

小说的主人公是谢晓峰，他英俊潇洒，风流倜傥，文韬武略，无所不精。他是神剑山庄的主人，也是天下第一剑客，五岁学剑，六岁解剑谱，七岁读唐诗，十多岁时已经击败华山第一剑客。他拥有崇高的地位，拥有富可敌国的财富，家庭生活幸福美满。这样看来，他理应是我们口中的人生赢家，而且是配置最顶级的赢家。

所以，他应该很满足，很快乐。可他并没有。相反，他的眼里充满厌倦。小说为我们描述了这样一幅场景：谢晓峰站在残秋的萧萧木叶下，仿佛与大地秋色融为一体，安静而且冷漠，带着一种深入骨髓的疲倦和逼人的杀气。他厌倦的是整日杀戮比剑的江湖生涯，以及由此带来的累累声名，他只想回到普通人的生活世界。

于是，他诈死避世，抛弃所拥有的一切，来到市井之中成为他想要成为的普通人——没有用的阿吉。在这段日子里，他在妓院打过杂，为保护妓女娃娃而暴露武力，主动流浪街头，被老苗子一家收养，跟随老苗子挑粪，体验底层普通人的辛酸。当老苗子被人打成重伤时，谢晓峰忍不住了。他可以忍受自己被人欺辱，忍受穷困潦倒，但是他不能接受爱护自己的朋友受伤。他重新拿起了剑，做回谢晓峰，与"大老板""竹叶青"等人对抗。

而"名声，有时就像是个包袱，一个永远都甩不脱的包袱"。新一代的剑客若想真正扬名江湖，就要翻越横在他们面前这座大山：谢晓峰。在已经几乎无敌于江湖的燕十三眼里，既生瑜，何生亮，他与谢晓峰，只能有一个人存在。这是命运，是燕十三，也是谢晓峰的命运。他来到神剑山庄后，看到谢晓峰的墓碑，便刻舟沉剑，觉得人生在世再无所求。不能与谢晓峰一战，他死也不会瞑目。如果谢晓峰就此藏于市井，不仅是燕十三的遗憾，也是所有江湖人的遗憾。所以，谢晓峰回来了。

谢晓峰与燕十三这一战，古龙写得极为华丽。两人在决战前，并不是互相拔剑，要杀得你死我活，而是像朋友一样闲庭信步。他们这一战，争的并不是生死胜负，而是要对自己的一生有所交代。他们踏着枫叶行走，脚步愈来愈大，脚步声却愈来愈轻，他们的精神和体能就在这行走中达到巅峰。他们几乎同时达到巅峰，几乎同时出手，没有人能看清他们拔剑的动作，他们的剑忽然间就已经闪电般击出。就在一瞬间，他们的肉体重量竟似完全消失，他们像风一样在空气中自由流动，因为他们已经进入忘我的境界，他们的精神已经超越一切，控制一切。这天地间唯一存在的，只有对方的剑，没有树，没有枫叶，没有天地。他们的剑随心所欲，无处不在。这世上已经没有任何事物能阻挡他们的剑锋。忽然间，剑光消失，剑声停顿。燕十三盯着自己手里的剑锋，他的剑已经死了，因为他已使出他的第十四剑，这第十四剑原本是不存在的，是他在"夺命十三剑"基础上独创出的变化。这一战到此本该结束了，可忽然间，燕十三的剑又活了，周围在动的一切却静止了,除了那柄剑,天地间已经没有别的生机。这一剑,让谢晓峰露出了恐惧,那是来自死亡的恐惧。让人惊讶的是,燕十三竟然比谢晓峰还要恐惧,他做出了一件任何人都想不到的事情:割断自己的喉咙。他没有杀谢晓峰,却杀死了自己。因为,这一剑已经不属于人间,这是魔鬼的剑,代表着毁灭与死亡。燕十三是剑魔,但不是真魔,他绝不允许这一剑存在,危害人间。再者,因为谢晓峰的命是他救的,他也不忍用这一剑刺向谢晓峰。所以,他只能自裁。自杀时,他的脸上露出幸福的笑容。因为他赢了,最终还是他赢了谢晓峰。不写招式,但胜似写招式,这就是古龙的绝学。

明白了这一切的谢晓峰,再也不对人生感到困惑,他自断双手拇指,从此不再能使剑,他甘于归隐:"可是我现在想通了,一个人只要能求得心里的平静,无论牺牲什么,都是值得的","现在我已经不是那个天下无双的剑客谢三少爷了,我只不过是个平平凡凡的人,已不必再像他以前那么样折磨自己"。也只有达到如此心境的谢晓峰,才能在《圆月·弯刀》中练至无剑境界,击败使用木刀的丁鹏。谢晓峰最后总结道:"生活在江湖中的人,虽然像是风中的落叶,水中的浮萍。他们虽然没有根,可是他们有血性,有义气。他们虽然经常活在苦难中,可是他们既不怨天,也不尤人。因为他们同样也有多姿多彩、丰富美好的生活"。我想,这应该就是古龙最终想要表达的想法,因为他也是江湖人。

《碧血洗银枪》,1976—1977年首载于台湾《中国时报》,并在1977年由香港武林出版社出版。关于《碧血洗银枪》和《中国时报》,还有一段趣事。1974年,古龙在《中国时报》《人间》副刊连载《天涯·明月·刀》惨遭"腰斩",两年后却再次在该报连载小说,不禁令人生疑。原来,时任《人间》副刊主编陈晓林"坚持古龙是最有才华和创意的武侠作家,仍请古龙开新稿《碧血洗银枪》,并告知报社老板,如不同意,我即辞职",可见此时的古龙在业界的地位。可惜的是,因为《中国时报》喜删改作品,初版的《碧血洗银枪》遭到大量删节。

言归正传。《碧血洗银枪》讲述的是碧玉山庄选婿之日,武林四公子"白马"马如龙,"银枪"邱凤城,"红叶"沈红叶,"青莲"杜青莲应邀前往,后三人相继遭遇毒手,只有马如龙幸免于难,因而,他被诬陷为杀人凶手。马如龙自知无罪，却无法辩解，因为不仅没有人会相信他，而且还会越描越黑，但若逃避又将陷自己于"畏罪潜逃"的罪名，更加不利。马如龙无疑落入了一个死局，他唯一能做的就是查明真相，替自己沉冤昭雪。

故事到这里，《碧血洗银枪》与《失魂引》等小说并无太大差异。用曹正文的话来概括就是："在艺术构思中，古龙借鉴了西欧侦探小说的写法，让凶手首先出场，并置他于死地，然后让他绝处逢生，这就把读者引入迷魂阵内，也把马如龙的推理引入岔路。"马如龙在逃亡兼侦查的过程中，如同福尔摩斯一样，层层推理，不断排除，从怀疑彭天霸是幕后真凶到发觉另有凶手，最终识破真凶邱凤城的真实面目。但是，包括绝大师在内的武林前辈无人相信这一真相。在碧玉山庄的丫鬟、丑女大婉相救下，马如龙才得以逃脱追杀，后来，他与碧玉山庄小姐谢玉仑易容为杂货店东家。几人识破假冒无十三的邱凤城，并设计将其处死。故事的结局是马如龙与谢玉仑和恢复容貌的大婉团聚。

小说不仅在构思上独具匠心，对马如龙这个角色的设定也十分出色。作为名震江湖的四公子，马如龙的个人魅力不必多说，能够抽丝剥茧以查明真相，他的智力也是相当出色的。但是，武功、外貌与智力，都是外在的，三者兼备的人同样可以是为非作歹的人渣，比如同为四公子的邱凤城。马如龙还有善良的内心和坦荡的胸怀。

自古英雄多爱美人，而美人自然是容貌美。如果我们夸一个人心灵美丽而不涉及她的容貌，那么这种夸赞往往也蕴含着对容貌的否定与安慰。可是，马如龙就是这样一位在乎心灵美而非容貌美的英雄。大婉是丑陋的丫鬟，谢玉仑是容貌美丽、地位崇高的碧玉山庄大小姐，可是，马如龙并没有对二人区别对待，在孤独时他想到的是大婉："你是大小姐，她是丫头，你是美人，她是丑八怪，不管你是什么人，她是什么人，我还是一样可以想念她。"也正是因为他不重外在，救下易容后的丑女大婉和老妇谢玉仑，才算是通过谢玉仑的考验，才让大婉对他做到无保留的信任，让他能够反败为胜。

对于朋友，马如龙从来不计较利害得失。在他看来，"交朋友并不一定要交能够互相利用的人"。他交朋友从来都"不为什么"。"不为什么，这四个字正是交朋友的真谛。如果你是'为了什么'才去交朋友，你能交到的是什么朋友？

你又算是个什么朋友？"因此，马如龙才能够交到铁震天这样甘愿为他肝脑涂地的至交好友。

如此看来，马如龙能够洗清冤屈，表面看起来是因为他的个人能力，更深层次的原因还是在于他能够以诚待人，以德服人。

《大地飞鹰》，1976—1977年首载于台湾《联合报》，并由香港武林出版社在1977年冬首发出版。值得一提的是，台湾南琪出版社在1978年出版的《大地飞鹰》，书名是由著名画家张大千先生题名的，可谓英雄惜英雄。

武侠小说，无论是传统武侠还是新武侠，都有一个共通点：故事都主要发生在中原武林。比如金庸，虽然他也写西夏，写大理，写契丹，但是主题还是围绕中原武林来进行的。如果一定要在金庸小说中挑一部出来的话，可能只有《白马啸西风》真正是以汉族以外的民族为小说主角。《大地飞鹰》就是古龙的《白马啸西风》。这样类比，并不是说《大地飞鹰》也写的是李文秀式的爱恨纠葛，而是指《大地飞鹰》的核心不再是中原武林的恩怨情仇，而是汉藏以及藏族内部之争，中原武林反倒是成了引子与配角。

故事开始于一场黄金被盗案。曾横扫绿林八大寨、永定河边枪挑"怒虎"谭宣的"铁胆神枪"铁翼，暴死在广袤无垠的大漠上，而他和他的"铁血三十六骑"押送的三十万两黄金也神秘失踪。无疑，古龙又为我们带来一宗谜案。

狂风、沙砾与干旱的沙漠是可怕的生命禁区，想在这里生存下来并不是一件简单的事情，毕竟光有武力远不足以与大自然抗争。"要命的小方"方伟也做不到，他因杀害"富贵神仙"吕三的独子而逃亡至此，在沙漠中前行十几天后已是强弩之末。但是，沙漠中也有能够来去自如的人，比如神鬼莫测、宣称为黄金盗窃案负责的"猫盗"。"猫"是古老传说中圣母之水峰上修成人形的妖魔，"盗"是藏边深山中凶狠野蛮的果尔洛人，"猫盗"就是被沙漠恩宠的精灵。

这群精灵也有首领。他们的首领就是卜鹰，也是小方在沙漠中遇到的第一个人。卜鹰是人杰，他率领"猫盗"纵横大漠。手下高手如云，自有雄才大略。为了胜利，他可以他人所不能。与独孤痴一战，他在剑法上本处于劣势，但他选择以命相搏，用血肉之躯夹住对方的剑，然后捏碎独孤痴的手。对于卜鹰来说，武功上的高低并不重要，他要的只是实打实的胜利，而不是剑客所带来的虚荣感。卜鹰本来也没有朋友，直到他遇到小方。为了朋友，卜鹰可以牺牲自己，毫无保留。这才是作为浪子的小方最需要的朋友。小方也配得上做卜鹰的朋友。在得知卜鹰可能死于班察巴那之手时，小方毅然决定前去报仇。而小说结局过于仓促，卜鹰生死尚且不明，给读者留下了巨大的遗憾。

卜鹰在遇到小方之前没有朋友，但是他有志同道合的同伴。班察巴那作为藏人眼中的第一勇士、"五花箭神"，他与卜鹰一起对抗吕三的"金手"组织，阻止他们进入藏区。不同的是，正如对手吕三的评价，卜鹰是人杰，班察巴那则是枭雄。所谓枭雄，除了英勇果敢与拥有智慧外，还要有野心。班察巴那的野心就是要称霸武林。这不仅造成他与想要维持现状的卜鹰在分配黄金的问题上产生分歧，也让他最终想要置卜鹰于死地。被小方和独孤痴打败后，临死前的班察巴那并不后悔自己的所作所为，反而坦然地说出："这是我自找的，我死而无怨。"

卜鹰与班察巴那，正好呼应了书中最为经典的一句名言："儿须成名，酒须醉，醉后倾诉，是心言。"这是男子汉的一种无可奈何的悲怆，却又充满了令人血脉偾张的豪气。可能是因为中原高手来到藏边后有些水土不服，与他们相比，虽然小方幽默洒脱，善良机智，愿为朋友两肋插刀，武功更是深不可测，但总是缺了一点味道。

《大地飞鹰》真正的精彩之处，在于其将小说、散文与诗歌相融的写作手法。在这部小说中，古龙不仅写人杰，写枭雄，写江湖男儿，写人生感慨，还描绘风土人情与世俗情怀。譬如，当得知母亲被吕三掳走后，小方到处寻找。在年关在即的西藏街头，他感受到了过年带来的积极意义：

> 红梅，白雪，绿窗。
> 风鸡，咸鱼，腊肉。
> 孩子的新衣，穷人的债，少女们的丝线，老婆婆的压岁钱。
> 急景残年。
> 快要过年了。

不管你是谁，不管你在什么地方，过年就是过年，因为大家都是属于同一民族的人。

这个地方的人也一样。

这个地方的人也要过年，不管你是贫是富是老是少是男是女，过年就是过年。

年年难过年年过，每个人都要过年，小方和苏苏也一样。

他们已找过很多地方。

现在他们到了这里，现在正是过年的时候，所以他们留在这里过年。

赶着回家过年的旅客大多已到了家，客栈里的客房间中空了九间，推开窗子望出去，积雪的院子里只剩下一些车辙马蹄的足迹。一张油漆已褪色的八仙桌上，有一壶酒和堆得满满的四碗年菜，是店东特地送来的，菜碗上还盖着张写着"吉祥如意，恭喜发财"的红纸。

人间本来就到处有温情，尤其是在过年的时候，每个人都乐于将自己的福气和喜气分一点给那些孤独寂寞不幸的人。

这就是中国人"过年"的精神，也是"过年"的最大意义，也许就因为这缘故，所以过年的习俗才能永远流传下去。

自幼离开大陆的古龙，极大概率是没有到过西藏的，也不一定知道西藏是如何过年的。不过这并不重要，重要的是此时年近四十的古龙，对世俗人生已经有了切实的体悟。

而当小方得知自己将要当父亲时，内心更是不知如何自处，他喝得酩酊大醉。醒来后的他，在过年的气氛中重新振作：

这里没有杨柳岸，也没有晓风残月。

他清醒时，发现自己站在一个卖玩偶的摊子前面，看着一个矮矮瘦瘦的爸爸，带着三个矮矮胖胖的小孩子在买泥娃娃。

看见孩子们脸上的欢笑，终年省吃俭用的父亲也变得大方起来，缺乏营养的瘦脸上也露出孩子般的笑容。

"有子万事足"，这是中国人的天性，就因为这缘故，中国人就能永远存在。

小方忽然觉得眼睛有点湿湿的。

——他也有了孩子，他也像别的人一样快做爸爸了。

刚听到这消息时的震惊已过去，现在他已渐渐能感觉到这是件多么奇妙的事——

他感觉到这一点，别的事就变得完全不重要。

他也买了个泥娃娃，穿着红衣服，笑得像弥陀佛一样的娃娃。

等他想到孩子还没有出生，还不知要过多久才能玩这泥娃娃，他自己也笑了。

他决定回去告诉苏苏，不管怎么样，他都会好好照顾她和他们的孩子。

——孩子一定要生下来，生命必须延续，人类必能永存。

这段得子之后的心境描写，不排除源于古龙本人的感同身受。年轻时候的他也同小方一样，在人生失意落魄时有了自己的孩子，可能正是孩子给了他继续前进的动力和希望。

我们常说，古龙小说中经常出现古龙式的名言警句与人生感慨，但因这些往往都是一些蕴含着深刻哲理的话语，理解起来并不轻松，虽向往却不易做到。倒是这里的两处关于中国人过年与得子意义的描写，更能反映出古龙对人生与社会的感悟之深，以及其文笔之老练。

我们的英雄总是欢乐的

英雄，这个词语蕴含的往往是不同常人、独立于世。

但是，古龙告诉我们，英雄其实也可以是常人，也可以不用孤独落寞。

英雄，其实就在我们身边。

前文说到，古龙在反驳武盲的同时，对"江湖人"及其特征进行了界定。其实，早在谢晓峰厌倦江湖纷争，回归普通人生活之前，古龙已经通过《欢乐英雄》与《大人物》两部小说中鲜活的人物形象告诉读者，"江湖人"的生活原本就有普普通通的一面。"江湖人"并不神秘，离我们也并不遥远。

《欢乐英雄》，1971—1972年首载于香港《武侠春秋》，并由台湾春秋出版社首版。不同于此前的小说对于复仇、悬疑、侦探、争霸等套路的运用，《欢乐英雄》主要关注的是侠客的生存状态与生活细节。龚鹏程在《人在江湖》中转述古龙的意见："《欢乐英雄》以事件的起讫做叙述单位，不以时间顺序，是他最得意的一种突破。"另外，在序言《说说武侠小说》中，古龙说《欢乐英雄》是在光明与黑暗、人性与血腥之间寻找一种平衡，从而使武侠小说"也和别的小说有同样的地位，同样能振奋人心，同样能激起人心的共鸣"。

《欢乐英雄》的主人公一共有四位：郭大路、王动、燕七与林太平。他们共同寄寓在穷得只剩下一张床的富贵山庄，身世、性格各不相同，也都有属于自己的秘密与故事。尼采说："生命是一派欢乐的源泉，只有对于损伤的胃，对于悲观主义者，它才是有毒的。"古龙曾说，自己创作小说有两大目的：赚钱和能够让大家都笑一笑。看到这部小说，没有人不会笑，因为这四个人都不是悲观主义者，都是欢乐的："谁说英雄寂寞？我们的英雄总是欢乐的。"

郭大路，大方的大，上路的路。大路意思就是很大方，很马虎，甚至有点糊涂，无论对什么事都不在乎。郭大路人如其名，他从不在乎身外之物，不拘小节，不耍心机，纯真本然。

父母去世后，郭大路便散尽家财出来闯荡江湖。就像我们想象中的侠客从来不会为生计谋划一样，郭大路也觉得赚钱对自己来说并不是难事。可是，现实给了乐观、自信的郭大路狠狠一击。他的第一份工作是镖师，可他却大方得将镖银送给劫匪当作做生意的本钱。被镖局辞退、身上只剩几两碎银子的郭大路，既不恐慌，也不难受，他完全不在乎，而是认为："像他这样有本事的人，还怕没饭吃吗？那岂非笑话？"于是，马上找了一家最大的馆子，好酒好菜，痛痛快快地吃了一顿。虽然吃完了饭之后，他变得身无分文，"但是又有什么关系？船到桥头自然直，天无绝人之路，现在唯一重要的事是找个地方舒舒服服地睡一觉"。

他去做厨师，却在三天内多用了二十斤油，摔坏了三十多个碗，四十多个碟子，还将一盘刚出锅的糖醋鱼摔到客人的脸上。郭大路生气，并不是因为客人对他出言不逊或是欺负凌辱，只不过是他们嫌他鱼做得太淡。郭大路可以不在乎别人对他这个人不敬，但是绝不接受别人对他的劳动成果不敬。这是一个厨师的底线。不过，没有几个餐馆可以接受这样的厨师，他又被辞退了。

被辞退后的郭大路还是一点都不在乎，毕竟，他是什么事都会做，什么事都能做的郭大路。可他突然发现，自己会做的事，大多数都是骑马、喝酒、赏花、行令这些花钱的事——这一点倒是像极了不写小说的古龙本人，这些事当然不能让他赚钱。想去卖唱，却磨不开脸面，只得去街头卖艺。好巧不巧的是，他在卖艺时却将自己的裤裆踢破了。

看到这里，我们觉得郭大路不像是武侠小说中那些飞檐走壁、神乎其神的江湖人，反而就像是我们自己一样。年轻时的我们，离开校园、离开父母，总觉得自己一身本事，总能被人赏识，却不想处处碰壁，一无所成。古龙说："这实在没法子，世上本就有很多事听来很美，做来就不美了。"

虽然穷得落魄街头，但是郭大路打死也不肯做泼皮无赖。所以，郭大路决定做贼。做贼也是一件见不得光亮的事情，所以，郭大路决定做大强盗。大强盗，特别是义盗，在江湖中绝不丢人，比如楚留香、萧十一郎与大笑将军。

郭大路来到一栋富丽堂皇的大房子，进去之后却只发现一张床，床上躺着一个人。这个人就是富贵山庄的第七代庄主王动。最后，郭大路不仅没有偷到银子，反而遵循王动的要求，用自己的佩剑换来酒肉与他同吃。这就是郭大路，多么快乐、潇洒的郭大路啊！在郭大路的心中，"我只知道金子一定有用完的时候，人也一定有死的时候，但友情和道义却是永远都存在的"。

这样的郭大路，自然会赢得王动的友谊。王动也是一位妙人。王动名字里的动，是"动若脱兔的动"，但他却不爱动，也懒得动。郭大路认为他应该叫王不动。他不想动的时候，谁也没法要他动："油瓶子若在面前倒了，任何人都会伸手去扶起来的，王动却不动。天上若突然掉下个大元宝，无论谁都一定会捡起来的，王动也不动。"即便是有人欺负他，甚至吐口痰在他脸上，他都绝不会动。

但是，王动不动则已，一动惊人。他曾在片刻内不停地翻了三百八十二个跟斗，为的只不过是让一个刚死了母亲的小孩子笑一笑。有一次，他赶了两天两夜千余里路，为的只不过是去见一个朋友最后一面。又有一次，他在三天三夜中，踏平了四座山寨，和两百七十四个人交过手，杀了其中一百零三个，只不过因为那伙强盗杀了赵家村的赵先生老两口，并且抢走了他们的三个女儿。而赵先生一家，王动其实根本不认识。

可见，王动从不会为自己动，他的动，都是因为有人需要他，不管是陌生人还是朋友。因为他足够善良，足够侠义，足够重视友谊。所以，他才能和郭大路交朋友。他们无愧于心，所以他们穷，但他们却穷得快乐，穷得有"情调"。大雪过后，郭大路望着院子里的白雪梅花，喃喃道："这梅花若是辣椒多好。"王动道："有什么好？"郭大路道："你看，这满地的雪岂非正像是面粉，配上几根红辣椒，岂非正好做一碗辣乎乎的热汤面。"

没过多久，被人追杀的燕七来了。燕七不是排行第七，而是因为死过七次，不想死第八次，所以叫燕七。燕七的长相有些特别，"脸很秀气，甚至有点像小姑娘的脸，大大的眼睛，小小的嘴，笑起来的时候还有两个酒窝"。燕七笑起来不仅有酒窝，眼睛"看起来就像是春风中清澈的湖水"，鼻子"总是要先轻轻地皱起来，显得很俏皮，很好看"。可以这么说，燕七怎么看也不像是江湖中那些久经风吹日晒的糙汉子。

燕七确实也不是男人。她是"剑底游魂"南宫丑的女儿。女扮男装，是江湖女儿们便于行事常做的事情。王动看出来了，而大路的郭大路并不知情。可感情这回事，仿佛真有一个月老在牵着红线一样。郭大路在还不知道燕七身份的时候，就对"他"产生了情愫。郭大路对王动说自己患上了相思病，而且是对男人的相思。乐观的郭大路，在感情道路上也是受过伤的。郭大路本来是有未婚妻的，可是未婚妻却跟着他的马夫跑了。他视她为天上的仙女，她却认为他不如一个马夫，这是多么可笑的事情！凡事毫不在乎的郭大路，唯独对这件事情久久不能忘怀，他还保留着未婚妻送给他的项链，并且为了这个项链挨饿挨骂，不惜被朋友耻笑。

所幸，这一次上天不再捉弄我们欢乐的郭大路了。他爱上的确实是一个女子，燕七也在与他的朝夕相处中，爱上了郭大路。她发现这个自恋并且喜欢女色的郭大路，其实只是过过干瘾罢了。她还发现，郭大路在感情上并不大路。最终，在历经岳父南宫丑设下的女色、勇气、仁心等重重考验后，郭大路见到了朝思暮想的燕七，这一次是白衣少女燕七。"这一刹那间，宇宙间的万事万物，似都已突然毁灭停顿。在这一刹那间，宇宙间仿佛只剩下他们两个人，两双眼睛"。

有情人总算是终成眷属。可这时，令人意想不到的事情发生了。那位抛弃郭大路的女人出现了。这一次，她也尝到了被别人抛弃的滋味，成了半疯半痴的泼妇。奇怪的是，她不允许郭大路成亲，因为郭大路曾经允诺只娶她一个人。燕七是一位聪明的好妻子，她将金链子还给了妇人，让她重新生活。在燕七看来，金链子象征着一桩往事，她用金链子换取了丈夫对她的信任，换来了自己一生的幸福。郭大路也觉得自己很幸福，因为"一个懂得了解和体谅的妻子，永远是男人最大的幸福和财富"。

郭大路与燕七的故事到这里就结束了。富贵山庄里还有一位欢乐英雄林太平。他也与燕七有关系，因为他就是燕七从外面捡回来的。没错，就是当一个废品一样捡回来的。他是从自己与表妹玉玲珑的婚宴上逃出来的，遇到燕七时，已经饿得倒在了路边。他也像燕七一样清秀、漂亮，甚至比燕七更显纤弱，还有着樱桃小嘴。不过，"相貌本天生，何需怨他人"，就像燕七说的，判断一个人到底是不是男人，并不是从长相上来说的，林太平确实是男人。

林太平不仅是男人，还是一个身份显赫的男人。他的父亲是武林中的绝顶高手陆上龙王。他看起来像是一个弱不禁风的女孩子，却有着一身深不可测的武功。富贵山庄中，王动虽是四人中的老大，但林太平却是武功最高的。燕七推测："他的武功好像比我们强得多，比南宫丑也强得多。"这样一个高手，平生却没有杀过一个人，还会因为误以为自己杀死一个恶人而失声痛哭。

同时，他比这世上绝大多数男人都要重情义。在几人饥寒交迫的时候，他偷偷卖掉了身上最厚的一件衣服，换来馒头和大家分享，他的嘴唇冻得发青，嘴角却带着笑容："四个人一起吃，比一个人躲着吃开心得多。"

他也比这世上绝大多数男人都要坚韧。他的母亲卫妇人之所以安排他与表妹玉玲珑结婚，是因为玉玲珑家族与陆上龙王是世仇，林太平与玉玲珑的婚姻正是为了保护玉玲珑，化解这段仇怨。得知真相的林太平，虽然埋怨自己被欺骗，但是依然挺身而出保护玉玲珑。陆上龙王答应不杀玉玲珑，但是要二人分开，玉玲珑宁可喝下毒酒也不愿意，林太平毫不犹豫地选择跟随："我只知道世上绝没有人能要她忘记我，也绝没有人能要我忘记她……"这样的气魄，这世上又有几个七尺男儿能拥有？

郭大路、燕七、林太平，富贵山庄中的这几位英雄都有了恋人。而他们的王老大呢？和郭大路一样，少年时候的王动也受过情伤。初出江湖的王动，遇到一位阴险毒辣、笑里藏刀、心如蛇蝎的女人红娘子，并被红娘子利用，成为他们组织作恶的帮凶。红娘子再见到王动时，已然成为江湖中人见人怕的"救苦救难红娘子"。这一次，她遇到的不仅是王动，还有他的三位好友。只要是人，就有人性。红娘子也有人性，她被富贵山庄的几位英雄感动，甘愿抛弃财富，改邪归正。看到林太平与玉玲珑时，她明白了："真正的情感，是用不着用任何手段的，你若要得到别人的真情，只有用自己的真情去换取，绝没有第二种法子。"王动温柔地握着她的手，告诉她："不迟，只要你真的能明白这道理，永远都不会太迟的。"

《欢乐英雄》的结局也是欢乐的。每个人都得到了自己想要得到的：爱情、自由和快乐。谁说江湖人就要打打杀杀，就要孤独落寞，就要遗世独立？江湖人也是人，只要是人，就有人性，就有七情六欲，就有悲欢离合。也正是从《欢乐英雄》开始，"简洁明快、长短结合、富有节奏和意境"的"古龙文体"完全成熟。难怪内地作家覃茂贤对这部小说评价极高，认为这是古龙小说中的第一神品。

《欢乐英雄》中的几位主角，从严格意义上来说，只是江湖中几位出色的年轻人，无论是在武功上，还是名气上，都算不得是大人物。那么，到底什么是大人物？在1971年首载于香港《武侠春秋》的《大人物》中的田思思心里，大人物至少有三个："江南奇侠"岳环山、"流星阁智侠"柳风骨和"虎丘少侠"秦歌。特别是秦歌，这是一个被"江南七虎"在虎丘山上砍了三百二十四刀后，不仅未死还反杀七虎的少年勇士。自那以后，秦歌成为江南每个少男心目中的英雄，每个少女心目中的偶像。

田思思是世袭镇远侯、"中原孟尝"田白石田二爷的独生女，是一个甜丝丝的人，她不但人长得甜，说话也甜，笑起来更甜，甜得令任何人都不愿，也不忍拒绝她的任何要求。但是，不管怎么说，田思思还是一个少女。少女就难免思春，而这个时代的少女所思的多是那个"虎丘少侠"秦歌，田思思也不例外。

思春的田思思，终于忍受不了闭塞的深闺岁月，决定出去看看，看看自己心目中的大人物到底是多么惊才绝艳，毕竟耳听为虚，眼见为实。当得知自己要嫁给一个被人视为怪物的男人时，本来还有些犹豫的田思思连夜出逃。试想哪一位少女不想嫁给秦歌这样的英雄，而是嫁给一个怪物？

因为是久在深闺的女孩子，田思思初入江湖并不顺利，她屡次三番遭到他人欺骗，还被阴冷可怕的葛先生逼婚，好在未婚夫杨凡的相助让她没有陷入更危险的境地。但是，即便是这样，田思思依然不能接受杨凡。杨凡实在是太平凡了，又矮又胖，圆圆的脸上，一双眼睛却又细又长，额角又高又宽，两条眉毛间几乎要比别人宽一倍。他的嘴很大，头更大，看起来简直有点奇形怪状。更重要的是，梦中情人秦歌早已先入为主地占据了田思思的内心。

少年总是有一股傲气的。杨凡虽然看起来平凡，但是也是出身名门的大少爷，武功、才能并不弱于同龄人，因此他自然不能平白忍受田思思的轻视。何况，他也看出来了，田思思还是一个没有长大的孩子，不懂得世间险恶，还需要压一压脾气。于是，杨凡与田思思约定，互不承认婚约，然后由他护送她去找秦歌。只是，原本在两人关系中占据主导地位的田思思这下可气坏了。

气坏了的田思思再一次被人欺骗了。葛先生与江湖第一名妓张好儿串通，弄来一个假秦歌"花蝴蝶"，并且撮合二人成亲。田思思哪里会是张好儿的对手，她只会一步步地走进圈套。关键时刻，又是杨凡救下田思思。

这一次，杨凡亲自指点田思思去找秦歌。田思思也终于得偿所愿，见到了梦中情人。在赌场内，田思思第一次见到秦歌，秦歌没有让她失望。"虎丘少侠"秦歌风流倜傥，气度不凡，天生海量，豪掷千金，又有大家风度，果然是无数少男少女心目中的英雄形象。可是，田思思怎么也没想到，秦歌居然会为了五万两银子为赌场当保镖。田思思当然不会因为这一件事就对秦歌失望，她安慰自己道："大侠一样也是人，一样要吃饭、要花钱，花得比别人还要多些，若是只做贴钱的事，岂非一个个都要活活饿死？"毕竟，不是所有江湖人都是郭大路和王动。接着，田思思又发现了秦歌身上有着许多毛病。渐渐地，秦歌在她心目中的英雄形象崩塌了。其实秦歌本身并没有错，他是英雄，可他也是人。但是，就像我们不能接受明星人设崩塌一样，田思思喜欢的是自己想象的那个完美的秦歌，所以，相比于杨凡，她更不能接受不完美的秦歌。

当她发现一直想尽办法对她进行逼婚的葛先生，竟然就是"智侠"柳风骨时，这些大人物在她心目中的地位彻底颠覆了。原来这些大人物，并没有他们的名气那样漂亮、崇高。蓦然回首间，她发现杨凡已经替代这些大人物，住进了她的心里。书末，杨凡告诉她，岳环山也来游湖了，问她要不要去见见。田思思却说："我不想看他了，因为我已经找到了一个真正的大人物。在我的心里，天下已没有比他更大的人物了。"

古龙在这部小说的序言里说道："中国的武侠小说应该有新的风格，独立的风格""让不看武侠小说的人也来看武侠小说"。从我们生活的社会环境来看，《大人物》是古龙小说中最接近现实的一部。如今，许多少男少女总是对这个世上的善恶美丑缺乏判断力，习惯从外在的感觉出发，常常相信自己的主观预设而非事实真相，这让他们屡遭社会的毒打。在今天这个浮躁的流量社会里，有多少人像醒悟前的田思思一样沉迷于自己幻想的大人物不可自拔？又有多少大人物如柳风骨一样表面上是谦谦君子，背后却是猥琐恶毒的葛先生？有多少粉丝像田思思为秦歌辩解一样为偶像站台？又有多少旁观者能够做到像杨凡一样当好平凡人，做好平凡事？这样来说，江湖离我们还远吗？所以，读古龙小说，不得不读《大人物》。

"江湖"与"江湖人"的精神

江湖，是一个社会组织，这个组织有它自己的运行规则。

生活在这个组织里的群体，就是"江湖人"。

"江湖人"，也有着自己的精神世界和价值观念。

《欢乐英雄》和《大人物》讲述的是江湖人的平凡人生，可"江湖"毕竟有它自己的运行规则，"江湖人"并不全都是欢乐的英雄，也不可能都是欢乐的英雄。"江湖人"也有利益，有权力，有恩怨，有痛苦。《流星·蝴蝶·剑》与《绝不低头》讲述的就是"江湖"这个社会，以及"江湖人"这个群体的精神变化。

《流星·蝴蝶·剑》是古龙的一部名作，1971年连载于香港《武侠世界》，并由台湾春秋出版社首版。古龙曾说《流星·蝴蝶·剑》受到马里奥·普佐的《教父》影响，而从故事的发展脉络来看，与其说这是一部武侠小说，不如说是一部黑帮小说。古龙小说并不缺少有名的江湖帮派，比如金钱帮、丐帮、十二连环坞等，但很少会以帮派为主角。其实，不同于讲究传承、类似学校的门派，由五湖四海、各种背景的江湖人士组成的帮派，组织上更加松散，内部成员也更注重利益，形同企业。有利益，就必然会你死我活地争地盘，就有更多的人想要夺权上位。《流星·蝴蝶·剑》讲的就是一个这样的故事。

主人公孟星魂是一位杀手，但他早已因厌倦杀戮和血腥而萌生退意，但又因受恩于组织头目高大姐，有些犹豫不决。这一次，他接到刺杀帮派老大、"老伯"孙玉伯的任务。这里就引出孙玉伯与十二飞鹏帮之间的江湖恩怨，以及得力助手律香川与高老大合谋，试图暗害孙玉伯，最终孙玉伯反败为胜的故事。

孙玉伯是一个维托·柯里昂式的黑帮首领。在描写孙玉伯时，古龙模仿《教父》的痕迹十分明显。《教父》开篇，维托·考利昂虽是黑手党的首领，但同时也是弱小平民的保护神。亚美利哥·勃纳瑟拉的女儿被人欺辱却得不到公正的审判，好莱坞明星约翰尼·方檀的妻子因他在生理方面有所缺陷而整日在外风流，面包师傅纳佐林的女儿爱上了他的助手恩佐，恩佐却面临无法成为美国公民的危机，这些人最后都向考利昂老头子求助。《流星·蝴蝶·剑》中的情节设定与此十分类似。方幼苹同样在生理上存在缺陷，而他美丽的妻子朱青因此出轨富翁毛威；张老头的女儿被人欺辱，事后对方请出大堡主徐青松说和，而徐青松就像《教父》中的法官一样，一边怒斥肇事人江风、江平，一边从轻发落，让他们给予张老头二十两作为赔偿；"七勇士"被黄山三友诬陷洗劫万景山庄，仅大哥铁成刚逃脱；武老刀的儿子小武，因与万鹏王的仆人相爱受阻而相思成疾，将不久于世。他们都不约而同地找到了孙玉伯。在他们的心目中，孙玉伯是一个值得信赖的人。孙玉伯喜欢人家叫他"老伯"，"老伯"就像是西方的"教父"，"在很多人心目中，它象征着一种亲切，一种尊严，一种信赖。他们知道自己无论遇着多么大的困难，老伯都会为他们解决，无论受了多么大的委屈，老伯都会替他们出气。他们尊敬他，信赖他，就好像儿子信赖自己的父亲。他帮助他们，爱他们，对他们一无所求。但只要他开口，他们愿意为他付出一切"。

同时，如同维托·考利昂不愿意贩毒一样，孙玉伯也有着自己的底线和原则。比如，他的两位手下文虎与文豹在为张老头报仇时，选择将江风与江平灌醉，让他们强奸徐青松的女儿。这是一种以暴制暴的做法，让虚伪的徐青松也尝一尝女儿被欺辱的滋味，看看他还能不能说出那番话。可是，孙玉伯却斥责了他们，因为徐青松罪有应得，可他的女儿却是无辜。孙玉伯让文豹向徐家下聘书，娶徐青松的女儿为妻来解决此事。

孙玉伯之所以会这么做，就是因为他遵守的是古龙所说的"江湖人"的精神，"因为他喜欢成全别人，喜欢公正。他憎恶一切不公正的事，就像是祈望着丰收的农人，憎恶蝗虫急于除害一样"。

除了孙玉伯外，《流星·蝴蝶·剑》与《教父》在人物和情节上还存在诸多相似之处。比如，孙玉伯的儿子孙剑同桑尼·考利昂一样，强壮有力，性格刚烈，脾气暴躁，最终死于暗杀。孙玉伯手下的头号杀手韩棠，就像考利昂家族的布拉西，是"杀手中的杀手"。孙玉伯在与十二飞鹏帮和万鹏王对抗时，效仿维托·考利昂的做法，给对方送去马头以作威慑。

倒是律香川，比这些人物要复杂许多。如同汤姆自幼便由维托·考利昂抚养成人，律香川也是无父无母的孤儿，七八岁时被舅舅陆漫天送给孙玉伯做书童。两人在各自团队中的地位也极为相似，都是冷静、心思缜密而足智多谋的智囊，得到了周围人的信任。但是，不同于汤姆的忠诚，律香川更像是特西奥，他始终在隐忍并试图取而代之。同时，他的人格又十分分裂，近乎变态。一方面，生活中的他，文质彬彬，温柔亲切，脸上始终带着微笑，给人一种如沐春风的感觉，特别是在妻子林秀心中，他就是一位完美的好丈夫；另一方面，他却让人杀死自己的妻子，蹂躏孙蝶，并让她永远无法生育。

相比之下，主角孟星魂并不那么让人印象深刻。他当然是"江湖人"，但却是一位厌倦了江湖是非的"江湖人"。不同于孙玉伯、万鹏王、高老大与律香川，他最大的愿望是退隐江湖。最终他也做到了，与孙蝶这位同样饱经创伤的女孩子一起过上了幸福生活。孟星魂出现的意义，除了帮助孙玉伯反败为胜外，更多的可能还是一种隐喻吧。毕竟，有人的地方就有江湖，可是，这并不意味着人人都会喜欢江湖。

《绝不低头》，1972—1973年首载于香港《武侠春秋》，并在1973年由台湾武侠春秋出版社出版。与《流星·蝴蝶·剑》一样，《绝不低头》仍然在描述帮派厮杀，只不过是发生在民国时期上海滩的帮派厮杀。这也是古龙唯一一部现代小说。

不同于《流星·蝴蝶·剑》的教父式风格，《绝不低头》讲述的是乡下人进城的故事。乡下人进城，就意味着他们离开了自己赖以生存的土地，这往往会出现两种情况，一种是像祥子一样被现代工业城市吞没，一种是变，变得像刘四爷一样不择手段，成为一方霸主。《绝不低头》其实就是在告诉我们，乡下人是如何变成城里人，然后参与到现代工业社会"人吃人"的循环境遇。

波波、黑豹与罗烈三人本是少年时的好友，其中波波和罗烈是恋人关系，同时，黑豹也爱着波波。后来，黑豹与罗烈来到城里打拼，黑豹成了上海滩黑帮大哥金二爷的得力助手，罗烈则在机缘巧合之下去了国外。波波在十九岁的时候，为了寻找父亲赵大爷，偷偷溜出家门来到城市。刚刚来到大城市的波波，看着象征着城市现代化的汽车与美丽的、令人着迷的霓虹灯，觉得有趣极了。可是突然间，汽车和霓虹灯都消失了，城市的黑夜正式到来，波波发现自己来到了一个更新奇、更陌生的地方。这个地方是属于"江湖人"的，而"江湖人"——金二爷的"老八股党"和他们的对头"喜鹊"——正是这城市阴暗的一面。在波波被这两个组织追杀时，黑豹出现并救下波波。随后的日子里，波波与黑豹同居，波波以为自己已经忘记了罗烈。

殊不知，这位可怜的姑娘坎坷的命运才刚刚开始。黑豹已经不是从前那个石头乡的少年了，他变得渴望权威、地位与财富。于是，黑豹创下"喜鹊"，并在"老八股"和"喜鹊"两大组织间穿针引线，内神通外鬼，布下天罗地网，吃人不吐骨头，将金二爷取而代之。而黑豹之所以强行与波波在一起，除了爱波波以外，还是为了报复金二爷——他就是波波苦苦找寻的父亲赵大爷，而金二爷还抢走了他的未婚妻沈春雪。成功后的黑豹心理近乎变态，为了折磨金二爷，他将波波带到金二爷面前，让他们父女相认。而波波绝不低头，为了活命，她不惜自甘堕落、自我虐待来刺激黑豹，等待罗烈来救她。

可是，即便是等来罗烈，她就能走出水深火热吗？此时的罗烈，因为在德国杀人，正被关在监狱里。但罗烈也并非普通人，在狱中，他靠着广大的人脉在黑豹所在的城市树立势力。被好友高登设法营救回国后，罗烈发现高登已被黑豹杀害，于是与黑豹反目成仇，在一个月内策反了黑豹的手下。波波突然发现，罗烈也变了，不再是那个正直的"小法官"，而是阴险狡诈的黑老大。最后，罗烈与黑豹决斗时，黑豹向波波表明了内心真实的爱意，却也因波波的出现而分心输给了罗烈。波波在爱恨交织中，选择了黑豹，并央求罗烈放他们回乡。因为她知道，罗烈也会变成金二爷，变成曾经的黑豹。金二爷、黑豹、罗烈，前赴后继地从乡下赶往城市，一个取代另一个，人生轨迹极其相似。只有波波和残疾回乡的黑豹最终明白了，城市这个"人吃人"的地方已经让他们失去本真。即便成为老大，他们依然保护不了自己的亲人，依然不能避免被横扫出场的命运。

而当我们将以上两部小说合而观之的时候，会更好地发现古龙的用意所在。与孙玉伯这样讲究传统"江湖人"精神的老头子不同，生活在现代工业社会中的金二爷、黑豹和罗烈并不会帮助穷人，而是会剥削他们，他们做事也没有底线，为达目的不择手段。比如，黑豹为报复金二爷而伤害波波的做法，远比文虎兄弟更加恶劣。黑帮老大张大帅为了自己活命，不惜出卖兄弟，这也是违背道义的事情。只有波波，绝不低头，绝不屈服。临死前，她对着黑豹说："扶起我的头来，我不要低着头死！"她活着不肯低头，死也不肯低头。这才是现代"江湖人"在工业社会中的精神所在。

第六章

山登绝顶我为峰

江湖的后三个十年

沈浪开创了江湖的第一个十年。

沈浪之后，友人之子李寻欢和他的徒弟叶开，还有沈浪自己的徒弟公子羽，继续引领着江湖的后三个十年。

沧浪无敌沈浪，应当是古龙武侠世界中一位十分重要的大侠。他的重要，不仅是因为他开创了一个武侠时代，还在于武林的后三个时代也与他息息相关。

沈浪之后的第一个时代，是《多情剑客无情剑》中的李寻欢仁者无敌的时代。《多情剑客无情剑》，1968—1969首载于香港《武侠世界》，并由台湾春秋出版社出版，是古龙小说中最有名的一部，也是众多学者和评论家公认的古龙小说第一。李寻欢作为沈浪好友老李探花之子，是这部小说的主角，与铁中棠和郭大路并称古龙最喜欢的三个人物。古龙曾说："李寻欢的性格接近铁中棠，却比铁中棠更成熟，更能了解人生。"

古龙创作出那么多的名侠，为何独独将李寻欢与铁中棠相比？因为相比他的前辈沈浪、楚留香和后来的陆小凤，李寻欢一点也不洒脱，反而是一个常与寂寞为伍的孤独饮者——尽管他平生最厌恶的就是寂寞。如果说古龙笔下有哪一位人物与萨特的存在主义思想最为接近，那么我们首推李寻欢。

萨特曾说："世界是荒谬的，人生是痛苦的。"李寻欢的前半生就是一个彻头彻尾的悲剧。他出身书香世家，世代簪缨，三代之中共有七人中进士，而他与父兄更是皆为探花，此所谓"一门七进士，父子三探花"。李寻欢不仅才高八斗，武艺也是惊世骇俗，在百晓生所著的《兵器谱》上排名第三，仅次于天机老人和上官金虹。江湖上对小李飞刀的评价是："小李神刀，冠绝天下，出手一刀，例不虚发！"他的未婚妻——也就是与他青梅竹马的表妹林诗音，也是世间少有的美人。声名、财富、武艺、美人，这其中的任何一样都是江湖中人苦苦追寻的，而李寻欢样样兼备，堪称人生赢家。可是，命运弄人，李寻欢却将这一切拱手让人。他的救命恩人、结拜大哥龙啸云爱上了林诗音，爱得形销骨立，一病不起，央求李寻欢成全他们。身为一个铮铮铁骨的男人，李寻欢怎肯将妻子拱手让人？可是，他又怎能忍心看到大哥相思而亡？在妻子与兄弟、"情"与"义"之间做出抉择，这对于李寻欢而言是一件极为痛苦的事情。他纵酒醉饮五天，最终决定离开原本属于他的家。为了让林诗音死心，他不惜背负负心汉的骂名，花天酒地，纵酒嫖妓。最终，心灰意冷的林诗音，无奈之下只好嫁给龙啸云。从此，李寻欢开始浪迹四方，隐居关外十年之久。

每每读到此处，都觉得这种决定何其荒诞不经，何其不公！因为圣人般地牺牲自己，成全别人，李寻欢陷入无尽的孤独，善良的林诗音成为男人们的牺牲品，龙啸云也因承担不起这份恩情，命运发生了天翻地覆的变化，从救人于水火的侠者变成追名逐利的小人，屡屡陷害李寻欢，最终他幡然醒悟，想以王怜花留下的《怜花宝鉴》同上官金虹换取李寻欢的性命，却惨死在金钱帮手下。他终究是没有负李寻欢的。如果没有遇到李寻欢，所有人的命运都不会改变。这正应了萨特的那句名言：他人即地狱。错的，到底是谁呢？林诗音不明白，龙啸云也不明白，没有人能回答。这世上本就有许多事是人们无法理解、无法回答的。

然而，不知对错的选择，以及由此而来的痛苦的现实生活，并没有让李寻欢放弃希望。古龙要写的是一个有血有肉的人，他有优点，也有缺点。罗曼·罗兰曾说："世上只有一种英雄主义，就是在认清生活真相之后依然热爱生活。"李寻欢就是这样的人。古龙认为，正是"爱"的精神让李寻欢走出人生阴影，"他看来仿佛很消极，很厌倦，其实他对人类还是充满了热爱。对全人类都充满了热爱，并不仅是对他的情人、他的朋友。所以他才能活下去"。他看透江湖情仇，尝遍辛酸苦辣，却依然不忘善良的本质。面对龙啸云，李寻欢明知对方是在利用他、陷害他，却依然不忘龙啸云曾经的恩情，怀念那份纯洁的友谊，理解他的所作所为，"但世上又有几人能不负这'朋友'二字？像大哥你这样的朋友，无论谁只要交到一个已足够了"。邯郸道上的救命之恩，李寻欢记了一辈子。

李寻欢是宽容的。正是这份来自于骨子里的宽容，让他在浪迹四方、处处为家的日子里，眼睛里仍然有光："这是双奇异的眼睛，竟仿佛是碧绿色的，仿佛春风吹动的柳枝，温柔而灵活，又仿佛夏日阳光下的海水，充满了令人愉快的活力。"这样的眼睛，恐怕真的只有李寻欢这样内心清澈的人才配拥有。而有着这样的眼睛的人，很难会对生活颓废到底，甘于落寞。小说结尾，李寻欢与孙小红结婚，过着隐居的生活。《边城浪子》中，李寻欢的弟子叶开提到：追查梅花盗，威震少林寺，决战上官金虹只不过是李寻欢生命中几件小事，他破了金钱帮之后，又不知做了多少惊天动地但不为人知的大事。

除了李寻欢以外，《多情剑客无情剑》中还有几位人物也多为读者熟知。首先是沈浪与白飞飞之子阿飞。"多情剑客无情剑"这七个字，假若仅从字面意思上来说，更加适用于阿飞。他的剑稳准狠，人称"飞剑客"，被后世誉为天下第一快剑。《边城浪子》中叶开评价此时已是武林传奇、达到万物皆可为剑境界的阿飞，说他出手之快仅次于李寻欢。不同于同为剑客的荆无命，阿飞的感情更为丰富。阿飞出场时，是一个神秘、孤独而忧郁的少年，像一头孤傲的狼。这个少年看似冷漠，其实内心是火热的。他憎恨人类的虚伪。作为李寻欢的朋友，他毫不犹豫地营救李寻欢。为了爱情，他屡次三番维护伤害他的林仙儿，甘愿忍受她的欺骗。

阿飞一生至爱的林仙儿，可能是古龙小说中最为变态的女性角色，坏得令人咬牙切齿。古龙小说中并不是没有"坏女人"，仅拿有名有姓的角色来说，为祸江湖者如苏浅雪，挑拨离间者如虎妻，狠辣者如邀约，但是论起浪荡，萧咪咪也比不上她，要说心理变态，林仙儿更是当属第一。当她梅花盗的身份被发现后，阿飞因对她心生爱意，保下她的性命，并与她归隐山林。没想到，这才是阿飞噩梦的开始。林仙儿从来没有忏悔过，在外她是腰缠万贯的大老板，回到阿飞身边，她是楚楚可怜的农家妇。她人尽可夫，甚至性喜虐待，却从来不肯与阿飞同房，要做阿飞心中的白月光。为了报复李寻欢，她不断挑拨阿飞与他的关系。最终，还是上官金虹点破了她的秘密，让阿飞对她彻底失望。林仙儿原以为阿飞永远不会离开，所以她肆无忌惮。可是，谁也不能不断地伤一个爱她的人心。当她发现只有阿飞是真情以待，自己也真正爱着阿飞的时候，一切都迟了。于是，她自暴自弃，沦落于最卑贱的娼寮。临死前，林仙儿知道只有阿飞是值得信任的，于是将她与上官金虹的女儿上官小仙，托付给阿飞抚育。可是，这对阿飞来说又何尝不是另一种伤害呢？

林仙儿属于坏人那一类，林诗音和孙小红则都是好人，但她们也不一样。林诗音遵循着千百年来中国传统女性的"美德"——忍受，总是忍受，忍受！孙小红与林诗音不同，她要反抗："只要她认为是错的，她就反抗！她坚定、明朗、有勇气、有信心，她敢爱也敢恨，你在她身上，永远看不到黑暗的一面！就因为世上还有她这种女人，所以人类才能不断进步，继续生存。"不仅敢于反抗，她也勇于追寻自己所爱。她崇拜李寻欢，但是和李寻欢第一次见面，就灌他酒。孤独、寂寞的李寻欢酒后，居然畅怀大笑。也只有这样阳光明媚的女子，才能让李寻欢找到归宿，开始发自内心的快乐起来。她懂得爱，也懂得被爱，李寻欢无论做出什么决定，她都会支持他："无论你做什么，我都知道你一定会做得很好，做得很对。"古龙借用歌德在浮士德中的名言"永恒的女性，引导人类上升"来形容她的伟大。

龙啸云与林诗音的儿子龙小云，应是古龙小说中最不像孩子的孩子。方宝玉、朱八、小鱼儿虽然机智，但多少都还保留着少年人的稚嫩，可龙小云不同。龙小云绝顶聪明，但是手段狠辣，心思深重，且善于伪装。他胆气逼人，只身前去与上官金虹谈判，用李寻欢的命换来上官金虹与龙啸云的八拜之交。一代枭雄上官金虹又岂会看得上龙啸云？上官金虹酒席之间反悔发怒，龙小云为平息他的怒气，竟然果断斩断左腕，希望以此谢罪。只有面对母亲林诗音，看似深沉世故的龙小云才是一个孩子："无论他做过什么事，他毕竟还是个孤独而无助的孩子，对人生还是充满了迷惘。"但是，龙小云本质上仍是一个善良的人。他只是背负了太多本不该由他承担的责任。他之所以要报复李寻欢，并不是因为李寻欢废了他的武功，而是因为上一代人的恩怨："我恨他为什么不是我的父亲，我也恨我自己，为什么不是他的儿子，我若是他的儿子，你岂非就不会离开我了，一切事岂非全都会好得多？"龙小云的话，竟让人对他生不起一丝恨意。母亲爱着其他男人，父亲时刻想要害死兄弟，自己还能做些什么？李寻欢当然明白，所以李寻欢一再包容龙小云，可这种包容，让龙小云更加恨他，也恨自己。但是，无论如何，龙啸云总归是自己的父亲。面对父亲的忏悔、自责和救赎，龙小云终于对他致以尊敬，只愿做他的儿子。古龙说："这是儿子对父亲的忏悔，也是父子间独有的感情，世上没有任何事能代替。"这番话，或许也是古大侠自己的心声。

全书中最大的反派是上官金虹。不同于"快活王"柴玉关，上官金虹更有野心，格局也更大，比"五花箭神"班察班那做得更好。上官金虹起初在江湖上并不出名，却在一夜之间以不世枭雄之姿席卷武林，成立金钱帮。他的武功天下无双，已将龙凤环练至"手中无环，心中有环"的境界。他之所以败给李寻欢，并不是武功不敌，而是因为他对自己足够自信和骄傲。天机老人说："一个真正的高手活在世上，必定是寂寞的，因为别人只能看到他们辉煌的一面，却看不到他们所牺牲的代价，所以根本就没有人能了解他。"李寻欢如此，上官金虹亦如此。如果上官金虹没有直面李寻欢的飞刀，他也将无法面对自己骄傲的内心。

说到上官金虹败于李寻欢，我们还得谈到古龙小说"无招胜有招"之说。《浣花洗剑录》是一个开始，而《多情剑客无情剑》则是一个巅峰。天机老人与上官金虹，上官金虹与李寻欢，他们之间的决斗本应是惊天地泣鬼神的。但妙就妙在，古龙没有对这个场面进行细致的描述，而是通过一些细枝末节，留给读者无尽的想象空间。天机老人初遇上官金虹时，仅以三根手指和一口吐烟就将他惊走。这是因为天机老人的武功根基仍然深于上官金虹。面对天机老人，上官金虹是野心勃勃的挑战者，真正打斗起来时，他知道天机老人因收手多年，加之年老气衰，不能与他久战。面对李寻欢，上官金虹是骄傲自信的上位者。胜负仅在一刹之间，仅仅那一闪的刀光就决定两位绝世高手的身死。上官金虹败，只因为那是李寻欢的刀，古龙赋予的、例无虚发、仁者无敌的小李飞刀！

《多情剑客无情剑》出版以后大获成功，一时洛阳纸贵，为古龙赢得了前所未有的声誉。对"小李飞刀"心心念念的读者们，几番写信给出版社询问是否还有续集。对于这只能为自己带来丰厚利润的"金鸡"，各大出版社的老总们也是时刻挂在心上。于是，他们打着读者的名头找上古龙，话说得那是十分动听，入情入理。古龙当然明白他们的真实目的，这让本来就打算接着写续集的古龙，得到了敲诈对方的机会。于是，屡试不爽的老套路又来了：想要书是吗？那就先打钱！这一次，出版社为了要书，只好不情不愿地答应了他。末了，只能给古龙一句不痛不痒的叮嘱，希望他莫要再放鸽子。

古龙这一次倒是没有放鸽子，不过，再见续集，已是3年以后了。1972年，古龙在香港《武侠春秋》杂志连载《边城浪子》——当时还叫《风云第一刀》，该书在1973年由台湾南琪出版社出版。《多情剑客无情剑》讲的是"情"，即亲情，友情，爱情，《边城浪子》则围绕两个古老的话题——复仇与救赎展开，这个故事也有两位主人公：一心复仇的傅红雪和想要救赎他的叶开。

傅红雪被认为是神刀堂堂主白天羽的遗孤，由魔教大公主花白凤抚养成人，一生只为取下灭门仇人、万马堂堂主马空群的头颅而活："你要记住，从此以后，你就是神，复仇的神！无论你做什么，都用不着后悔，无论你怎么样对他们，都是应当的！"他如同《杀死比尔》中艺成下山的乌玛·瑟曼，誓要将仇人们一一从人世间抹去。按照传统武侠小说的复仇模式，傅红雪将在历经千辛万苦后报仇成功。这一次，古龙偏偏没有如读者们所期待的那样，而是选择让傅红雪走上一条与自我斗争的道路。

在复仇的道路上，他发现他的复仇对象们并不都是穷凶极恶的暴徒，反倒各有各的可怜，而父亲白天羽也并不见得就毫无过错。傅红雪在为白天羽复仇的同时，错杀无辜，仇人的子女们也要来杀他为自己的亲人复仇。双方似乎陷入一个死循环，这让傅红雪原有的复仇思想受到了根本性的挑战。最荒诞的是，他竟然不是白天羽的儿子，是白夫人为报复花白凤，将他与白天羽真正的儿子掉包，然后交由花白凤抚养的。得知真相后的傅红雪，突然间不知道何去何从。为了报仇，他逼得自己厌恶人类的温情，此生最爱的女人翠浓也为此牺牲，可到头来得到的却是这样的结果，"他本是为了仇恨而生的，现在却像是个站在高空绳索上的人，突然失去了重心。仇恨虽然令他痛苦，但这种痛苦却是严肃的、神圣的。现在他只觉得自己很可笑，可怜而可笑"。

命运对傅红雪是多么的不公啊！还好有叶开——这个白天羽与花白凤真正的儿子，武林神话小李飞刀的真传弟子。叶开跟随李寻欢学艺，学到的不仅是例无虚发的飞刀，还有仁者无敌的心。李寻欢告诉他，学刀，要先学爱人。叶开作为真正的当事人，化解了上代人之间的恩怨，宽恕了所有人，因为"仇恨所能带给一个人的，只有痛苦和毁灭，爱才是永恒的"。傅红雪正是在他的鼓舞之下，选择离开仇恨，说出"我不会再恨任何人"的话。他那本来如亘古不变的冰山般的脸上也终于露出了笑容，"他的笑容就像是冰上的阳光，显得分外灿烂，分外辉煌"。

相比于一生都活在仇恨恐惧中的马空群，傅红雪挣脱了复仇的枷锁，这自然是一种救赎。而叶开在救赎傅红雪的时候，又何尝不是在救赎自己？他，才是那个要真正复仇的人！阿飞对叶开说："能杀人并不难，能饶一个你随时都可以杀他的仇人，才是最困难的事。"叶开饶恕了所有人，就像《圣经》福音书中所写的那样："如果我们希望神也能同样地饶恕我们，就永远不要以仇恨和不友善来对待做过错事的人。"也恰如俄狄浦斯临终所说："尽管如此多灾多难，我的高龄和我灵魂的高贵仍使我认为一切皆善。"所以，叶开获得了解脱。也只有这样的叶开，才能开创武林中的第二个十年。

叶开和傅红雪的故事并没有结束，而是一水二流，分别在另外两部小说《九月鹰飞》和《天涯·明月·刀》中延续。

《九月鹰飞》，1973年连载于香港《武侠世界》，并由台湾南琪出版社出版。这仍是一部复仇小说，从《武侠世界》版的副标题"小李飞刀第二代故事"来看，它讲述的是小李飞刀后人们的故事。

叶开受阿飞所托，与女友丁灵琳一起保护上官金虹与林仙儿的遗孤上官小仙。武林传言，上官金虹死后留下了富甲天下的财宝和神秘莫测的武功秘籍，而知道这些财宝和武功秘籍下落的只有上官金虹的女儿——貌若天仙却智力低下的上官小仙。因此，上官小仙成为众矢之的。但是，她的身边有着李寻欢的传人叶开，叶开已是新《兵器谱》中排名第一的人，是"人外的人，天外的天"。终究是名利动人心，江湖中人没有人能禁得起获得上官金虹遗物和打败"天下第一高手"叶开的诱惑，一时间纷纷出动。

叶开本打算将上官小仙秘密藏于长安冷香园，可这一消息却不胫而走，于是他与丁灵琳试图查明真相。几番探寻之后，叶开发现幕后黑手竟然是谁也不曾想到的上官小仙。作为梅花盗林仙儿与一代枭雄上官金虹的女儿，上官小仙岂会甘于平庸？她为重振金钱帮，称霸武林，设下重重诡计，欲借叶开之手为她清除障碍。得知真相后，二人难免一战。小李飞刀和上官金虹的传人相遇了，这或许就是他们不可避免的宿命。这一次，上官帮主没有死在飞刀之下，因为叶开宽恕了上官小仙，他要告诉上官小仙，宽恕永远比报复更伟大。

其实，作为古龙巅峰时期的作品，《九月鹰飞》写得并不差，尤其是其塑造出丁灵琳与上官小仙两位性格各异的女主角。但是，由于珠玉在前，比写

"情"，《九月鹰飞》不如《多情剑客无情剑》，比写"复仇"和"宽恕"，《边城浪子》已是深入透彻。这让《九月鹰飞》声名不显。

《天涯·明月·刀》是《边城浪子》的续集。在这部小说的序言中，古龙如是说："有很多读者看了一部书的前两本，就已经可以预测到结局。最妙的是，越奇诡的故事读者越能猜到结局。因为同样'奇诡'的故事已被写过无数次了，易容、毒药、诈死、最善良的女人就是女魔头——这些圈套，都已很难令读者上钩。所以情节的诡奇变化，已不能再算是武侠小说中最大的吸引力。人性的冲突才是永远有吸引力的。武侠小说中已不该再写神，写魔头，已应该开始写人，活生生的人！有血有肉的人！武侠小说中的主角应该有人的优点，也应该有人的缺点，更应该有人的感情。"因此，《天涯·明月·刀》的故事情节并不复杂，主角也只有傅红雪一人。在李寻欢和叶开都退隐江湖后，沈浪的传人公子羽成为武林中的新一代领导者。可惜，他的容貌衰老得非常快，于是他便在武林中寻找武功最高的人作为他的替身。他最终找到了燕南飞，燕南飞的确是武林中一个极为出色的年轻人，年少英俊，剑法高超，但却两次败在傅红雪刀下。公子羽给了他一年时间，让他打败傅红雪。

公子羽为称霸武林，制造出孔雀翎的传说，让自己的手下假冒孔雀翎主人秋水清的女人——卓玉贞进入孔雀山庄，继而里应外合，血洗孔雀山庄。到死仍不明真相的秋水清，将假卓玉贞托付给了傅红雪。然而，傅红雪从假卓玉贞的行迹中发现了真相。凭着高超的武艺和坚韧的毅力，他杀死公子羽派来的杀手们，最终进入公子羽的住处，并在最后的决斗中击毙燕南飞。公子羽想要招揽傅红雪，让他做自己的替身。可是，傅红雪不是燕南飞，他有他的骄傲。他选择离开公子羽，回到了自己心爱的女人身边。这一次，古龙让傅红雪有了一个完美的结局，这也算是对他凄惨过往的一种弥补。

说起《天涯·明月·刀》，就不得不提及这是古龙小说创作生涯中的一大挫折。古龙想要对武侠小说创作进行突破、创新，不光是要在内容上创新，还要在文体上与众不同。《天涯·明月·刀》就是一部文体革新之作，运用的是类似散文诗的笔法，比如下面这段著名的对话：

"天涯离我们远不远?"

"你若觉得远那便是天涯。"

"那明月呢?明月是不是离我们很近?"

"你若觉得近,那便是明月……"

"什么又是,刀呢?"

"刀,是浪子量天涯的尺。"

　　这段文字今天已经成为脍炙人口的佳句,是典型的古龙式文体风格,然而在当时却很难被读者所接受,并在1974年首载于《中国时报》时惨遭编辑"腰斩"。古龙后来在谈起这段历史的时候,说这是自己一生中"最痛苦,受挫折最大"的一部作品。可见,无论是多么优秀的作品,多么独特的写作方式,都不可能一蹴而就,都要经受读者和时间的考验。

　　总而言之,由沈浪开启,公子羽收尾的四个十年到此就结束了。莎士比亚说:"凡是过往,皆为序章。"江山代有才人出,各领风骚数百年,江湖中的侠客们来来往往,谁也不能永远独占鳌头。但是,像李寻欢这样的人,有过无上的辉煌,可以经得起人性的考验,象征着正义,谁又能轻易忘记他呢?

公子伴花失美,盗帅踏月留香

　　偷盗者,本为人类社会所不喜,甚至不容。

　　除非那人名叫楚留香。

　　一个代表正义,侠名远播的"盗帅"。

　　在古龙的所有小说中,《多情剑客无情剑》是公认的最出色的一部,但若说在武侠小说读者中的知名度,"盗帅"楚留香绝不弱于李寻欢。从时间线上来说,楚留香的故事发生在《多情剑客无情剑》之前。早在1967—1969年,台湾真善美出版社就以《铁血传奇》为名,出版了"楚留香系列"的前三部,即《血海飘香》

《大沙漠》与《画眉鸟》，同样是1969年，新加坡《南洋商报》连载了《借尸还魂》与《蝙蝠传奇》。接着，古龙又在1971—1972年于台湾《武艺》杂志连载《桃花传奇》。而在古龙创作巅峰期末尾的1979年，台湾《时报周报》刊载副题为"楚留香新传"的《新月传奇》。即便是到了创作晚期，古龙依然没有忘记楚留香。1982—1983年，他在台湾《联合时报》连载副题为"楚留香新传之一"的《午夜兰花》。因此，"楚留香系列"贯穿古龙从中期到晚期的创作。其中，除隐含向读者告别之意的《午夜兰花》外，其余各部都将楚留香置于推动故事展开的重要位置。因此，为保证楚留香人物形象的连贯性，我们在这里选择将"楚留香系列"的前七部作品合而述之。

在讲述楚留香的故事之前，我们先来看看楚留香是谁。楚留香是"盗贼中的大元帅，流氓中的佳公子"。古龙曾这样总结楚留香的性格：他冷静而不冷酷，正直而不严肃，从不伪充道学，从不矫揉造作，既不会板起脸来教训别人，也不会摆起架子来故作大侠状。江湖中流传着很多关于他的传说，有的已经接近于神话。楚留香的武功，尤其是轻功，当世无人可及，而这似乎与《铁血大旗门》中的夜帝或者铁中棠有关。但是，古龙曾说："楚留香的身世，有关于这个问题，是最容易回答的，因为这个问题根本就没有答案。因为楚留香根本就没有过去，只有现在和将来。"古龙的这一说法，为楚留香的身份更添一份神秘感。

这份神秘感，其实来源于"007系列"。评论家林无愁曾经询问过古龙为何要塑造出楚留香，古龙的回答是："动机是许多年以前了。那时的'007'史恩康纳来，正像一阵狂风吹击台湾。"因此，楚留香的诞生，显然是受到"007系列"的影响。那么，这种影响具体体现在什么地方呢？林无愁是这样概括的："残酷，但优雅的行为；冷静，但瞬息的爆发力；神经，但时时自嘲的幽默；微笑，但能面对最大的挫折。这几种品质使古龙创作出了楚留香。许多人都误以为武侠的世界是一个暴力的世界，血溅五尺，干戈七步。楚留香是个异数，也是个艺术。他从来不杀人，也免不了暴力，但古龙说他是'优雅的暴力'。"就像每当他做过一件得意的事情之后，就会留下一阵淡淡的、带着郁金花芬芳的香气。因此，我们就不用去考据楚留香到底来自何处，只需要知道他是一个像"007"一样的人物即可。

但是,与"007"不同,楚留香不完全是孤胆英雄。他的身边有胡铁花与姬冰雁。少年时代,他就与胡铁花和姬冰雁一起,被江湖中人称为"雁蝶为双翼,花香满人间"。当时的楚留香左有飞雁,右有彩蝶,笑傲江湖,纵横天下。

胡铁花的来历据说与《铁血大旗门》中的赤足汉有关,他是武林中一等一的高手,自创"蝴蝶穿花七十二式",人称"花蝴蝶"。与楚留香一样,他喜欢女人,喜欢喝酒,喜欢打抱不平,还喜欢学楚留香摸鼻子。奇怪的是,他喜欢的女人却都不喜欢他。而一旦女人喜欢上他,他却又会逃避不敢面对,比如高亚男和金灵芝。与楚留香不同,胡铁花不是游侠,而是浪子,"游侠没有浪子的寂寞,没有浪子的颓丧,没有浪子那种'没有根'的失落感,也没有浪子那份莫名其妙无可奈何的愁怀。游侠是高高在上的,是受人赞扬和羡慕的,江湖大豪们结交的对象,是'胯下五花马,身披千金裘',是'骑马倚斜桥,满楼红袖招'的浊世佳公子"。作为浪子,胡铁花外表虽然嘻嘻哈哈,对什么都不在乎,"可是他的内心里却是沉痛的,一种悲天悯人却也无可奈何的沉痛,一种'看不惯'的沉痛"。在这个世界上,除了楚留香,没有人能够理解他的这种痛苦。

至于姬冰雁,似乎也是大旗门弟子,他生性冷傲,话语不多,楚留香和胡铁花戏称他为"铁公鸡"。因为高亚男的原因,他孤身远走大漠,并在大漠中凭着自身的精明、强锐和坚韧,艰苦创业,成为兰州首富。后来,他在《大沙漠》中作为主要人物,再次出场。

除了这两位好友,常伴楚留香身边的,还有三位红颜知己:苏蓉蓉、李红袖和宋甜儿。苏蓉蓉俏丽无比,千娇百媚,或凝眸欲泣,或笑语嫣然。她琴棋书画,样样精通,医术妙手回春,易容术天下第一。在楚留香眼中,她并不能算是最美,但却是最温柔、最体贴,最能体谅别人的女人。李红袖博闻强记,对天下各门各派的高手的事迹、经历,以及他们的武功了如指掌,她的身上有着"重义轻生"的侠气。宋甜儿人如其名,永远都是甜甜的,向往浪漫的生活,但是却知足常乐。如果类比"007",她们就是楚留香的"邦女郎"。

讲完了这些人,我们再来看看楚留香与他们一起做了什么事。

《血海飘香》是"楚留香系列"的第一部作品。故事讲述的是,楚留香在京城中偷走金伴花的白玉美人后,与苏蓉蓉三人在船上休养,突然海上漂来一具具武林高手的尸体，据查这些人都是死于神水宫的天一神水。在楚留香尚处疑惑时，神水宫的人却先一步找上楚留香，因为天一神水被人偷了。天下能从神水宫盗走天一神水的只有"盗帅"楚留香，因此，神水宫怀疑楚留香也在情理之中。楚留香自然要自证清白，神水宫给了他一个月的时间。于是，楚留香从"盗帅"摇身一变，成功化身"007"和福尔摩斯。

我们都知道，在侦探小说中死人也会说话，而且能说出很多秘密。楚留香当然也明白，他让与神水宫有渊源的苏蓉蓉前往神水宫打探消息，自己则从海上的尸体开始入手。在这些死人身上，楚留香发现一条共同线索：他们都与丐帮帮主任慈的夫人秋灵素有关。从秋灵素口中，楚留香得知了一桩江湖秘闻。昔年，"黄山世家"在与华山派一战中，只逃出一个名叫李琦的姑娘。为报仇雪恨，李琦远赴东洋学艺，并嫁给日本武士天枫十四郎，生下两子。武功大成后，李琦"抛夫弃子"，回到中原成功复仇，并化名石观音。妻子离开后，天枫十四郎心灰意懒，索性也来到中原，要与南少林寺掌门无峰大师和丐帮帮主任慈比武。原来，天枫十四郎一心求死，此次比武只是为了托孤。临终之时，天枫十四郎将他的长子托付给无峰大师，取名无花；次子托付给任慈，取名南宫灵。

这一情节像极了《天龙八部》中萧峰的身世，只不过萧峰是学在少林，长在丐帮。"非我族类，其心必异"，这是江湖人怀疑和排斥萧峰的理由，这一结论在无花和南宫灵身上得到印证。得知这一秘闻的楚留香，已经非常接近真相。顺着这条线索，楚留香盯上了他的两位至交好友无花和南宫灵。后面的事情其实并不复杂，无花通过欺骗神水宫宫女司徒静，盗来天一神水，借机毒死无峰大师和任慈等人，为父报仇，并且称霸武林。为了不让楚留香怀疑自己，无花竟然杀害了弟弟南宫灵。但是，这依然不能阻止楚留香查明真相。在道德和正义面前，这位风标高华、一尘不染的"妙僧"无花，自知愧对好友，选择以死谢罪。

在这条主线之外，这部小说还有两位重要角色：中原一点红与大漠之王扎木合之女黑珍珠。中原一点红是天下索价最高、出手最狠、最有信用的杀手。很多人知道中原一点红，也许是通过情景喜剧《武林外传》。真实的一点红，绝不是《武林外传》中一袭红衣而且极度洁癖的搞笑形象，相反，他高冷、孤僻，性格有些偏激但极重义气。在后面几部小说中，一点红多次出现，是非常重要的一个角色。而黑珍珠起初是以男儿形象出现的，他武功极高。恢复女儿身之后，她喜欢楚留香，将苏蓉蓉三人带到沙漠，引楚留香前去寻找，并将自己坐骑留给楚留香。这就开启了"楚留香系列"的第二个故事《大沙漠》。

为了寻找苏蓉蓉等人，楚留香联合胡铁花来到大漠。他们首先找上的自然是姬冰雁。姬冰雁因担心楚留香和胡铁花的安危，舍弃万贯家财和舒适的生活，与他们一起进入大漠。三人进入大漠后，不但没有找到苏蓉蓉三人，反而一路遭遇危险，而要致他们于死地的正是无花与南宫灵的母亲石观音。接着，他们又因宝石"极乐之星"被卷入龟兹王朝篡位与复辟的风波中，不得不保护已被罢黜的龟兹国王与琵琶公主。在这个过程中，楚留香等人渐渐发现事情并不简单，追杀龟兹国王与暗中对付他们的其实都是石观音，连中原一点红都被石观音请来刺杀龟兹国王。既然遇到楚留香，中原一点红自然与他们汇合。几人经过一番探查后，发现策划叛国、谋求"极乐之星"背后秘密的石观音，其实就是龟兹国王的美丽王妃。除胡铁花外，几人都落入石观音之手，被带进她的老巢。

这一次，帮助他们脱险的并不是楚留香，而是一点红。石观音手下有一位原本貌美如花的弟子曲无容，石观音因嫉妒而将其毁容。一点红并没有嫌弃曲无容，对她展开追求。曲无容被他感动了，借机将几人救出。曲无容与一点红之间的感情无疑是真挚的，后来一点红被胡铁花无意中砍掉他赖以生存的手臂时，曲无容依然不离不弃。这让冷漠的一点红爱上有缺陷的曲无容，只有这样孤独的两个人才能真正地做到惺惺相惜。

言归正传，几人在准备离开时，发现谷中石观音的弟子全部被杀，并且眉毛也都被剃光，现场只留下一张写着"画眉鸟敬赠，楚香帅笑纳"的字条。楚留香并不知道"画眉鸟"是谁，但此时已不容他细究。几人在路上遇到胡铁花与琵琶公主，并从黑珍珠的手下处得知黑珍珠已经带着苏蓉蓉等人回到中原。而龟兹国王明修栈道，暗度陈仓，已经利用祖先留下的财宝，借助大漠中的其他力量完成复国大计。

但是，石观音的问题还没有解决。楚留香追随石观音的手下吴菊轩，发现他竟是本应是死人的无花。当初，无花利用楚留香对他的信任，以假死躲过一劫，并且来到沙漠寻找母亲石观音。这一次，无花依然败给楚留香，并被"画眉鸟"

杀死。楚留香见到石观音时，发现了石观音的一个惊天秘密：她正在对着镜子求欢。原来，她爱的只有她自己。这也是为何她不允许世上存在秋灵素、曲无容这些在长相上能够与自己媲美的女性。从武功上来说，楚留香原本是不可能打败石观音的，但是他灵机一动，选择打破镜子，破坏石观音完美无缺的镜中形象，并趁她失神之际将其制服。可以说，古龙除借鉴传统武侠"英雄救美"与"谋朝篡位"的经典模式，以及侦探小说的推理探案以外，还吸收了童话故事《白雪公主》中的黑心皇后与魔镜形象，塑造出了极度自恋且性格扭曲的石观音。

《大沙漠》的故事结束了，但却留下了一个重要的疑问：帮助楚留香脱险的"画眉鸟"是谁？他为什么要这么做？这就引出了第三个故事：《画眉鸟》。在这个故事中，主要线索又回到了《血海飘香》中的神水宫和"水母"阴姬。

走出大漠后，楚留香和胡铁花遇到了昔年"天下第一剑客"、拥翠山庄庄主李观鱼的儿子李玉函和他的妻子柳无眉。李、柳夫妇得知楚留香是在寻找苏蓉蓉三人后，便告诉他们正在李府做客。楚留香与胡铁花只好跟随李氏夫妇一起前往姑苏拥翠山庄。然而，这一路上并不平静。楚留香二人多次遭到暗算，机智的楚留香觉察到情况不对，开始怀疑起李氏夫妇。果不其然，到了拥翠山庄后，李氏夫妇见楚留香安然无恙，便伙同帅一帆等五位成名剑客布下剑阵，逼迫楚留香闯阵。剑阵被楚留香破解后，柳无眉依旧不依不饶，甚至撕破脸皮，以李观鱼之名要求帅一帆等人杀死楚留香。危机之时，因练功走火入魔而瘫痪多年的李观鱼一怒之下冲破玄关，指责儿子儿媳的不义之举。

在楚留香的追问下，柳无眉道出实情。原来，她就是"画眉鸟"，也是石观音的首徒，但因试图脱离石观音而被石观音下毒。除石观音外，天下能解此毒的只有神水宫宫主"水母"阴姬。柳无眉来到神水宫，得到的答复是只有楚留香的命才能换来解药。于是，丈夫李玉函竭尽全力，动用父亲李观鱼的人脉要致楚留香于死地。楚留香听闻此事后，选择宽容以待。为解柳无眉之毒，在救出苏蓉蓉几人后，楚留香毅然决定前往神水宫。

神水宫是武林中最为神秘的一个门派，门派中全是女人，而且从不允许男人进入。宫主"水母"阴姬是楚留香时代武功最为高强的女人，可与铁中棠并驾齐驱，这绝不是楚留香可以匹敌的。可以想见，楚留香此行必定困难重重。在秘密进入神水宫后，楚留香打听清楚了所有事情。原来，问题还是出在《血海飘香》中的司徒静身上。司徒静一直以来都以为自己的母亲是死于"水母"阴姬之手，为报复阴姬，司徒静故意向无花献身，并盗出"天一神水"。殊不知，其实阴姬才是她真正的母亲。阴姬虽然是同性恋，但是却爱上亦男亦女的雄娘子，并与他生下一女，也就是司徒静。为掩盖这件事，神水宫必须要找到一个替罪羊，有这个本事的当然只有楚留香。这就是阴姬为何要借柳无眉之手杀死楚留香。

此外，小说中还出现了阴姬、雄娘子和南宫燕之间复杂的感情纠葛。当年，雄娘子不甘心一直臣服在"水母"阴姬的"雌威"下，试图离开阴姬。阴姬为了不让大家知道她的性取向，只得让雄娘子离开，并不许他再回来。雄娘子离开后，"水母"阴姬一直牵挂着雄娘子，于是，她找到看似与雄娘子十分相像的南宫燕作为伴侣，南宫燕也知道自己只是雄娘子的替身。但是，为了验证阴姬对她的感情，她杀害了雄娘子。而阴姬爱的终究是雄娘子，于是选择为他报仇。

故事讲到这里，最吸引人的已不仅仅是楚留香的个人魅力——尽管他依旧表现得柔情似水，风度翩翩，而是一个"情"字。正所谓"问世间情为何物，直叫人生死相许"，没有楚留香、胡铁花与苏蓉蓉等人的友情，没有李玉函对柳无眉的痴情，没有"水母"阴姬与南宫燕、雄娘子之间的同性恋乃至双性恋，也就没有《画眉鸟》中前后两段故事的推进。再加上原本已有的侦探、武侠情节，《画眉鸟》更像是一个通俗文学素材的大杂烩。

既然潜入神水宫，楚留香就没有那么容易出来，与阴姬一战在所难免。楚留香与阴姬这一战堪称经典，"不但是一场空前绝后的恶战，也是一场妙绝人寰的大战"。楚留香知道，自己在陆上绝不可能是阴姬的对手，所以他将阴姬拖到水中。这本来也是一个非常冒险的做法，阴姬号称"水母"，她的绝世武功就习自水中。但是，楚留香曾习得一种神秘的呼吸方法，可以让他在水中不会气竭，阴姬却不行。这让楚留香可以在水中死死缠住阴姬，甚至选择以强吻的方式不让她呼吸。如果说他战胜南宫灵和无花靠的是"力"，战胜石观音靠的是"巧"，那么他战胜阴姬靠的就是"智"。不过，楚留香终究是优雅的，他最见不得女人哭，即便是像阴姬这样的女人。二人最终达成和解，阴姬也因被情伤所困，心灰意冷，选择闭关归隐。

在《画眉鸟》的结尾，中原一点红与曲无容再次出现，他们正在被中原一点红所属的杀手组织追杀。对于能够在神水宫中来去自如的楚留香来说，对付这些杀手自然不在话下。但是，这个组织能够培养出一点红这样的天下第一杀手，其首领自然不是等闲之辈，在一点红看来，他已经能够与同样以剑法闻名江湖的薛衣人相提并论。这里就为下一部小说的剧情发展埋下伏笔。

"楚留香系列"的第四部是《借尸还魂》，又名《鬼恋侠情》。借尸还魂，这在中国传统文学中并不稀奇，无论是元杂剧，还是"三言二拍"与《子不语》《聊斋志异》等明清小说中都有不少关于"借尸还魂"的故事。《借尸还魂》的开篇，讲的就是这样一个故事，"这不是一个鬼故事，却比世上任何一个鬼故事都离奇恐怖"。

楚留香来到好友、掷杯山庄庄主左轻侯家中做客，却赶上左轻侯的女儿左明珠身亡。这本是一个令人伤心的事情，但是天可怜见，左明珠又复活了！人死复生，这当然是一件由悲到喜的大好事！可意外再次发生，复活后的左明珠失忆了，连父亲也不认识，最离奇的是，她竟然宣称自己是施家庄"金弓夫人"的女儿施茵，而且说得有鼻子有眼。在场众人，无论是神医张简斋还是见多识广的楚留香，都看不出个所以然来。

左二爷当然不肯就这样失去女儿，他只好委托楚留香去查明此事真相。楚留香来到施家庄后发现，施茵的确是死了，而庄内的情况，包括房间的布置，确实也如左明珠所说。楚留香不慎被花金弓和她的儿媳妇薛红红发现，并被误认是与施茵相好的戏子叶盛兰。同时，楚留香还遇到"天下第一剑客""血衣人"薛衣人的弟弟薛笑人，一个武功奇高的白痴。当楚留香再一次来到施家庄时，他见到了薛衣人本尊。薛衣人带他参观自己的藏剑室，并对他的来意深表怀疑。楚留香也向薛衣人表达了他的疑虑：他怀疑薛衣人就是中原一点红所属的神秘杀手组织首领。到这里，《借尸还魂》便与《画眉鸟》的结局衔接上了。

在薛家的小木屋内，楚留香撞见薛家公子薛斌正在与一位名叫石绣云的女子幽会。楚留香从石绣云的口中得知，她并不是薛斌的情人，相反，她想要借机杀死薛斌，为自己的姐姐石凤云报仇，因为在石凤云死前，薛斌常常来打探消息。巧合的是，石凤云死亡的时间与左明珠、施茵二人十分接近。在石凤云的墓前，楚留香发现薛斌的书童倚剑正披麻戴孝地哭泣。原来，与石凤云相恋的并不是薛斌，而是倚剑。

意外突然发生，一位黑衣人出现，将楚留香刺伤，幸好楚留香在逃脱后被两位丐帮弟子所救。楚留香一边让丐帮帮忙寻找叶盛兰的下落，一边在三更时分再次来到石凤云墓前，掘开坟墓，里面竟然是空的。与此同时，石绣云则发现施茵棺材中躺着的正是姐姐石凤云。随着丐帮弟子找到叶盛兰，事情的真相变得越来越清晰了。原来，施茵为了逃避与薛斌的婚约并同叶盛兰携手，选择用石凤云的尸体伪装诈死。

在没有完全揭开"借尸还魂"谜底之前，楚留香先行解决了杀手组织的难题。他发现薛笑人是在装疯，真实的薛笑人正是刺杀他的黑衣人，也是神秘杀手组织的首领。被揭穿身份的薛笑人恼羞成怒，欲杀死楚留香。正在此时，薛衣人出现并承认自己才是杀手组织首领，只因自己在隐退江湖后，需要分外之财以维持生计。但是，薛笑人为维护哥哥声誉，情愿自杀身亡。其实，薛笑人创立杀手组织的动机并不复杂，他只是想要证明自己并不比誉满天下的哥哥薛衣人差，不想永远生活在薛衣人的阴影下。

书末，楚留香带着左明珠来到小木屋前，与在那里等候的薛斌相见。经丐帮弟子小秃子指正，左明珠与薛斌曾在此相会，并给过他银子。起初，左明珠矢口否认，直到遇到真正的施茵。此刻，真相大白。薛家与左家是世仇，薛斌与左明珠虽然情投意合，但若想光明正大地在一起并无可能，而薛斌的未婚妻施茵也有意中人。于是，四人一拍即合，一起想出这"借尸还魂"之计。俗话说，"宁拆十座庙，不拆一桩婚"，楚留香当然不会做那大煞风景的事，于是他便当起月老，促使这两对有情人终成眷属。

平心而论，《借尸还魂》开局所营造的神秘气氛，要远比后续略显老套的情节发展更为精彩。此外，薛衣人兄弟的故事，似乎仅是在为《画眉鸟》填坑，因为即便没有这段情节，小说"借尸还魂"的主题也不会受到影响。

"楚留香系列"的第五部是《蝙蝠传奇》。一日，楚留香和胡铁花偶然发现，"万福万寿园"金太夫人的孙女金灵芝居然学会了华山派秘传的"清风十三式"，而她并不是华山派弟子。同时，掌门枯梅大师同两位徒儿高亚男与华真真乔装下山，显然是为了追寻"清风十三式"剑法外泄的真相。但楚留香决意要追查此事。他发现海外有一处蝙蝠岛，岛上专门经营江湖上买不到的各种商品，比如"清风十三式"、近年来江湖上屡屡作案的大盗名单，甚至是活人。同时，为了保证交易的秘密进行，山洞里不允许有一点火光，连岛上的侍者都是盲人。因此，从来没有人见过蝙蝠岛主人。

经过在岛上的一番历险后，楚留香怀疑上了一个人：无争山庄少主原随云。原随云文武双全，才高八斗，温文尔雅，品性敦厚，唯一可惜的是，他双目失明。在华真真等人帮助下，楚留香发现，原随云正是蝙蝠岛主人。他设立蝙蝠岛的目的，是为了搜刮财富，并且掌握江湖中人的秘密和把柄，连枯梅大师也与他有着说不清道不明的关系。被楚留香揭穿秘密后，原随云必然要与他一战。原随云武功奇高，心思缜密，欲设计自行脱困而将楚留香等人留在岛上。本来，楚留香也奈何不得他，然而，同时爱上原随云与胡铁花的金灵芝，最终幡然醒悟，选择抱起原随云跳下悬崖。原随云毙命，而金灵芝则不知生死（后在《桃花传奇》中生还归来）。

这部小说从情节设置上来说，有颇多借鉴阿加莎·克里斯蒂的小说《无人生还》之处，比如船上杀人案、荒岛谋杀案等，但是对一些细节的处理还是有些粗糙。比如，枯梅大师的反转，前文并未为读者留下蛛丝马迹，最后却突然揭秘，再由结果去推导具体线索，这显然是违背侦探小说常理的。

在《蝙蝠传奇》中，最让人感动的莫过于对人性的描写。原随云为了招呼前来蝙蝠岛交易的武林中人，在岛中养有一群妓女。她们被原随云残忍地挖掉双眼、扒掉衣服，关在暗无天日的密室中。处于黑暗中的她们，看不见一丝生命的光亮，能感受到的只有男人野兽般的欲望发泄。她们变得麻木不仁，毫无知觉。东三娘就是其中一位。但是，枯木尚有逢春日，死灰且有复燃时，何况人乎？一天，她对一位嫖客身上的鼻烟壶产生兴趣，因为上面的山水画好像与她老家的那边一样。虽然她已经看不见，但即便是触摸，仍然能让自己重新燃起希望，于是她苦苦哀求对方能将鼻烟壶赠予她："求求你，把它给我吧，我本以为自己是个死人，但摸着它的时候，我就好像又活了……摸着它时，我就好像觉得什么痛苦都可以忍受，我从来没有这样喜欢过一样东西，求求你给我吧……"此情此景，当真是见者伤心，闻者流泪。可是，她迎来的却是男人狠狠的一巴掌。这个男人的做法，让楚留香出离愤怒，他出面救下了东三娘。因为可怜的妓女也是人，也有尊严，也有感情，更有活着的权利，这是容不得任何男人践踏的。被楚留香救下的东三娘重新感受到了这一切，她想再为自己活一次，哪怕就此失去生命也在所不惜。古龙在这里，既展现了男性对女性权利的剥夺与压榨，还赋予了楚留香人道主义思想，让楚留香的侠者形象更加立体。正因为有这样的侠者，光明和希望才会永远存在，恰如小说末尾所说的那样："希望永久在人间。"

"楚留香系列"的第六部是《桃花传奇》。与前五部小说相比，《桃花传奇》其实算不上是真正的武侠小说，它主要讲述楚留香的感情故事。古龙说："楚留香喜欢女人。女人也喜欢楚留香。所以有楚留香的地方，就不会没有女人。"确实，楚留香身边有着苏蓉蓉三女，在此前的故事中，他也与黑珍珠、琵琶公主、石绣云、华真真有过感情纠葛，但均无结果。尤其是苏蓉蓉三女，她们在楚留香眼中，更像是自己的亲人。《桃花传奇》却有所不同，在这部小说里，楚留香与女主角张洁洁之间发生了一场轰轰烈烈的爱情，甚至有了自己的孩子。

从蝙蝠岛回来后，楚留香来到"万福万寿园"，为金灵芝的祖母金太夫人祝寿，期间桃花运接踵而至。他连续偶遇三位姑娘：风情万种的艾青、自称是艾青妹妹的艾虹，以及有着迷人的眼睛和春天般笑容的神秘女子张洁洁。艾青与艾虹，就像艾青名字的谐音"爱情"一样，来去匆匆，既美好，又致命。这对姐妹在与接近楚留香的同时，也想暗杀他。不仅如此，他还要面对诸多武林高手的刺杀。倒是张洁洁，一次次地想办法提醒楚留香，让楚留香对她动情："也许我什么都不懂，什么都不知道，但一个人对我是好是坏，我总是知道的。"然而，就当楚留香与张洁洁感情日益增长，并且共赴巫山云雨后，张洁洁消失了。

此时，楚留香已经深深地爱上了张洁洁。正在他苦苦寻找无果时，麻衣老妪找点他去神秘的麻衣家族寻找张洁洁。楚留香来到麻衣家族后，发现张洁洁确实在这里，但却是至高无上的圣女。圣女拥有崇高的地位，但是也有着不为人道的难处。麻衣教麻木不仁，不关心外面的世界，也不接受外人。根据教中规定，圣女高洁神圣，不能有任何的感情。假若圣女想要嫁人，除非有外人来到教中揭开她脸上的面具，她才可跟那人结为夫妻。这种规定对于一个花季少女来说苛刻得近乎残忍。张洁洁的母亲不忍女儿受苦，便决定给她找一个丈夫。她挑中了楚留香，因为楚留香击败了勾引自己丈夫的石观音。艾青、艾虹，以及那些武林高手们，正是她对楚留香能力的考验。

得知真相的楚留香，毅然决定揭开张洁洁的面具，成为她的丈夫。但是，楚留香毕竟是浪子，是侠客，他在封闭的麻衣家族生活了一个月以后，就觉得自己宛如失去自由的笼中之鸟。张洁洁也明白他本不应该被束缚，他的生命里不会、也不应该仅仅只有自己。于是，她对楚留香说："女人都是自私的，我本来也希望能够完全独占你，可是，你这样下去，渐渐就会变成另外一个人的……变得不再是楚留香了，到那时，说不定我也不再喜欢你。"可见，在古龙心目中，爱一个人最伟大的境界是宽容，而不是占有。这也是一生中有过多段感情经历的古龙的真情实感。婚姻，就是一座围城，结婚，就是将自己围于一隅。对于决定离开的楚留香来说，"来过，爱过，活过"就已足够，古龙又何尝不是作如是观？

"楚留香系列"的第七部是《新月传奇》。《新月传奇》距离上一部小说《桃花传奇》的问世，已有八九年时间。在这八九年里，他创作出了"七种武器系列""陆小凤系列"，以及《三少爷的剑》《白玉老虎》等多部精品，在写作上已完全成熟，对人生的感悟也更加深入。因此，《新月传奇》以及后面的《午夜兰花》，相较前六部小说，无论是在风格上、还是情节的设置上，都有了较大变化。

《新月传奇》最为突出的一个特征就是主角不再是楚留香，他只是一个旁观者和被动的参与者。

小说是围绕一个古老的话题——和亲来进行的。和亲，"是指两个不同民族或同一种族的两个不同政权的首领之间出于'为我所用'的目的所进行的联姻"，它的历史至少可以追溯到春秋战国时期，带有强烈的政治目的。到了楚留香的时代，东南沿海倭寇横行，流寇头目史天王宣称，只要朝廷将特使的女儿新月姑娘，也就是玉剑公主许配给他，他便选择休战。自古以来，只要是和亲，就会有人支持，有人反对，支持者认为这是休养生息之策，不支持者认为这种做法有失体面，对于此次和亲，江湖中人的认识亦是如此。但是，很少有人想过和亲对于和亲者本人来说是多大的伤害，人们只记得歌颂王昭君为匈奴和大汉和平所做出的功绩，却不见她本人在塞外过得怎样凄苦悲惨。

楚留香想到了。在玉剑公主不知所踪后，他决心与护送玉剑公主的胡铁花一起阻止此事的发生。但是，在这场围绕和亲与否的棋局中，真正的棋手是觊觎华夏大地的倭国，是为祸乡里的海盗，是意图为百姓肃清寰宇的江湖侠士，他和胡铁花只是其中的两颗棋子，虽然至关重要，但是棋子就是棋子，逃不开任人摆布的命运。尤其是对想要以和亲来结束纷争的人来说，楚留香就是他们最大的阻碍。于是，在寻找玉剑公主的过程中，有无数人想要置楚留香于死地。但是，楚留香毕竟是楚留香，他历经千辛万苦后，还是找到了玉剑公主。

如果说是老套的英雄救美，抑或是前面几部小说中无所不能的武林神话，楚留香应该以一己之力杀死史天王，救下玉剑公主，化解危难。这样的话，这部小说显然就会落入俗套。因为，楚留香是人，他并不是真的无所不能，他可以用自己的智慧和武功对付石观音、"水母"阴姬、蝙蝠公子，因为他们还是人，即便是武功高强，但仍有弱点。可是，面对有着七位真假难辨的替身的史天王，楚留香第一次承认自己败了，因为他根本没有办法凭着一己之力杀掉史天王，救下玉剑公主。这也是我们第一次看到，原来楚留香也是凡人，也会失败，也有无奈。

这样的无奈，来源于楚留香心中的那一方净土。常言道，侠之大者，为国为民，但是，在楚留香的心里，在国家和百姓之外还有人性。玉剑公主成功杀死史天王后，杜先生紧握着楚留香的手："我们成功了，我们终于成功了，我们大家付出的代价都没有白费。"在她看来，败的并不是楚留香，而是史天王。而楚留香冷冷地看了她很久，才用一种几乎已经完全没有情感的声音说："是的。"因为在他心中，玉剑公主忍住满心哀痛，为了别人牺牲自己，这样的胜利是不值得庆祝的。这里无疑是将古龙中期小说中强调的人性光辉凸显出来了。

从总体上来看，"楚留香系列"的前七部小说在风格上呈现出明显的阶段性特征。前三部小说主要围绕石观音和神水宫展开，情节具有连贯性，并且侦探推理色彩较强，凸显的是楚留香的侠盗与"007"特征。《借尸还魂》与《蝙蝠传奇》进一步借鉴中国传统小说与西方犯罪小说，发挥其中的推理元素，与《桃花传奇》一起，让楚留香的形象更为立体，显得有血有肉。而《新月传奇》，则一别过去注重对楚留香个人英雄主义的叙述，更加注重对古龙中期小说中的"人性"特征的强调。

人情冷暖，世情如霜

> 孤狼从来都是自己舐血，因为在世人眼里它无恶不作，不值得同情。
> 孤狼也从来不会为自己辩解，因为在世人眼里那只是在狡辩。
> 所以，它孤独、寂寞，自己承担一切。

在香港及东南亚报界鼎鼎大名的刘乃济先生曾化名燕青，写过一篇经典至极的文章《初见古龙》。他写道："古龙的小说销量之多，流传之广，看来只有金庸能够和他相比，即使是不看小说的人，也经常会在银幕上和荧光屏上看到古龙的作品，若论小说改编为电影和电视剧，数量之多，也只有金庸堪与比较。"

小说和电影，就像燕青提到的那样，往往都是先有小说，后有电影。古龙对于这一点也非常认可："由《飘》而成《乱世佳人》，是一个最成功的例子，除此之外，还有《简·爱》《呼啸山庄》《基督山恩仇记》《傲慢与偏见》《愚人船》，以及《云泥》《铁手无情》《窗外》……"但《萧十一郎》是例外，它是先有剧本，在电影开拍之后，才有小说的。这在中外文学史上，都是极为罕见的个例。尽管归根究底，古龙仍然认为《萧十一郎》是一个在他内心酝酿已久的"小说"，并不是"剧本"，但是不可否认的是，《萧十一郎》仍然受到剧本的影响，即围绕中心话题来展开叙述，删繁就简，略去许多无谓的枝节末叶。叶洪生甚至将《萧十一郎》抬高到古龙作品第一的位置，称赞《萧十一郎》的人物和故事为双绝。

作为小说的《萧十一郎》，最初在1970年连载于香港《武侠春秋》，并由台湾春秋出版社出版。书如其名，这部小说的核心当然是萧十一郎的故事。

萧十一郎，被认为是江湖五百年来出手最干净利落、眼光最准的大盗。准确地说，是"侠盗"，因为他劫富是为了济贫。他看似潇潇洒洒，一生却时常遭遇不幸，十个兄弟姐妹均遭人杀害，身世可怜。他在狼群中长大，在他的心目中，人类是不如狼的，因为狼知道同类相护，人却只知道互相残杀，所以，他时常唱起关外的牧歌："暮春三月，羊欢草长，天寒地冻，问谁饲狼？人心怜羊，狼心独怆，天心难测，世情如霜。"在世人眼里，羊是值得同情与怜悯的，而狼则不然。可是，谁又能体会狼的悲哀？暮春三月，草长莺飞，羊儿欢乐，寒冬腊月，冰天雪地，狼在忍冻挨饿。同为大自然的子孙，狼就该死吗？

萧十一郎，就是江湖人口中的"狼"，没有家庭，也感受不到人间的温暖与同情。人人都只知道他是"大盗"，却从来不问他为何而盗，仿佛他就是生来邪恶，坏事做绝。当他与风四娘、杨开泰一起前往沈家庄时，割鹿刀已被他人盗走。可江湖中人不问青红皂白，就将这个罪名强加给萧十一郎，让他再一次感叹人心凄凉。为保护被"小公子"所伤的沈璧君，萧十一郎一次次被她误会，他从不为自己辩解，并且一次次救助沈璧君，受的伤也一次比一次重。经历生死磨难后，他与沈璧君相爱了。但是，天差地别的身份，以及沈璧君已经嫁给连城璧的事实，让萧十一郎只能将这份感情深埋心底。这，不就是这匹独狼一直在做的事情吗？最后，为替沈璧君报仇，他毅然决定挑战武学已近乎神迹的"天宗"主人逍遥侯。萧十一郎，踏上天涯不归路，大有"风萧萧兮易水寒，壮士一去兮不复还"之感。

《萧十一郎》的出版，虽然再次大获成功，但是也为读者们留下了些许遗憾：萧十一郎去哪里了？是不是真的凶多吉少，埋骨他乡？古龙本人对这个结局也不满意。于是，1973年，古龙在《武侠春秋》上为《萧十一郎》写下续集《火并萧十一郎》，并在同年由台湾南琪出版社出版。只不过，《火并萧十一郎》看起来更像是一部描写男女之情的小说。

萧十一郎回来了。他由一个不修边幅的浪子，摇身一变，成了腰缠万贯的富家公子。他的身边有一位叫冰冰的漂亮女孩子，为了冰冰，他可以强取豪夺，可以废人眼珠。这对于沈璧君和为他逃婚的风四娘来说，显然是难以接受的。

尤其是为了他抛夫弃子的沈璧君。在一片茫然中，沈璧君回到无垢山庄，这是她的丈夫连城璧的家，也曾是她的家。可在这里，她看到的不是连城璧，而是萧十一郎。原来，连城璧在失去沈璧君后，成了酒鬼和赌鬼。目睹此状的沈璧君，内心悔恨至极。此时，一群壮丁正在围着一个小偷痛打，这个小偷恰恰就是落魄潦倒的连城璧。原来，连城璧返回山庄，只为取回那张沈璧君当年所画的小像，重温与爱妻沈璧君的旧情。看到此情此景，任何人内心都不可能没有悲痛与羞愧！沈璧君冲到人群中，拉起连城璧："要走，我们一起走。"

假若这就是故事的真相，读者们恐怕就真的要愤怒地给古龙寄刀片了。这一切其实都是连城璧设下的圈套。萧十一郎与逍遥侯的那一战，胜利者是萧十一郎，但是逍遥侯也没有死，而是落下悬崖。悬崖之下，连城璧通过逼问逍遥侯，学得他的武艺，暗地里掌握"天宗"，明面上却获得"侠义无双"的称号。萧十一郎依然是那个光明磊落的萧十一郎。他之所以宠着冰冰，只是因为冰冰救过他的性命。开篇那七个瞎子也是十恶不赦的恶人。当一切揭开面纱，沈璧君和风四娘怀着对萧十一郎的愧疚，更加对他抱以深情。

面对他爱的沈璧君、爱他并将生命中最美好的全部奉献给自己的风四娘，以及救命恩人冰冰，萧十一郎陷入迷茫："他实在不知道多看谁一眼。实在不知道应该说些什么。"如何对待这样的三个女人，这对任何一个男人来说都是一道难题。

沈璧君，她看起来是这个世上"最温柔、最美丽、风度最好的一个女人"。在爱情至上的读者眼里，也许她是一个为了所爱可以不顾一切的人，甘愿承受世俗的舆论，是一个了不起的女人。但是，在普通人看来，沈璧君绝不是一个好妻子，更不是一个好母亲。她之所以离开连城璧，并不是因为她看清了丈夫连城璧的真面目。实际上，连城璧直到《火并萧十一郎》才真正黑化，在《萧十一郎》中他还是一个涵养很深的剑客，只是心机深重，并且有些冷静得不近人情。她仅仅是因为爱上屡屡保护自己的萧十一郎，就不顾有孕之身与他私奔。为追求爱情，她可以毫不犹豫地将丈夫新婚之夜送给她的簪子卖掉，请萧十一郎喝酒。她可以不带任何愧疚地离丈夫而去，也可以在孩子流产之后不怀任何伤心之情。也许在她心里，这个孩子生下来之后，反而会成为她与萧十一郎在一起的障碍。

风四娘也让读者印象深刻。她暗恋萧十一郎，但因知道萧十一郎视她如姐姐，便自愿以姐姐自居，从不将心中的暗恋之情说出口。因为思念萧十一郎，明知对不起丈夫杨开泰，她还是从新婚之夜逃走。直到她因被人下药而与萧十一郎发生关系后，萧十一郎才明白原来风四娘也爱着自己。这个天不怕、地不怕的女人，内心要比绝大多数的女人更加细腻。她也曾困惑于萧十一郎的变化，但更多的只是不解，她从来没有怀疑过他。

至于冰冰，虽然萧十一郎视她为救命恩人，可是试问连沈璧君、风四娘这样的女人都不能拒绝萧十一郎的魅力，她又怎么会没有感觉？冰冰也是幸运的，在临近死亡的岁月里，她始终陪伴在萧十一郎的身边。

"人心怜羊，狼心独怆，天心难测，世情如霜。"萧十一郎这匹独狼，因为有这么多的红颜知己爱他、懂他、怜惜他，世人的不理解倒显得无关紧要了。这是一种幸福，虽然这种幸福难以选择。

除了萧十一郎与这几位女性的感情线索外，《火并萧十一郎》最精彩的地方，其实在文章末尾的连城璧大战萧十一郎。这又是一次没有具体招式的精彩搏斗。自信的连城璧，镇定地凝视着萧十一郎，"只不过想增加萧十一郎心里的压力""只不过想欣赏萧十一郎死前的表情"。但是，转瞬之间，他发现萧十一郎与割鹿刀的光芒融为一体了，他发现萧十一郎的眼里"出现了一种神奇的、无法形容的、一种天上地下绝无仅有的光辉"。这种光辉融化了连城璧内心的自信，让他产生了一种"神奇的、无法形容的、天上地下绝无仅有的恐惧"。出乎意料的是，萧十一郎放下了"那柄神奇的、无法形容的、天上地下绝无仅有"的割鹿刀。没有割鹿刀的萧十一郎，不再让连城璧恐惧，可是连城璧也不再有信心，因为他以为他胜利了。可他还是没有意识到，可怕的不是割鹿刀，而是萧十一郎，"一个神奇的、无法形容的、天上地下绝无仅有的萧十一郎"。与黑暗融为一体的萧十一郎，让连城璧陷入了一生中最黑暗的一刻。突然间，他听见了"一种神奇的、无法形容的、只有他自己听见才会觉得恶心的声音"，那是他自己骨头碎裂的声音。至此，在乎外物的连城璧败，人刀合一的萧十一郎赢。

作为古龙新武侠写作的尝试之一，《萧十一郎》系列无论是在对世间人情的把握，还是在小说情节的描述上，总体是成功的。特别是在对人物心理的把握方面，古龙通过对萧十一郎、沈璧君与风四娘复杂感情心理的描写，已达上乘。

身无彩凤双飞翼，心有灵犀一点通

同楚留香一样，陆小凤也可以化腐朽为神奇。

但是，陆小凤并不是楚留香的翻版。

因为，他是人，而不是神。

曹正文先生曾举过这样一个例子：自己在《新民晚报》主编《读书乐》副刊时，曾给十位书友写信，询问他们最喜欢的武侠人物是谁，结果十封回信中有九封都填了同一个人：陆小凤，四条眉毛的陆小凤。且不说金庸、梁羽生这些武侠大家的小说中曾经出现过多少脍炙人口的侠客，即便是古龙自己，也塑造出了铁中棠、沈浪、李寻欢、楚留香、萧十一郎等英雄好汉，可唯独最受读者们喜欢的是陆小凤，由此可见"陆小凤系列"为古龙带来的巨大声誉，以及陆小凤在读者心目中的影响力。

陆小凤系列，一共七部。其中，除最后一部《剑神一笑》外，前六部都在 1972—1975 年连载于香港《明报》，这些作品分别是《陆小凤》《凤凰东南飞》《决战前后》《银钩赌坊》《幽灵山庄》《隐形的人》。

陆小凤的出现，要得益于金庸的力邀。当金庸在明报上连载完《鹿鼎记》后，发现仅靠梁羽生一人已是独木难支，就将目光投向古龙。据说古龙接到偶像金庸的约稿信后，"难以置信，澡也不洗了，光着身子躺在椅子上，半天不说一句话"。从中可见，古龙很意外，也有些激动，尽管彼时他已声名显赫。认为《陆小凤》能够接棒《鹿鼎记》，从中可见金庸对古龙的认可。难怪有人曾打趣道，金庸是陆小凤的父亲，古龙则是孕育他的母亲。

同解读"楚留香系列"一样，我们先来看看陆小凤到底是一个什么样的人。从本质上来说，陆小凤与楚留香是同一类人。他们都风流潇洒，机智过人，武功高强，心怀正义且极重情义，是有着强大人格魅力的"007"。他们也是来历神秘的浪子，没有过去，只有现在和将来。陆小凤甚至更为神秘，比如，楚留香的武功与夜帝和大旗门有着千丝万缕的瓜葛，陆小凤却不然。他在有着不输楚留香和司空摘星的轻功的同时，还拥有能接住天下所有兵器的绝技"灵犀一指"，这神奇的"灵犀一指"根本让人无法猜出其来历。不同的是，陆小凤比起楚留香更像是一个平凡人。楚留香当然也有平凡的一面，不过，陆小凤看起来与我们这些世俗中的普通人更为接近，他也会失败，也有弱点。有人说他混蛋，有人说他可爱，他的爱酒、好赌、狡猾、生性风流、好管闲事，甚至是脸皮厚都是极为出名的。这样看来，陆小凤远不如楚留香优雅、温柔，但是更富人间烟火气。

楚留香的身边有胡铁花、姬冰雁、中原一点红，陆小凤也有花满楼、西门吹雪、司空摘星以及朱停等至交好友。他们都有一个共同的特点：为了陆小凤可以赴汤蹈火，在所不辞。

花满楼，这是古龙小说中最富个人魅力的盲人。他是江南名门花家的七公子，身世显赫，容貌俊秀，武功高强，却不幸自幼失明。然而，身体上的失明，反而让他的心灵变得更加透彻、清明。他乐天知命，从不怨天尤人，而是对人生充满爱和感激，感谢上天能赐予他生命，让他能够享受这美妙的人间生活。同时，他也是一个和平主义者，待人彬彬有礼，温文儒雅，尽心尽力地帮助每一个人。借用古龙本人的话来评价花满楼就是"心如皎月"。比起花无缺的完美，他虽身体"有缺"，但内在的本性更加"无缺"，如一缕春风，是一种和谐。

西门吹雪，这是古龙小说中最让人印象深刻的剑客。论剑法，也许他并不如练至无剑境界的谢晓峰，也不一定比得上后期万物皆可为剑的阿飞，甚至不一定能赢得了同时代的叶孤城、木道人与独孤一鹤，但是没有人可以就此否认西门吹雪。作为万梅山庄的当代家主，西门吹雪七岁学剑，嗜剑如命，视杀人为艺术，杀人后喜欢吹落剑上的血花，如同夜归人抖落身上雪花："这世上永远都有杀不尽的背信无义之人，当你一剑刺入他们的咽喉，眼看着血花在你剑下绽开，你若能看得见那一瞬间的灿烂辉煌，就会知道那种美是绝没有任何事能比得上的。"他的剑让他寂寞，而他的寂寞就如远山上的冰雪般寒冷，如冬夜里的流星般孤独寂寞。他看起来孤僻冷傲，其实是一个有血有泪有感情的人。叶孤城这样的对手，会让他的目光变得炽热，那是追求剑道真谛的热情；孙秀青这样的女子，会让他冰冷如千年玄冰般的内心融化，那是男人对于女人最淳朴的感情。可是，世俗感情与剑道真谛相比，后者才是西门吹雪作为剑神的最终追求，也是他的归宿。

所以，他终究还是离开了妻子和家庭的羁绊——他的儿子正是《白玉老虎》中的地藏。

司空摘星，这是古龙小说中与楚留香齐名的"天下第一轻功高手"，是陆小凤出生入死的挚友，也是最令他头疼的克星。他也被江湖中人称为"偷王之王"，他将"偷"视为一门艺术，出手从未落空。除了轻功和妙手空空的绝技外，他的易容术同样也是天下第一的："这是没有办法可以形容，也没有办法可以解释的，就好像陆小凤的指头、西门吹雪的剑，没有人能形容他们的成就已经到达哪一种阶段。"

朱停，这是唯一一个知道陆小凤来历的人，因为他是陆小凤一起穿开裆裤长大的朋友。据传，他是鲁班大师的传人，他外表看起来肥胖，双手却灵巧、细致、优美，能做一切你想象不到的暗器、工具，江湖人称"妙手老板"。古龙极为推崇朱停的智慧，认为"朱停无疑是陆小凤众多朋友中最聪明的一个！有人说，朱停是万能的。意思就是说，这世上根本没有朱停做不到的事情"。

陆小凤的这些朋友们，在每一次陆小凤遇到困难时，都会挺身而出，有求必应。正是由于他们的存在，陆小凤才会一次次地逢凶化吉。同时，他们也没有因为陆小凤而失去自己的独特风格。

陆小凤与他的朋友们为读者带来的第一个故事就是揭开金鹏王朝的秘密。五十年前，关外古老的金鹏王朝因被哥萨克骑兵侵略而亡国，大金鹏王让四位臣子：内务府总管严立本、大将军严独鹤、皇亲上官木、上官瑾带着王子和一笔巨额财富远赴中原，以东山再起。严立本、平独鹤、上官木背信弃义，卷走财物并神秘消失。五十年后，当年的大金鹏王朝王子已成为一位行将就木的老人，在唯一留下的老臣上官瑾死后，他让自己的女儿上官丹凤公主找到陆小凤，希望陆小凤可以帮助他追寻被叛臣侵吞的宝藏。

从大金鹏王那里，陆小凤得知严立本就是如今关中珠宝阁家家主阎铁珊，严独鹤则是峨眉剑派掌门独孤一鹤，也是杀手组织"青衣一百零八楼"的首领，最后一位上官木正是神秘的天下第一富豪、陆小凤的好友霍休。陆小凤明知对付他们是一件极为困难的事情，但还是被大金鹏王和丹凤公主感动，决心替他们讨回公道。不过，以一己之力完成此事显然不现实，于是他又邀请西门吹雪和花满楼。

陆小凤三人按图索骥，先后找到阎铁珊和独孤一鹤。但是，阎铁珊被上官丹凤所杀，独孤一鹤也在被霍天青消耗功力后，死于西门吹雪之手。期间，陆小凤倾心于上官丹凤，花满楼爱上上官飞燕，连西门吹雪，也被上门寻仇的独孤一鹤之徒孙秀青"俘虏"。此时，三位叛臣当中还活在世上的只有霍休。上官飞燕找到花满楼，称自己被霍休控制，生不如死，而霍休还有可能是真正的青衣楼主人。为了查明真相，陆小凤和花满楼来到霍休的小楼。在这里，霍休告诉他们，无心复国的并不是自己三人，而是跟着上官瑾逃亡的小王子。同时，霍休暗示陆小凤遇到的大金鹏王可能有假，需要看他脚上是否长有六根脚趾才能验明。

找到大金鹏王时，陆小凤和花满楼发现他已失去双腿。无奈之下，陆小凤想到上官丹凤，可她也失踪了。在上官飞燕的妹妹上官雪儿的帮助下，陆小凤发现上官丹凤早已死去，冒充她的正是上官飞燕。同时，大金鹏王也死了。陆小凤将所有的线索联系在一起，揭开事情的真相。

原来，霍休才是隐藏的幕后黑手，他为了守住自己的财富，利用上官飞燕的虚荣，杀害真正的大金鹏王和上官丹凤，勾引霍天青，再通过假大金鹏王和上官丹凤，借陆小凤和西门吹雪之手除去阎铁珊和独孤一鹤，最后再杀霍天青与上官飞燕灭口，并且伪装成上官飞燕为霍天青所杀，而霍天青则是良心发现后自裁，霍休的心机不可谓不深重，手段不可谓不高明。若不是陆小凤发觉霍天青不可能杀死数百里之外的上官飞燕，他也根本不可能发现这一计谋。霍休被陆小凤等人堪破秘密后，自然也要杀害他们。幸好，陆小凤早已找到朱停，安排他破解了霍休的机关，反将霍休困在其中。因一个"贪"字引发所有罪恶的霍休，最终只能在牢笼里接受上官雪儿的敲诈，失去自己心爱的财富，可谓罪有应得。

这个故事讲的其实是爱情。上官飞燕，这个女人让陆小凤、花满楼、霍天青、柳余恨，以及独孤方这些武林高手成为自己的棋子，而她自己，又何尝不是对霍休这个老头子产生畸形的感情，到死都不敢相信霍休会杀自己？

"陆小凤系列"的第二个故事是"绣花大盗"。"绣花大盗"是一个离奇的案件，并且与金鹏王朝事件一样，同样是贼喊捉贼。

  所谓"离奇"，无非是"人奇"，抑或是"事奇"，"绣花大盗"则是二者皆有。故事开篇，一个在大热天身穿大棉袄、红色鞋子的大胡子男人端端正正地坐在路中间，"专心绣花，就好像是个春心已动的大姑娘，坐在闺房里赶着绣她的嫁衣一样"。这样的人，不可谓不诡奇。不仅是"人奇"，他做的事情同样也"奇"。无论是谁，能够从平南王府那禁卫森严、三道一尺七寸铁门肩锁、连一只蚂蚁也进不去的宝库中盗走十八斛明珠，并且接连犯下几十起大案，都是一件不可思议的奇事，可他真的做到了。

  绣花大盗的出现，惊动了"天下第一名捕"金九龄，可他也束手无策，于是便想到"爱管闲事"的陆小凤，以激将法邀请他参与其中。陆小凤带上唯一证物——一个绣着黑牡丹的绸缎——找到神针薛夫人，请她把关。而后，薛夫人的孙女"冷罗刹"薛冰也跟随陆小凤查案。在一家小酒馆里，司空摘星受幕后黑手威胁，偷走这块绸缎又假装中毒，让陆小凤带他去栖霞庵解毒，又让薛冰将绸缎先行送到栖霞庵。来到栖霞庵后，陆小凤和司空摘星遇到已失明的平南王府总管江重威和他已经出家为尼的未婚妻江轻霞。陆小凤发现，江轻霞脚下有一双红鞋子，因此怀疑她与绣花大盗有关，都属于"红鞋子"组织。

  为了调查绣花大盗是如何进入王府的，陆小凤带着薛冰找到蛇王，从他那里获得地形图，并且气走薛冰，自行前往王府冒险。接下来发生的事情也确实惊险，若不是他那神奇的"灵犀一指"，他很可能就要丧命于叶孤城之手，此时的叶孤城已有与西门吹雪一较高下的心思。与叶孤城同时在王府出现的，还有花满楼和金九龄。

  离开王府后，陆小凤发现薛冰失踪了。蛇王的手下声称已找到薛冰，但等陆小凤赶到时，却只见到金九龄，他引导陆小凤将薛冰的失踪归咎于绣花大盗，而绣花大盗，很有可能就是蛇王的仇人公孙大娘。再见蛇王时，他已被人杀害。这更加让陆小凤决心要除去公孙大娘。接着，金九龄帮助陆小凤找到负责给"红鞋子"组织传递消息的阿土，让陆小凤得以跟随阿土找到"红鞋子"组织，并将伪装成阿土的公孙大娘抓住交给自己。

  故事到这里，似乎应该结束了，因为绣花大盗已经归案。可是，在这个过程中，读者很容易产生疑惑，那就是陆小凤始终有一种被金九龄牵着鼻子走的感觉。陆小凤能找到江轻霞并由此联想到"红鞋子"组织并非偶然，而江轻霞也没有能力能威胁到司空摘星。他要进入王府一事，只有蛇王与薛冰知道，可为什么金九龄却早早地在那里等候？同时，他不断地引导陆小凤寻找公孙大娘和"红鞋子"组织，又显得过于刻意，仿佛早已知晓一切一般。

聪明的陆小凤，当然也发现了。实际上，在王府遇到金九龄时，陆小凤已经察觉到蛇王在与金九龄勾结，因为相比于面冷心热且真心喜欢自己的薛冰，蛇王向金九龄出卖他的可能性更大。于是，他试图摆脱金九龄提供给自己的假线索，与公孙大娘合作，让公孙大娘服下迷药，让人误以为公孙大娘确实是真凶。最后，自以为设下"完美犯罪"之局而得意扬扬的金九龄说出真相。原来，他才是绣花大盗，此举只不过是想借陆小凤和"红鞋子"组织来为自己洗白。可惜的是，除了那些容易让人产生疑惑的安排外，他始终还是棋差一招，没有料到与江轻霞相识的薛冰本就是"红鞋子"中的一员，公孙大娘怎么会绑架她？金九龄认罪却不打算伏诛，要与陆小凤决战。邪不胜正，这是古龙小说的永恒主题，这一次还是陆小凤赢了。

在这个故事中，真假线索相互交替、渗透，古龙的情节安排可谓武侠小说中的推理巅峰，以至于如果我们错过了其中的任何一个细节，都很有可能无法堪破迷局。

而在平南王府内，叶孤城欲与西门吹雪比剑的想法，让读者产生深深的好奇，这两位外形、性格都极为相似的绝世剑客，如果交手到底是谁胜谁负？古龙这么做当然只是为了吊足读者胃口，因为他即将为读者揭开谜底。

《决战前后》的核心主题就是西门吹雪与叶孤城在紫禁之巅的惊世对决。也许是受美国西部片影响，古龙擅写决斗，其中激动人心的有李寻欢与上官金虹、谢晓峰和燕十三等，但若论名气最大的，还是当属西门吹雪与叶孤城，"月圆之夜，紫金之巅，一剑西去，天外飞仙"。

这场对决并不是纯粹的胜负之争，还是生死之争。得知这个消息后，首先感到惊慌不安的就是陆小凤。作为西门吹雪的好友，陆小凤不想看着他为了虚名而跟人拼命。同时，这也是一场涉及千家万户人的命运的决斗。西门吹雪为了安顿妻子，临时提出延期，将时间从中秋之夜改到九月的月圆之夜。这一消息传出，江湖上一时间议论纷纷，更有好赌之徒以决斗结局下赌，城南大户杜桐轩和仁义满京华的李燕北就是其中的代表。在西门吹雪被怀疑胆怯才延期时，叶孤城却在被唐天容暗算中毒的情况下，依然手刃对手，这不禁让李燕北信心大失。李燕北决定将京城的财产廉价出售给顾青枫，然后自己带着家人回到江南。西门吹雪与叶孤城的对决胜负未分，但他与杜桐轩的对决已经输了。临行前，他对着陆小凤说出了那句经典的话："你走的时候，我也许不会送你，可是你若再来，无论刮多大的风，下多大的雨，我一定会去接你。"我们若站在他的角度想想，又怎能指责他缺少勇气呢？与西门吹雪、叶孤城、陆小凤这些人相比，他只不过是江湖中的平凡人，只想守住自己的天地，守住自己的妻儿。只是从他成为江湖人的那天开始，就注定他不再拥有选择自己人生的权利。最后，他竟死在了自己的十三姨太手里，因为这个女人已经无法忍受回到普通人的世界。

除了这些赌徒们，木道人、司空摘星、老实和尚、化名大智大通的龟孙大爷、"红鞋子"组织的欧阳情、为了进入紫禁城一睹为快的各路江湖人士，以及负责保卫皇宫的大内高手们，无论他们想与不想，都被卷入这场对决中。在龟孙大爷、杜桐轩等也接连被人暗杀后，陆小凤发现这场对决的背后竟然还有南王府的身影。决战尚未开始，京城内却已是暗流涌动，气氛的紧张程度被推到极致。

事已至此，时辰将近，西门吹雪和叶孤城的决斗一触即发。月圆之夜的紫禁城内，高手云集，但是最为耀眼的明星还是站在紫禁之巅上的两位白衣剑客。决战开始，叶孤城未曾出剑便被前来寻仇的唐门二公子毒死。如此荒谬的结局是谁也想不到的。陆小凤发现了异常，他揭开死者的面具，发现这个叶孤城竟然是假的。那么，真正的叶孤城在哪里呢？此时的紫禁城，人们全部的注意力都在这里，却忽略了这座紫禁城的主人。陆小凤的心头顿感不妙，呼喊众人前去救驾。果不其然，叶孤城正欲刺杀皇帝。正是叶孤城安排了这场阴谋，他的目的是为帮助自己的徒弟、南王世子取代皇帝。

对于叶孤城来说，这场对决只是他布局中的一部分，但是在西门吹雪心中，这就是他的全部。西门吹雪认为这样的叶孤城不够"诚"，不懂得剑的真正精义。因为唯有诚心正意，才能达到剑术的巅峰，不诚的人，根本不足论剑。而叶孤城则认为，剑客应当诚于剑，而非诚于人。这是两种理念的博弈，路的尽头是天涯，话的尽头就是剑。高处不胜寒，他们这样的人的寂寞，只有他们自己明白。此刻，他们只求一战，生死荣辱都已不再重要，没有人可以阻拦他们的决斗。

此刻，除了将要对决的两人，最紧张的莫过于陆小凤。西门吹雪是他的朋友，但是，西门吹雪已不再是神，他是有了人类的爱和感情的人，是人就有弱点，他担心叶孤城会抓住西门吹雪的弱点。奇怪的是，陆小凤同样担心叶孤城，因为剑就是叶孤城的生命，他无论是胜是败，都已经不能挽回失去的荣誉，都不能活着离开紫禁城。

当这两柄不朽的剑同时刺出时，叶孤城的剑，就像是白云外的一阵风，轻灵流动，西门吹雪的剑，却像是系住了一条看不见的线——他的妻子，他的家，他的感情。这一剑一经刺出，陆小凤便已看出，诚于剑的叶孤城，必将能够将剑刺入诚于人的西门吹雪的喉咙。可忽然间，叶孤城的剑有了偏差。这当然不是叶孤城失误了，而是因为他感激西门吹雪对他的认可与理解，"能死在西门吹雪的剑下，至少总比别死法荣耀得多"。也许，这是只有绝世英雄之间才能产生的相惜之情。

其实，《决战前后》的精髓并不在"前"，也不在"后"，因为"前"是叶孤城的刻意谋划，"后"则属于陆小凤等旁观者，其精髓应该在于"决战"之上。可惜的是，"决战"固然精彩，但却因前面略显仓促且有些不明所以的布局，削弱了"决战"的主题性。就像古龙自己说的："一台戏紧锣密鼓的响了半天，文武场面都已到齐，谁知主角刚出来，就忽然已草草收场。"

"陆小凤系列"的第四个故事是《银钩赌坊》。在前三个故事中，陆小凤总是那个替他人排忧解难的人，但这一次他自己有了困难。小说一开篇，银钩赌坊主人蓝胡子以及白玉飞、白玉香兄妹，便将西方魔教教主玉罗刹之子玉天宝的死嫁祸到陆小凤的头上，令他百口莫辩。蓝胡子告诉他，自己可以帮助陆小凤洗清冤屈，但前提是陆小凤前往东北拉哈苏找回自己的原配夫人李霞，和被李霞偷走的魔教圣物罗刹牌。

本不想多管闲事的陆小凤，面对魔教护法岁寒三友的逼迫，只好答应下来。陆小凤满怀委屈地踏上前往北国的道路，途中邂逅了携巨款与人私奔的黑虎堂堂主飞天玉虎的夫人丁香姨。丁香姨欲借陆小凤作掩护，可还是被飞天玉虎斩断了双手双脚。丁香姨告诉了陆小凤李霞将要把罗刹牌卖给富豪贾乐山的事情，并且希望陆小凤在拿到罗刹牌后可以带回来让她一见。

于是，陆小凤在司空摘星的帮助下，以"贾"乱真，易容成贾乐山，并与贾乐山的爱妾楚楚和手下华玉坤等人一起前去与拉哈苏和李霞交易。来到拉哈苏，陆小凤看到这里的冰市灯火辉煌，如满天星光闪耀，令人目眩情迷，心动神驰。陆小凤没有想到的是，他在这里遇到的事情也像冰灯一样迷幻。

李霞，陈静静，冷红儿，唐可卿，她们原本是蓝胡子的四位夫人，情同姐妹，现在却各怀鬼胎。她们之间的关系相当复杂，除了冷红儿，其余众人间皆有两种至三种隐秘关系。尤其是陈静静，她不但假意服从李霞，又与李霞的弟弟李神童有着秘密但却虚假的感情，同时，她与楚楚彼此勾结，最后，她连死都是假的。在假面没有揭开之前，众人都可相安无事。可一旦真相暴露，每一个人都陷入绝望，甚至为此付出生命的代价。

从一开始，所有的局都是飞天玉虎布置的，真正的飞天玉虎并不是蓝胡子，而是方玉飞。当他机关算尽，从丁香姨那里得到罗刹牌时，却发现罗刹牌竟然是假的。可是，这就是真相吗？真正的罗刹牌又在哪里？原来，这是一个局中局，飞天玉虎费尽心机，局中人忘乎生死，最后却都是在为玉罗刹服务。不仅是罗刹牌，连玉天宝都是假的。为保住权力和财富，玉罗刹制造了一个假儿子，再利用假罗刹牌和人们心中的欲望，除去飞天玉虎这个外敌以及岁寒三友等内鬼。《银钩赌坊》精彩就精彩在不到最后一刻，读者永远不知道真相！

"陆小凤系列"的第五个故事是《幽灵山庄》。这个故事一开篇就扔下一颗重磅炸弹：陆小凤因为与孙秀青有染而被西门吹雪追杀！乍听之下，这个事情并无可能，因为陆小凤是一个极重友情的人，比如他为保护朱停而故意让人猜疑他与老板娘的关系，事实上却从没有对老板娘不敬。但是，西门吹雪真的在追杀陆小凤，并且是不遗余力、毫不留情地追杀！同时，这件事还得到了古松居士、木道人、苦瓜和尚、唐二先生、潇湘剑客、司空摘星、花满楼这七位名动天下、誉满江湖的侠客承认。这又让人不得不相信。

为避免朋友相残，被西门吹雪一路追杀的陆小凤，经"六亲不认"独孤美的引渡和勾魂使者的迎接，来到幽灵山庄。这是一个类似于恶人谷的地方，是首领老刀把子用来庇护恶人的地方。这些恶人来到这里，就代表着自己已经"死"过一次了，变成了"幽灵"。而这些"幽灵"，大多都是江湖上那些做了见不得光之事的成名人士，他们武功高强，老刀把子将他们聚集在一起，一定是有所图谋。

初来乍到的陆小凤，要做的第一件事情就是取得周围人的信任。他在通过将军、钩子、表哥、管家婆等人设下的虚虚实实的种种考验后，才知道老刀把子策划的事情叫"天雷行动"，目的是要在武当册封新掌门人大典时，杀死武当石雁、少林铁肩、丐帮王十袋、长江水上飞、雁荡高行空、巴山小顾道人和十二连环坞的鹰眼老七七人，并且夺取藏匿于石雁头顶紫金冠里的一本记录江湖人士隐秘的账簿。同样的，借助"天雷行动"让老刀把子现形，这也正是陆小凤的目的。他通过叶灵、叶雪两姐妹，逐步揭穿老刀把子隐秘的线索：她们的父亲叶凌风被老刀把子打下悬崖，而且老刀把子才是叶雪的亲生父亲。这里就为老刀把子的真实身份埋下伏笔。

陆小凤成功策反了想要活命且易容术极高的狗郎君。在狗郎君的帮助下，陆小凤偷天换日，将山庄的人换成自己人，并通过司空摘星把"天雷行动"的信息传递到外面。大典当日，有了老刀把子的精密筹划，陆小凤顺利拿到紫金冠。大功告成之时，陆小凤与铁肩等人引君入瓮，迫使老刀把子现身，但是，他们发现被木道人击毙的老刀把子竟然是"勾魂使者"乔装打扮的，这位"勾魂使者"正是武当叛徒石鹤，而"天雷行动"的真正目标其实是七星剑。

陆小凤思前想后，知道自己的计划周全无漏，那么漏洞应该出现在参与的人员上，只有这样计划才会泄露出去。陆小凤将所有线索一一捋顺后，指出真正的老刀把子应该是木道人。其实早在十五年前，木道人便对武当掌门一职觊觎已久，但凡心不死的木道人为顾及江湖脸面，将妻子沈三娘和女儿叶雪托付给弟子叶凌风照顾。谁想叶凌风和沈三娘日久生情生下叶灵，并创办了幽灵山庄。至于泄密，是因为巴山小顾道人有一位师叔叫龙猛龙飞狮，他正是一开始被陆小凤打伤的将军。

就在此时，消息传来，石雁暴毙，木道人接任新任武当掌门。所有证据都被木道人清理干净了，陆小凤等人即便推断出了所有结果，也已经于事无补。尽管古龙秉承"恶人有恶报"的观点，安排木道人死在亲生女儿叶雪剑下，但是陆小凤还是输了。论武功，木道人深不可测，甚至还在西门吹雪之上。论计谋，陆小凤制订的"鹰巢"计划看似周密，却早已在木道人的算计中。木道人只不过是败给了天意。不过天道轮回，善恶有报，这也是古龙给读者最好的交代。

"陆小凤系列"的第六个故事《隐形的人》，就是现在大家所看到的《凤舞九天》。这部小说是由薛兴国代笔续写完成的，这一点也得到了薛兴国的证实。他在《握紧刀锋的侠者——用十七年怀念古龙》中这样写道：

> 于是古龙更加放浪了，在报上的连载的小说时常脱稿，他便告诉编辑找不到他便找我代笔几天。最厉害的一次是他写了《陆小凤之凤舞九天》前面八千字，创造了一个武功天下无敌的大坏蛋之后，后面全交给我来续貂，要我想办法把杀不死的坏人给杀死。
>
> 为了要我代笔代得顺畅，他后来便在构思故事时把我叫到他身边，把他的构想对我说了，以便他失踪时可以把故事发展下去。

这样看来，小说曾由薛兴国代笔是肯定的，但是具体从何处开始代起，目前尚存疑问。比如，林保淳先生认为大抵是从"仗义救人"的后半段，"他忽然发觉自己已落入了一张网里。一张由四十九个人，三十七柄刀织成的网"开始代起的。假如按照林先生的说法，那么这里属于古龙自己创作的部分就远不止八千字。

故事开篇，面对宝物丢失和太平王府的愤怒，鹰眼老七等人想到陆小凤。可是，在经历了那么多复杂、可怕而又危险的事情后，陆小凤只想好好活着，出海远游，开创一个崭新的世界。不曾想，兜兜转转，陆小凤还是不可避免地卷入其中。

远游途中，陆小凤偶遇岳洋、牛肉汤等神秘高手，好奇心促使他设法与他们同舟而行，一起来到一个神秘小岛。在这座岛上，陆小凤发现了不久前被劫的珠宝和武林高手。这座岛的主人吴明，人称小老头。他心机深重，同时精通多个门派失传已久的绝学，武功深不可测。小老头在江湖中安排了许多"隐形人"，渗透入各门各派，连鹰眼老七、太平王世子宫九，甚至是老实和尚都是其中的一分子。在这些人的帮助下，小老头策划了多起劫案，太平王府宝物丢失一事，其实正是鹰眼老七与宫九在贼喊捉贼。至于陆小凤，小老头也想让他成为"隐形人"，并且是能刺杀皇帝的"隐形人"。

岛上还有一位令陆小凤心动的女人沙曼。她是《幽灵山庄》中钟无骨的女儿，也就是《银钩赌坊》中白玉飞的亲妹妹，从小被哥哥白玉飞卖进妓院。后来，宫九为她赎身并将她带到岛上。但是，宫九并非真的爱沙曼，只是因为沙曼的神态和声音与宫九的亡母有些许相似。而宫九之所以加入"隐形人"，也正是为了推翻自己的父亲太平王，为母亲报仇。显然，古龙在这里套用了"恋母情结"。得知这一秘密的陆小凤，决定带着沙曼逃离小岛，却不想落入宫九的圈套，被诬陷为劫走珠宝的幕后黑人，同时遭到官府和江湖中人的追杀。

但是，就像陆小凤对老实和尚说的那番话一样，人生不仅有享乐，还有道义、仁爱和良心，邪恶永远战胜不了正义。宫九的武功也许要比陆小凤还要高，但是他有一个致命的癖好：情欲。沙曼了解宫九，于是以牺牲色相来勾起宫九的情欲。而他的情欲，要比别人更加变态，他喜欢被人用鞭子虐待。有了这个缺点，陆小凤打败宫九便不再是难事。最后，陆小凤跟沙曼走到了一起，浪子有了归宿。江湖已经恢复平静，陆小凤决定做一个真正的隐形人，与沙曼隐居，做一对隐形于江湖的情侣。

按理说，故事到此就应该结束了，因为主角陆小凤已经有了一个美好的结局，可是，古龙实在是太喜欢西门吹雪了。在《明报》版的"陆小凤系列"已问世数年后，他又创作了《剑神一笑》。

相比于同为侦探推理风格的"楚留香系列"的阶段性特征，"陆小凤系列"除《剑神一笑》外，几乎都创作于同一时期，因此各部小说的水平几乎相当，风格也较为统一。也许"陆小凤系列"在古龙小说中算不上对人性挖掘最深刻的，在悬念设置上也不是最奇、最险的，但能够创作出陆小凤这样丰满的人物形象，绝对算得上是古龙的一次成功尝试。

七种武器，七种精神

武器，是江湖人安身立命的保障。

武器，可以是形而下的物质，也可以是形而上的精神。

古龙的七种武器，代表的就是七种精神。

古龙曾说："武侠小说中，出现过各式各样的奇妙武器。……就刀而论，刀中就有单刀，双刀，鬼头刀，刀环刀，戒刀，金背砍山刀……但武器是死的，人却是活的。一件武器是否能令读者觉得神奇刺激，主要还是得看使用它的是什么人。"所以，激动人心的不是飞刀，不是谢家神剑，不是割鹿刀，是李寻欢，是谢晓峰，是萧十一郎。七种武器也一样。它们都是武林中精妙绝伦、令人闻风丧胆的神兵利器，但是，更为振奋人心的是这七段故事背后的精神。

这七种武器，我们明确知道的分别是长生剑、孔雀翎、碧玉刀、多情环、霸王枪与离别钩。关于最后一种武器到底是什么，众说纷纭。或说是拳头，或说是《七杀手》，但均有疑点。《拳头》是《霸王枪》的衍生作品，在出版时被命名为《狼山》，《七杀手》更是一部具有明确独立意义的作品，是古龙好友陈晓林两度对其结局进行修改，并且加入"青龙会"的字样，属于强行硬凑。因此，虽然报刊在连载时分别将它们命名为"七种武器之六"与"七种武器之七"，但实际上都算不得数。可信度更高的是《英雄无泪》。古龙大弟子丁情在《我的师父古龙大侠》一书中写道，他曾当面询问古龙七种武器只有长生剑、孔雀翎、碧玉刀、多情环、霸王枪五种，另外两种是什么。古龙告诉他是《离别钩》与《英雄无泪》，并且说《英雄无泪》中的武器是一口箱子。此外，程维钧在与陈晓林会面时，陈晓林承认古龙当年确实曾想将《英雄无泪》（一口箱子）列为"七种武器"系列末篇，这更加证实了丁情的说法。因此，本书也选择将《英雄无泪》列入"七种武器"系列。

《长生剑》，1972年首载于香港《当代武坛》。长生剑的主人公名叫白玉京，"天上白玉京"的白玉京。白玉京当然不是天上的神仙，他骑在马上，穿着旧靴子，配着装在旧剑鞘里的长生剑。在江湖人看来，白玉京最可怕的就是那把长生剑。

但是，任白玉京武功再高，长生剑再可怕，他也从未想过参与江湖纷争。他只不过是一个内心孤独的浪子。老天有时喜欢安排一些奇妙的事，让一些奇妙的人在偶然中相聚，比如白玉京遇到袁紫霞。这是一个来历神秘且城府颇深的姑娘。这个姑娘看起来涉世未深，心机单纯，喜欢听白玉京讲述江湖趣事，愿意陪白玉京举杯畅饮，让白玉京品尝到了爱情的滋味，打开了孤独浪子的心扉。因为浪子虽然可以依红偎翠，名剑风流，相识遍天下，但是相知有几人？所以，当白玉京以为青龙会、朱大少等人是为财宝才来找袁紫霞麻烦时，他可以为袁紫霞倾其所有："他不是鸽，是鹰，但他也已飞得太疲倦，也想找个可以让他安全栖息之处。"

事情当然不会这么简单。朱大少等人之所以来找袁紫霞，是因为袁紫霞偷了青龙会拿来拍卖的孔雀翎制造图，但因忌惮白玉京和长生剑，他们迟迟没有动手。而袁紫霞，也正是利用他们害怕白玉京的心理，让他保护自己。因为这张孔雀翎制造图，白玉京唯一的朋友方龙香背叛了他，这个唯一能够陪他喝酒打架的朋友差点让他丧命。

如果袁紫霞也和方龙香一样，是要致白玉京于死地，那么白玉京也太凄惨了一些。但袁紫霞没有，她也爱上了白玉京。袁紫霞甜甜的笑是致命的，不但将不愿意掺和江湖厮杀的白玉京拉下水，还将青龙会公孙静、卫天鹰等人玩弄于股掌，因为她的真实身份正是青龙会的老幺。这场关于孔雀翎制造图的纷争，只不过是她为青龙会清理门户的手段而已。所以，袁紫霞的武器是笑，笑解决了江湖中最可怕的长生剑也不能解决的问题。因为长生剑的主人可能会被他的朋友背叛，而笑则不然。白玉京最后也笑了。既然他愿意作为袁紫霞栖息的港湾，她是谁又怎样呢？只要她爱他就好，只要她一直陪伴着他就好。

古龙最后写道："所以我说的第一种武器，并不是剑，而是笑，只有笑才能真的征服人心。所以当你懂得这道理，就应该收起你的剑来多笑一笑！"

《孔雀翎》，1972—1973年首载于香港《当代武坛》。天下的暗器共有三百六十余种，但其中最成功、最可怕的就是"孔雀翎"。昔年，三十六名黑刀高手为破孔雀山庄，结下血盟，联手进攻孔雀山庄，结果均丧生于孔雀翎之下。此后的三百余年，也有近三百位高手进犯孔雀山庄，但是无一幸存。最近一位败给孔雀翎的是当时江湖人公认的天下第一高手金开甲。与孔雀山庄庄主秋一枫一战，金开甲虽然没有死，但是也失去一只手臂。

秋一枫赢了，他一如既往地保住孔雀翎的不败地位。不过，秋一枫也没有赢，因为他将孔雀翎遗失在泰山之巅。这对于将孔雀翎视为赖以生存的依仗的孔雀山庄来说，无疑是致命的打击。所以，秋一枫选择以死谢罪，因觉得无颜面对祖先，他命人在他死后将他的脸割下，放到孔雀翎盒中，同时将这个秘密告诉儿子秋凤梧。

但是，秋凤梧并没有因为孔雀翎的丢失而陷入惶惶不可终日的境地，那是属于祖先的荣誉。相反，他离开孔雀山庄，化名小武，加入青龙会的杀手组织"七月十五"。他要做出一件惊天动地的大事——毁灭"七月十五"，走出孔雀翎丢失的阴影，也走出对孔雀翎的依赖。他要让江湖上的人知道，孔雀山庄屹立不倒，不是因为祖先传下来的孔雀翎，而是因为孔雀山庄的人，是因为他秋凤梧。他要做一个真正意义上为自己而存在的人。

在一次刺杀行动中，同为"七月十五"成员的高立为救刺杀对象"辽东大侠"百里长青而背叛组织，为了朋友，也为了让更多人能够受益，小武与高立一起救下百里长青。这时候，摆在他面前的只有两个选择：继续流浪江湖，或者回到孔雀山庄。小武遇到金开甲，金开甲告诉他，他的父亲秋一枫是一个了不起的人，孔雀翎同样了不起，所以他必须要回到孔雀山庄，承担属于他的责任和荣誉。这是属于孔雀山庄子孙的责任和荣誉，既不能推诿，也不能逃避。

在小武回家后，高立同他的妻子双双一起隐居山林。但是，青龙会还是没有放过他们。杀手麻锋找上高立，打破他幸福平静的生活。此时，麻锋依然是一个行走在刀尖上的杀手，高立已经不是了。他有妻子，有顾忌，所以他开始害怕死亡，害怕失败。他想到了朋友小武和他的孔雀翎。

高立来到孔雀山庄，见到小武。小武还是那个小武，在经过一夜思考后，他带着高立来到雀阁，将孔雀翎交给他，并告诉他非必要时切勿动用孔雀翎。高立愈感这份友情的珍贵，也信心大增。在与麻锋决斗时，麻锋还没来得及出手，就死在他的枪下。高立兴奋得想要抚摸孔雀翎,却发现孔雀翎不见了。

高立再一次来到孔雀山庄。这一次,他是来找小武谢罪的,因为小武不仅是那个小武,他还是孔雀山庄的主人秋凤梧。秋凤梧告诉他,其实孔雀翎早已丢失,之所以借给高立,是因为高立的武功在武林中已经是少有敌手,只是缺少信心。作为朋友,他不想高立为此负罪,作为孔雀山庄的庄主,他必须要让这个秘密维持下去。高立内心沉重的负担终于放了下来,他知道只有死人才能守住秘密,为了孔雀山庄,更为了他的朋友小武,他必须死。不过,他觉得自己死得其所,因为他爱过,也被人爱过,他为朋友做了一件很有意义、很有价值的事,已无愧这一生。而秋凤梧,这个世家子弟的眼睛里充满了无可奈何的悲伤和痛苦。人生中有些事,无论你愿意做还是不愿意做,都是你非做不可的。

如果他像秋凤梧一样拥有信心的话,高立本不应该死。古龙说这是一个教训,并且告诉我们:"真正的胜利,并不是你能用武器争取的,那一定要用你的信心。无论多可怕的武器,也比不上人类的信心。所以我说的这第二种武器,并不是孔雀翎,而是信心!"

《碧玉刀》,1973年以《春满江湖》之名连载于新加坡《南洋商报》。江南出现了一位鲜衣怒马,年少多金而且彬彬有礼的少侠段玉,他是"中原大侠"段飞熊的独子,带着祖传宝物"碧玉刀"来到江南,给"江南大侠"朱宽祝寿,并将朱家千金朱珠带回去。临行前,父亲给了段玉行走江湖的七条戒律:"一、不可惹是生非,多管闲事。二、不可随意结交陌生的朋友。三、不可和陌生人赌钱。四、不可与僧道乞丐一样的人结怨。五、钱财不可露白。六、不可轻信人言。七、也是最重要的一条,就是千万不可和陌生的女人来往。"段玉一向是一个听话的孩子,自然不会忘记父亲的叮嘱。可是,记住是一回事,做起来又是另外一回事,他不但将这七条戒律都犯了一遍,而且果不其然地惹来一堆麻烦。

他先是仗义地从四个和尚手里救下一位白衣丽人花夜来,全然将父亲交代的莫要多管闲事和不能惹僧道的嘱咐抛在身后。然后,他又犯了财不露白之忌:少年人都是好面子的,为了不让花夜来为他付酒钱,他慌忙之中露出大把钱财和那柄碧玉刀。当他在与花夜来同船共饮时,才意识到自己已经犯下第一、第四、第五、第七四条戒律。可面对这良辰美景,佳人在畔,少年人心动在所难免,何况救人也不是坏事，所以段玉选择原谅自己。

父亲的话没有错，江湖上的美人都是带刺的。花夜来竟是一位女贼，追她的那几位僧人则是"僧王"铁水的手下。在同样爱管闲事的船夫乔三的指引下，段玉和路上遇到的一位姑娘华华凤一道去寻找可以帮助他的顾道人。这下，他又犯了两条戒律：轻信人言和随意与陌生人交朋友。顾道人的娘子告诉他，顾道人此时正在赌场。于是，段玉犯下最后一条戒律：没有摸清别人的底细之前，便与陌生人赌钱。运气爆棚的段玉是这场赌局的赢家，但是赌局的筹码已经超过他的想象。内心不安的他，向顾道人等人说明情况，"既然输不起，赢了就不能拿"。他的诚实打动了顾道人、王飞与卢赛云三人。原来，卢赛云是找来提亲但是却和花夜来一起失踪的儿子卢小云的，铁水正是他的好友。段玉的诚实和人品让卢赛云相信他与花夜来无关。

在花夜来的画舫中，他们发现失踪后的卢小云死了，死在碧玉刀之下，段玉自然成为怀疑目标。千钧一发之际，华华凤出现并从铁水手中救下段玉。为洗清段玉冤屈，二人试图查明真相，发现这是青龙会的圈套。青龙会想借卢赛云之手，杀死段玉，最后却因卢赛云对段玉的信任而计划失败。回到镇上，他们看到铁水也死在碧玉刀下。事情变得更加扑朔迷离。经过一番周折后，段玉二人与卢赛云发现，原来卢小云并没有死，他正是段玉和华华凤从水中救起的那位神秘人，然而卢小云并不肯言明真相。同时，他们开始怀疑顾道人。当他们找到顾道人时，对方大方地承认自己就是青龙会的龙抬头，并甘愿求死。顾道人死后，段玉想通所有关节，证明真正的龙抬头应是顾道人的妻子，也就是真正的花夜来。而卢小云不肯说出真相，顾道人甘愿求死，其实都是为了掩饰花夜来。

事情到此结束。已与段玉产生感情的华华凤，在得知段玉依然要上宝珠山庄后，将他的聘礼碧玉刀扔进湖中，并在段玉寻找碧玉刀时离开。恋人不见了，祖传宝物也没了，满怀悲伤的段玉来到宝珠山庄。面对父亲和朱二爷的盘问，他主动揽下丢刀的责任，这让朱二爷颇为感动，也让他重获爱情。原来，真正的碧玉刀并没有丢失，而华华凤就是朱珠。

初次行走江湖的段玉，就像许多初涉社会的年轻人一样，经验不足，犯下父母交代的金科玉律。但是，段玉的诚实，让他赢得卢赛云的信任，并且得到朱珠的芳心,并最终击败青龙会,化险为夷。古龙说:"所以我说的这第三种武器,并不是碧玉七星刀,而是诚实。只有诚实的人,才会有这么好的运气。段玉的运气好,就因为他没有骗过一个人,也没有骗过一次人——尤其是在赌钱的时候。所以他能击败青龙会,并不是因为他的碧玉七星刀,而是因为他的诚实。"

《多情环》,1973年以《边城浪子》之名连载于新加坡《南洋商报》。不同于前三部小说的温情,《多情环》讲的是血腥残酷的仇恨。

"多情环"本是双环门帮主盛霸天的武器,凭借着这双多情环,他纵横江湖,建立基业。但是,天香堂堂主葛停香经过多年隐忍后,在短短一月之间就使双环门覆灭,盛霸天自己也死在多情环下。双环门七大弟子,四死两伤,唯一一位安然无恙的,是两年前因酒后调戏盛霸天的女儿盛如兰而被逐出师门的萧少英。

正如葛停香的红颜知己郭玉娘所说,盛霸天留下的不仅是多情环,还有仇恨。除逃走的王锐和杨麟外,贪杯好色、胆大包天的萧少英也进入葛停香的视野。为取得葛停香的信任,萧少英将王锐和杨麟出卖,作为他进入天香堂的投名状。出卖同门当然让人不齿,但却让葛停香开始信任萧少英。仅仅这样还不足以消除葛停香对萧少英的戒心,因为这完全有可能是一场阴谋。萧少英自然明白,于是他酒后调戏了郭玉娘。葛停香并没有处罚他,因为一个人若有很深的心机,很大的阴谋,就绝不会做错事。自此,葛停香将萧少英视为心腹,委托他查出青龙会在天香堂的奸细。这正好给了萧少英机会,他利用青龙会扰乱葛停香的视线,并以苦肉计的形式,将葛停香手下的得力干将王桐和郭玉娘除去。当葛停香得知真相时,为时已晚。葛停香也是拿得起、放得下的枭雄,发现自己失败后,也以多情环自绝于世。在临死前,葛停香说:"杀死我的并不是多情环,而是仇恨。"

复仇还没有结束。萧少英的仇人还有双环门的叛徒李千山。他与另一位卧底葛新一起找到李千山。剧情再一次反转,李千山、葛新、郭玉娘,他们都是青龙会的人。青龙会借葛停香之手除去双环门,再借萧少英之手除去葛停香,让他们自相残杀,以便让自己的势力进入西北,所以他们才会处处帮助萧少英,甚至牺牲郭玉娘。最后,萧少英用七星透骨针与李千山和葛新同归于尽。他们的恩情、仇恨、爱情和秘密,全都被埋葬在仇恨的火焰里。

萧少英当然是一个成功的复仇者，凭借着坚韧、隐忍、智慧与武功，他一步步地实现为双环门复仇的大计。但是，萧少英的命运也是悲哀的。他是双环门埋下的复仇"种子"。双环门灭门之日，就是他生根发芽之时。他本该享受美好而惬意的人生，但人在江湖，身不由己，作为双环门的一分子，一想起慈爱的师父、友爱的同门和心爱的恋人，他就根本无法卸下身上的这份重担。于是，他将自己的一生交给仇恨。为了报仇，他出卖同门，背负骂名，每天行走在刀尖上，时刻提防要被人发现，还要处心积虑地谋划，将仇人们一个个正法。

仇恨，对于人类来说与爱一样古老，一样永远存在。我们不能小看仇恨的力量，它就像多情环一样，牢牢缠住萧少英，让他无法摆脱，直到死在仇恨之下。所以，古龙说："仇恨本来就是人类最原始的情感。很可能就是其中力量最大的一种，有时甚至可以毁灭一切。所以我说的第四种武器，并不是多情环，而是仇恨。"这时，我们或许更应该想想叶开和傅红雪，对待仇恨，宽恕永远要比报复更伟大。

《霸王枪》，1973—1974年连载于香港《工商日报》。霸王，力拔山，河兮气盖世。枪，百兵之祖是为枪。但是，《霸王枪》的主人公并不是"霸王枪"的拥有者——"一枪擎天"王万武，也不是他的女儿王盛兰王大小姐，而是丁喜，"聪明的丁喜"，也叫"讨人喜欢的丁喜"。

《孔雀翎》末尾，秋凤梧告诉高立，联营镖局已经成立。这一次，丁喜和他的好兄弟小马劫的正是联营镖局的暗镖。联营镖局主人之一的邓定侯和西门胜找上他们，得知他们是从恶虎岗得来的暗镖信息。在前往那里的路上，他们遇到大王镖局的王大小姐。原来，不愿意参与联营镖局的大王镖局的主人王万武死于枪下，而他的霸王枪已是当世第一。于是，他的女儿王盛兰手持霸王枪，与闺蜜杜若琳一起，四处挑战用枪的高手，一来是证明霸王枪仍有后人，二来是查明父亲被害的真相。烂醉的小马对杜若琳一见钟情，丁喜对王大小姐也暗暗喜欢。

在解除王大小姐对丁喜的误会后，邓定侯与丁喜来到恶虎岗，找到给丁喜报密的来信和死使。邓定侯惊讶地发现，信中的文字是邓定侯的笔迹，同时死使也是联营镖局的人。邓定侯当然不是幕后黑手，于是线索指向了善于模仿笔迹的归东景。但是，随着归东景的出现，丁喜觉得这条线索来得过于容易且有些刻意，于是便洗脱了归东景的嫌疑。离开恶虎岗，邓定侯和丁喜见到王大小姐，众人推测镖局主人之一的百里长青嫌疑最大。恶虎岗背后的势力似乎就是青龙会，百里长青也是青龙会的人。在经历包送终夺人事件之后，百里长青的嫌疑再一次变大。其间，与小琳同上恶虎岗的小马，托胡老五送信，说大宝塔中将有大事发生。

是夜，邓定侯登上大宝塔，发现来人正是百里长青，而他的旁边则是胡老五。邓定侯认定幕后黑手就是百里长青，百里长青也认定内奸就是约自己的邓定侯。关键时刻，丁喜出手化解危机。原来，丁喜是百里长青的儿子！一边是自己的父亲，一边是值得信赖的朋友，丁喜当然相信他们。正在这时，百里长青与暗藏在宝塔复壁内之人打斗，那人正是此前已经洗脱嫌疑的归东景。此刻，真相大白，归东景也死于丁喜之手。

其实，相比于以上其他几部作品，《霸王枪》的艺术水平并不高。无论如何，长生剑、孔雀翎、碧玉刀、多情环，都是引发小说展开的重要线索，但是霸王枪不是。从小说中段开始，王大小姐和霸王枪在故事发展过程中的作用显得并不重要，故事的重心已经转移到了丁喜身上。所以，小说最后讲到丁喜的勇气是他能出其不意地杀死归东景的关键，而勇气来源于爱："父子间的亲情，朋友间的友情，男女间的感情，对人类的同情，对生命的珍惜，对国家的忠心，这些都是爱"，这几乎已经与霸王枪无关。

小说更为出色之处在于对丁喜个人的描写。丁喜永远都在笑着，讨人喜欢。可这讨人喜欢的背后，有着无尽的辛酸与悲哀。丁喜还未出生时，父亲百里长青就离开了。他从小就过着苦日子，饿极时便去偷人东西，遭人白眼乃至殴打都是家常便饭。这让他从小就自卑，成年后也不敢接受王大小姐的爱："他不敢，因为他总觉得自己配不上她，一种别人永远无法解释的自卑，已在他心里打起了结，生下了根。根已很深了。饥饿、恐惧、寒冷，像野狗般伏在街头，为了一块冷饼被人像野狗般毒打。只要一想起这些往事，他身上的衣服就会被汗水湿透，就会不停地打冷战。"这一点与古龙本人的经历颇为相似，难怪有人曾说丁喜是古龙的人物志。

也许是因为古龙很喜欢愤怒而真诚的小马，觉得《霸王枪》没有把小马的事情交代清楚，于是他创作了另一部作品《拳头》，也叫《狼山》。这部作品于1974—1975年首连载于香港《星岛晚报》，并于1975年台湾由武侠春秋出版社出版。《拳头》虽然不属于七种武器之一，但仍是一部很特别的作品。

在《霸王枪》中，小马和王盛兰的好友杜若琳成为恋人。但是，恋人间哪有不吵架的，吵完架后也总会有一方要赌气离开。杜若琳就是这样。杜若琳离开后，小马内心十分痛苦，整日只是喝酒、打架。这时候，一位叫蓝兰的女孩子找上他，希望他能护送自己的弟弟去西城求医，这途中要路过人人畏惧的狼山。此时，正陷入失恋痛苦中的小马，答应了蓝兰的要求，以此来逃避失去杜若琳的痛苦。

狼山上没有狼，因为狼已经被人杀光了，现在只剩下狼人。狼山之王，朱五太爷征服狼山后，继承了狼性精神，树立了狼王的权威，并且建立了狼的规则。这里的狼人各式各样，有老狼卜战率领的"战狼"，有跛足人率领的白天扫花、晚上杀人的"夜狼"，有温良玉率领的虚伪的"君子狼"，等等。此外，狼山上还有两位头目：和蔼可亲的吃人狼法师，凶悍而贪婪的母狼柳大脚。这些不同群体的狼人之间互不干涉，是一个理想的恶人国。

朱五太爷是人，是人就有衰老的一天。当他对狼人的统治力不再那么强大的时候，狼人们就不再遵守规则，并有了反抗的心思。他的儿子朱云，是第一个离开狼山的狼人二代。在他之后，狼山上出现了一个新的狼群——"嬉狼"，又叫"迷狼"。这个新兴群体就像"二战"后美国的"垮掉的一代"一样，厌恶旧的社会秩序，追求享乐，无所顾忌。因为"天下虽大，却绝没有任何地方可以允许他们生存下去"，所以他们心里的苦恼无法发泄，对自己的人生又完全绝望，只能任性而为。

朱五太爷老了，自然就会被人替代，替代他的是温良玉。不同于朱五太爷，温良玉对于狼山没有深厚的感情，他要做的只是替代朱五太爷的地位，至于狼山的发展，就与他无关。于是，恶的底线被不断降低。他用朱五太爷的尸体，号令群狼，让狼人们彻底释放心中恶的天性。为了统治狼人，温良玉还捏造出太阳神的传说，假借太阳神的名，利用年轻人反叛的心理，让他们耽于淫乐邪恶，摧毁狼人的下一代。这是历史悠久但又百试不爽的套路，足以蛊惑人心，麻木群众，从而加强他的权威性。

这时候，"不怕死，不怕穷，天塌下来压在他头上，他也不在乎"的小马来了，朱五太爷的儿子朱云在得到朱五太爷的求救信后也回来了——他正是小马护送的那位病人。这里的情节安排很有深意，因为此时的狼山内部已经陷入一种走向腐化和堕落的困局，这时候就需要有外来的新鲜力量去打破它。走出狼山的朱云，本身就代表着叛逆，由他来重塑狼山肯定是合适的。小马比朱云还要更进一步，他拥有着破坏一切陈规陋习的力量。历史告诉我们，只有这样的人才能真正打破腐朽的旧制度。小说结尾，朱云抱着朱五太爷的尸体痛哭，并且宣称狼山上再也不会有恶狼。原先代表着叛逆的年轻一代的王回来了，这一次，他要做的是带领狼人们从狼的世界重新回归到人的世界。

《离别钩》，1978年首载于台湾《联合报》。这是"七种武器系列"的第六部。古龙绝大部分的作品是边写边刊载的，这也符合连载小说的规律，但《离别钩》却是例外，"还未开始连载，全书就已经写成了"。古龙在序言《不唱悲歌》中说："从'苍穹神剑'到'离别钩'，已经经过了一个漫长而艰苦的过程，一个十八九岁的少年，已经从多次痛苦的经验中得到宝贵的教训。可是现在想起来这些都是值得的，无论付出多大的代价都是值得的。因为我们已经在苦难中成长。"从全书来看，事实也确实如此。相较几年前的《长生剑》等，古龙在这部小说中的文字更为老练，叙事表达也更为含蓄，并有一种历经沧桑之感，使得全书陷入一种悲凉沉郁的气氛。

《离别钩》讲的是一个小人物战胜大人物的故事。相比于"七种武器系列"的其他主角，甚至古龙其他小说中的主人公，杨铮是一个彻头彻尾的小人物。他没有英俊的外表，没有显赫的家世，武功也算不上惊世骇俗。他只是一个县城里的小捕快，过着普通人的生活，比《七杀手》中的柳长街都要普通得多。在清正廉明而且信任他的知县手下，他铁骨铮铮，刚直不阿，做事尽心尽力，对属下照顾有加，对被迫沦落风尘的初恋吕素文一往情深。直到他成为阻碍青龙会违法的眼中钉，他的生活变得不再平静，知县为了保护他赌上自己的前程，兄弟们也联名为他担保，自己和吕素文屡次遭到暗杀，无辜的房东女儿莲姑更是惨遭不测。要置他于死地的正是青龙会这个四百年来江湖中规模最大、组织最严密的帮派。而他的直接对手是狄青麟。狄青麟的家世、地位、财富、长相、武功，以及他身边的美女，都像他的爵位一样，处处显示出无与伦比的尊贵。总之，无论我们怎么看，双方的实力相差都极为悬殊，完全没有可比性。

唯一公平的，可能就是命。命，杨铮有一条，狄青麟也只有一条。所以，杨铮选择拼命，他的原则本来就是"打倒，不被打倒"，当不能打倒对方时，就还剩下拼命。拼命，杨铮敢，但是狄青麟不敢，因为他的命远比杨铮高贵。不过，拼命也要有所依仗，比如手无寸铁的弱女子，即使是拼命，也拼不过手持利器的七尺大汉。

杨铮的依仗，就是离别钩。杨铮不是不会武功，相反，他的武功并不像其他人看来那样弱，所以他拒绝蓝一尘让他拜师，并且保护他的建议。应无物认出杨铮应当是昔年纵横江湖的大盗杨恨的后人，而杨恨的成名武器就是离别钩。杨铮之所以不用离别钩，并不是因为嫌弃父亲的身份，而是因为离别钩生来就带有戾气和不祥，"因为这柄钩无论钩住什么都会造成离别。如果它钩住你的手，你的手就要和腕离别；如果它钩住你的脚，你的脚就要和腿离别"。杨铮心怀善念，不想让人别离。但是，正如蓝一尘所说："就算你不愿让人别离，也一样有人会要你别离。你人在江湖，根本就没有让你选择的余地。"所以，杨铮不得不拿起离别钩，保护自己，保护所爱。离别，是为了更好地相聚。

杨铮与狄青麟的最后一战，其实并不玄妙，甚至结束得有些仓促。狄青麟将刀锋刺入杨铮手肘时，并没有着急杀他，而是试图让杨铮失去还击的能力，从而享受这残酷的乐趣。可是，他没有想到的是，杨铮居然会用离别钩来对付自己。在一阵深入骨髓的痛苦中，使杨铮的手臂离别身体的离别钩斜斜飞起，飞到了永远高高在上的狄青麟的喉咙里，让狄青麟离开了这个世界。古龙认为，狄青麟败给杨铮，不是因为武功，而是因为骄傲："骄兵必败。这句话无论任何人都应该永远记在心里。"所以，虽然古龙没有直说，但是第六种武器应该是"戒骄"。是啊，骄傲可以让狄青麟这样的人杰败给小人物杨铮，这还不足以引起我们的警示吗？从另外一个角度来说，狄青麟的败，也是正义战胜邪恶的必然结果。古龙带给读者的永远是希望，是进取，是努力，也是奋斗。

《英雄无泪》，1978—1979年首载于台湾《联合报》，讲的是最为玄妙的"命运"。这是一部奇特的小说，我们很难判断主角到底是谁，因为每一个人物都有着属于自己的精彩故事，都想掌握自己的命运，却又都失败了。

卓东来或许是长安城内武林中最有势力的二当家，因为连大当家司马超群都是由他扶植起来的。擅长阴谋诡计、武功奇高的卓东来在两年之内，以他的智慧和武功，组织了一个江湖中空前未有的超级大镖局，成功洗白。那么，卓东来为何不自己做大当家呢？因为他身心有疾。他是孪生子，本应有一个弟弟，却因自己的出生，弟弟和母亲都不幸身亡。而他因为受到弟弟的挤压，发育畸形，天生残疾，两条腿长度不一。长大后的卓东来，凭着坚韧的毅力，努力在行走时保持平衡，不让别人看出来自己是个跛子。同时，他永远都无法成为一个真正的男人，因为他身体上的某一部分永远都像是个婴儿。这让他从小就生活在别人的嘲笑和侮辱中，也让他在满怀对母亲和弟弟的愧疚的同时，产生自卑，从而形成了扭曲阴鸷的性格，只能通过不断地自虐来减轻内心痛苦。

与《天涯·明月·刀》中的公子羽一样，卓东来无法接受自己的不完美，所以他要培养一个完美的代言人。这个人就是司马超群。司马超群伟岸豪气，武功高强，心胸广阔，有着卓东来想要拥有但却永远无法拥有的一切。这让卓东来深深地羡慕着司马超群。他们二人就像鱼和水一样，相得益彰。两人的感情也十分奇妙，亲如兄弟。不过，司马超群知道自己的一切都来源于卓东来的安排，他并不甘心成为兄弟的傀儡。

司马超群想要成为的人是他的对手雄狮堂堂主朱猛。朱猛其实就是没有卓东来的司马超群，司马超群拥有的一切品质他都有。所以，当司马超群听说朱猛的事迹后，立刻拍案叫绝，仿佛这两人天生就有着不同寻常的吸引力。摆脱卓东来，成为朱猛，这是司马超群的梦想，也是二人为何能放下仇恨，把酒言欢的关键。但是，事实证明，没有卓东来辅佐的司马超群并不能成就霸业，朱猛并不能将雄狮堂做大。

卓东来也好，司马超群、朱猛也罢，他们都羡慕高渐飞。高渐飞是萧大师的徒孙，拥有五百年来的武林第一宝剑"泪痕剑"。这柄剑，传说会让萧大师的儿子丧命，但是萧大师又不肯毁去，所以他将剑传给了性格最为温和的小徒弟，也就是高渐飞的师父。高渐飞下山来到长安，并不是为了成就一番伟业，尽管以他的武功，他可以轻易做到。他的目的是飞起来，随心所至，任意而为。但是，他依然逃脱不了他的宿命:"泪痕剑。""泪痕剑"生来就是要杀死萧大师的儿子。不过,他杀死的并不是手持天下第一武器"箱子"的萧泪血,而是卓东来。

命运就是这么无常且无法逃避。不仅是司马超群、朱猛死了,卓东来也没有逃脱兄弟相残的命运,因为高渐飞正是在萧泪血的帮助下杀死他的。除了他们,忠诚的钉鞋死前对着朱猛大喊:"报告堂主,小人不能再侍候堂主了。小人要死了";美腿无双的蝶舞不甘沦为卓东来的工具,自断双腿:"宝剑无情,庄生无梦;为君一舞,化作蝴蝶";吴宛为了从卓东来手里夺回丈夫司马超群,不惜与丈夫同归于尽,其中的侠义、热血与不甘令人读后潸然泪下。这里没有穷凶极恶的反派,只有与宿命抗争的英雄:"浪子三唱,只唱英雄。浪子无根,英雄无泪。浪子三唱,不唱悲歌。红尘间,悲伤事,已太多。浪子为君歌一曲,劝君切莫把泪流。人间若有不平事,纵酒挥刀斩人头!"

小说开篇,"一个人,一口箱子。一个沉默平凡的人,提着一口陈旧平凡的箱子,在满天夕阳下,默然地走入了长安古城"。结尾,"朝阳初升,春雪已融,一个人提着一口箱子,默默地离开了长安古城。一个沉默平凡的人,一口陈旧平凡的箱子"。故事以"箱子"开始,以"箱子"结束,可以任意组合而无所不能的"箱子",就好似命运的轮回,是结束,也是开始。

"七种武器系列"到这里就全部结束了,作家胡人曾这样评价道:"无论是从人物的塑造,故事结构的安排,以及语言的运用上,都更明显地超过了他的其他作品。这部百万字的巨著,把古龙的创作推到了令人瞩目的高峰。"诚哉斯言。

第七章
英雄也有落幕时

美人迟暮，英雄末路

《多情剑客无情剑》中有一句名言：美人迟暮，英雄末路，都是世上最无可奈何的悲哀。这种悲哀是属于全人类的，当然也属于古龙自己。

20世纪70年代，台湾武侠小说市场在电视和日漫的双重挤压下日益萎缩，步履艰难。相反，武侠电影却在港台地区大火。从1976年TVB版的《小李飞刀》和邵氏推出的电影《流星·蝴蝶·剑》与《天涯·明月·刀》开始，由古龙小说改编拍摄的影视剧一夜之间成为影视市场的宠儿，胡正群曾经对此做出过专门介绍："在此期间，古龙的名著如《风云第一刀》《流星·蝴蝶·剑》《萧十一郎》《楚留香传奇》和《陆小凤》等，都被香港邵氏影业以大手笔的气魄——拍成电影。台湾、香港两地的电视台也把他的小说抢拍成连续剧。一时街头巷尾所看到的都是他的电影海报，听到的都是影视中的主题歌，形成了一股强大的'古龙旋风'。"当时，不爱看港台片的大学生们都开始为此疯狂，连说话都要模仿电影里的古龙式对白。于是，古龙在一夜之间重新成为最热门的作家。看到此情此景，古龙自然不甘寂寞。为了能够获取更大的利益，他于1979年在自己和夫人梅宝珠的名字中各取一字，成立宝龙影业公司。

但是，1980年，在已是宝龙电影公司老板的古龙身上，发生了一件震惊台湾文艺界的大事：吟松阁风波。当时，某大报社会版头条的标题十分醒目："北投吟松阁，血溅当场"，内容寥寥数百字，叙述了古龙与朋友在吟松阁寻欢作乐时与人发生冲突，古龙受伤昏死。

这个事情的来龙去脉并不复杂。一日，古龙在拍摄完《楚留香传奇》的最后一个镜头后，大摆宴席，请员工们吃了一顿"杀青"酒。酒后，在小弟们的怂恿下，几人又前往北投吟松阁"再战"。事不凑巧，当日台湾当红影星柯俊雄也在此处。这两位就是吟松阁风波的主角。按理说，二人虽说不上是朋友，但也认识，即便是酒后失态也不至于发生这样的事情。问题就出现在双方小弟身上。古龙生性风流，常年围在他身边的朋友也多是酒肉食客，只会溜须拍马，但柯俊雄身边的随从是要靠大哥为生的，显然更讲义气。当时，据说柯俊雄的小弟语气霸道地要求古龙前去给柯俊雄敬酒，古龙的小弟自然不肯服软。就在双方争执不休时，古龙醉醺醺地出来查看发生何事，慌乱中却被柯俊雄的小弟刺伤。古龙受伤后，他的小弟作鸟兽状散去，得知此事的柯俊雄也坐不住了，赶紧将古龙送往医院。此时，古龙已生命垂危，需要输血。更不幸的事情发生了，古龙原就有肝病，医院输给他的血并不干净，带有肝炎。这当真是命中劫数。

受伤后的古龙，原不肯轻了此事。然而，此事对正当红的柯俊雄影响甚大，他只好接连委托诸葛青云、古龙的义父葛香亭等重要人物前去调解，但均无果。直到古龙最为敬仰的"牛哥"李费蒙夫妇从美国归来，为他们牵线搭桥，才总算让双方握手言和，解开了这段恩怨。

不过，这件事情对古龙的打击远不是赔礼道歉所能解决的。据当时台湾《联合报》的一段报道，"古龙的右手腕伤得相当重，深及腕骨，筋也断了，现虽缝合，将来手的功能能否复原就很难说了"。也就是说，古龙赖以生存的写作能否维持都已成了大问题。不久后，伤心的梅宝珠也带着孩子离开了。这让古龙在身染肝病的情况下，持续饮酒以消解愁闷，以致有了酒精中毒的迹象："每天好不容易回到家里，总是转身又出去，每天做的只有一件事：喝酒！"古龙晚期作品就是在这样的情况下写成的，结果是大多草草收尾，或由他人代笔了结。

吟松阁风波后，古龙创作的第一部小说是1981年首载于台湾《联合报》的《飞刀，又见飞刀》，写的是关于小李飞刀第三代李坏的故事。在腕伤未愈的情况下，古龙已耍不动"飞刀"，只能耍"嘴皮子"。他通过自己口述、丁情代笔的方式来完成这部小说。他曾说道，这样的写作方式"常常会忽略很多文字上和故事上的细节，对于人性的刻画和感伤，也绝不会有自己用笔去写出来的那种体会。最少绝不会有那种细致婉转的伤感，那么深的感触。当然在文字上也会有一点欠缺的，因为中国文字的精巧，几乎就像是中国文人的伤感那么细腻"。但是，"像这么样写出来的小说情节一定是比较流畅紧凑的，一定不会有生涩苦闷冗长的毛病"。

《飞刀，又见飞刀》的情节确实比较简单。李坏是李曼青与上官仙——林仙儿和上官金虹的另一个女儿——之子，也是小李飞刀的第三代传人。由于李家与上官家的世仇，李坏成为弃儿。他自六个月大开始就学会挨饿，从不接受嗟来之食。他宁可像野狗一样，在泥泞中打滚，也不愿意在成年后接受父亲给予的锦衣玉食。在外漂泊多年的李坏，凭着亡母的一张藏宝图，找到上官金虹留下的宝藏，一夜暴富，并练就家传飞刀。可惜，这一切并没有给李坏带来快乐，而是带来了噩梦：他成了皇宫大内黄金失窃案的怀疑对象，遭到朝廷无休止的追杀。奉命追杀他的是"月神"薛采月，继李寻欢和叶开之后又一位震惊武林的飞刀高手。然而，薛采月却爱上李坏，并且有了李坏的孩子。在度过了一段温馨浪漫的时光后，薛采月突然离开李坏，要去挑战李曼青，为父亲"天下第一剑"薛青碧报仇，亲手摧毁"小李飞刀"的神话。此时已经年老气衰的李曼青，已经没有接受薛采月挑战的勇气。于是，他找回李坏，希望李坏能替父出战，守卫李家的荣耀。

李坏与薛采月的最终一战，古龙并没有给出结局。因为在他看来，无论谁胜谁负，这都是一场悲剧："生老病死，本都是悲。这个世界上的悲剧已经有这么多这么多这么多了，一个只喜欢笑，不喜欢哭的人，为什么还要写一些让人流泪的悲剧？"

古龙曾在《多情剑客无情剑》中说："美人迟暮，英雄末路，都是世上最无可奈何的悲哀。"古龙在创作生涯末期再次想起小李飞刀的故事，其实大有深意。在这个故事中，飞刀不再独属于李家，薛采月独创的月神飞刀已不在小李飞刀之下。但是，李曼青还是在竭尽所能地维护李家声名，做出许多违背本心的事情。这就像《孔雀翎》中秋凤梧对孔雀翎的坚守一样，是属于世家子弟的命运。可见，小李飞刀此时已经因声名所累而变得平凡，不再象征着伟大的人格和仁者无敌的精神，不再是神话。还好，李家还有李坏，虽然他不像李寻欢和叶开一样完美，甚至还有不少缺点，但是他善良、敢于承担责任。这就告诉我们，再伟大的家族、人物和武器都会变得平凡，但是，绝不能变得平庸。对于生命历程渐趋暗淡的古龙来说，又何尝不是如此？

这一时期，古龙还创作了生平的最后一部长篇小说，那就是在1981—1982年首载于台湾《联合报》的《风铃中的刀声》，并在1984年由台湾万盛出版社出版。在万盛本的序言《风铃·马蹄·刀——写在"风铃中的刀声"之前》一文中，古龙表达了自己试图再一次"求新""求变"的想法：

> 作为一个作家，总是会觉得自己像一条茧中的蛹，总是想要求一种突破，可是这种突破是需要煎熬的，有时候经过很长久很长久的煎熬之后，还是不能化为蝴蝶，化作茧，更不要希望吐成丝了。
> ……
> 所以每一个作家都希望自己能够有一种新的突破，新的创作。
> ……
> 对他们来说，这种意境简直已经接近"禅"和"道"。
> 在这段过程中，他们所受到的挫折辱骂与讪笑，甚至不会比唐三藏在求经的路途中所受的挫折和苦难少。
> ……
> 作为一个已经写了二十五年武侠小说，已经写了两千余万字，而且已经被改编为两百多部武侠电影的作者来说，想求新求变，想创作突破，这种欲望也许已经比一个沉水的溺者，突然看到一根浮木的希望更强烈。

《风铃中的刀声》就是这样一根浮木。古龙告诉读者："武侠小说里写的并不是血腥与暴力，而是容忍、爱心与牺牲。我也相信这一类的故事也同样可以激动人心。"但古龙终究没有完成这部作品，万盛本第八部"下场"第一章"恩怨似茧理不清"中，自"'你是不是认为我对丁宁的感情也是一样的？'花景因梦问慕容"开始，由于志宏代笔续完。

这个故事是由血腥与暴力引发的。花景因梦独坐在寂寞的风铃下，等待所思的远人，等着对她说"我会回来见你最后一面的"的丈夫花错。古龙说："等到她的希望和幻想破灭时，虽然会觉得哀伤痛苦，但是那是一阵短暂的希望毕竟还是美丽的。"可是，如果等到连希望都不存在的时候，"那才是真正的悲哀"。终于，花景因梦等来了花错，但却是被人分尸的花错，还未到家门口，他的鲜血已经染红了沙地。于是，希望没有了，剩下的只有仇恨和流血。

阻止流血的方式，是牺牲，更准确地说，是牺牲自己，"抑制自己的愤怒，容忍别人的过失，忘记别人对自己的伤害，培养自己对别人的爱心。在某些方面来说，都可以算是一种自我牺牲"。

花景因梦复仇的对象丁宁，就有着这样的牺牲精神。为了替花错复仇，争强好胜、愿意牺牲一切的花景因梦将丁宁囚禁在秘密监狱中，让他接受了两年的非人酷刑，使他求生不能，求死不得。其实杀死花错的不是丁宁，而是彭十三豆，但是，丁宁没有解释，也不屑于解释。他有他的骄傲、侠气和骨气。彭十三豆与花错，他与彭十三豆，这本来就是当世顶尖侠客之间的公平对决，花错是死于彭十三豆之手，还是被他杀死，又有什么区别呢？由他来替彭十三豆赴约，承担杀死花错的责任，有何不可？同样的，姜断弦——也就是彭十三豆——也有。他本有机会杀死丁宁，让丁宁永远替他承担杀死花错的责任，但是作为一个真正的刀客，他同样不屑，所以，他冒着风险救下丁宁，并渴望与他公平一战。

全书最精彩的部分，应当是"刀魂与花魂"一段。丁宁和姜断弦插花论道，互为师徒，互相指教。这是英雄间的惺惺相惜，无关乎年龄，无关乎资历，无关乎地位，只是为了真正的悟道。当然，这部分关于花枝切口的描写，与《浣花洗剑录》过于雷同，反倒是没有了细说的必要。

故事结尾，姜断弦又一次找到了丁宁，希望能与丁宁一战。但是，丁宁拒绝了，因为他认为姜断弦纵使胜了自己，早晚有一天也会败在别人手里。武林中的高手们来来往往，没有人可以永远不败，所以这种比试本就没有意义。丁宁转身离开后，姜断弦也带着温暖的微笑走了。此刻，名与利，胜与负，对于丁宁和姜断弦来说都不再重要。这就是道，是经历兴败荣辱后的古龙所悟的道。

别了，"007"

天下没有不散的筵席，小说人物和读者之间也是一样。

身为古龙的读者，我们是幸运的。

因为古龙给了我们最喜欢的陆小凤和楚留香最好的结局。

在古龙创作生涯晚期为数不多的几部作品中，小李飞刀、陆小凤与楚留香各占一部。这并不意味着古龙在炒冷饭，想再借这三个招牌形象来为自己重造声势，而是因为古龙想让他们与深爱他们的读者告别，真真正正地告别，而不是埋下伏笔、留有悬念。因为小李飞刀的故事已经写了两代人了，李寻欢也早已仙逝，所以古龙只能写他的后人。陆小凤和楚留香这两位"007"则不同，这是两位只有现在和将来的人，关于他们的故事，只要古龙想，就可以一直延续下去。

陆小凤系列的最后一部是1981年首载于新加坡《南洋商报》的《剑神一笑》。对于《剑神一笑》，古龙曾这样表达自己的创作初衷：

可是每个人都知道一件事，西门吹雪从来不笑。

从来也没有人看过他的一笑。

一个有血肉情感的人，怎么会从来不笑？难道他真的从来没有笑过？

我不相信。

至少我就知道他曾经笑过一次，在一件非常奇妙的事中，一种非常特殊的情况下，他就曾经笑过一次。

我一直希望能够把这次奇妙的事件写出来，因为我相信无论任何人看到这件事之后，也都会像西门吹雪一样，忍不住要笑一笑。

既然古龙已经说得如此明确，那么代笔之疑又从何而来？这主要是因为各方对于这篇小说是如何产生的各执一词。翁文信说这篇小说是古龙口述，代笔者逐字记录而成，应视为古龙原作，陈晓林也认为这一小说并非代笔。但林保淳和叶洪生则认为此文系伪作，而旧年表也显示："大部分由薛兴国代笔。"经程维钧考证，真正代笔者应当是古龙大弟子丁情。2015年，许德成采访丁情，得知《剑神一笑》一开始的确是由古龙口述，丁情执笔，后因古龙身体有恙，由丁情代写，古龙审核，待古龙身体好转后，再继续口述。该书的后半段——程维钧认为应从万盛本第二部"西门吹雪"第七章"帐篷里的洗澡水"第三小节开始——则完全由丁情代笔。

故事的主角依然是陆小凤。同时，大概是对薛兴国在《凤舞九天》安排陆小凤和沙曼在一起，以及老实和尚从亦正亦邪到彻底黑化的结局不甚满意，他在这部小说中让牛肉汤代替了沙曼的位置，并让老实和尚又重新"老实"起来。

故事讲述的是陆小凤的好友、"一剑乘风"柳如钢前往西北边陲黄石小镇查案后失去音讯，陆小凤遂到该地寻找他的下落。然而，这一次陆小凤并不顺利，他在黄石镇遇到以沙大户为首的武林高手，并在他们的围攻之下身死。

陆小凤死了，他的朋友们自然不会坐视不管。牛肉汤和老实和尚找到司空摘星与西门吹雪，一起奔赴黄石镇查明真相。几人在经过一番侦查后，发现黄石镇竟然隐藏了大秘密，住在那里的人半年前已得悉朝廷委托中原镖局将三千五百万两黄金运到南方去，黄石镇正是他们的必经之地。黄金劫案的幕后主使是中原镖局的副镖头金鹏——这又是一个监守自盗的故事。他们用尽方法，杀死黄石镇的原住民，对付可能破坏他们阴谋的人，比如柳乘风、陆小凤。陆小凤其实也没有死，他是由老实和尚假扮的，而来到黄石镇的小老太婆是陆小凤假扮的，西门吹雪和小老头则是司空摘星假扮的。

当众人看到他们以易容破解谜团后会心一笑，而西门吹雪此时也跟着大家一起笑了。这一笑，让剑神走下神坛，拥抱人间，重新成为凡人。这一次，陆小凤的故事真的结束了。让"陆小凤系列"在最不可能笑的西门吹雪的笑声中与读者告别，意义远比陆小凤隐居来得深刻，这应该算作古龙对《凤舞九天》结局的纠正，也是他创作《剑神一笑》的本意。当然，无须否认的是，古龙创作这一小说除了博读者一笑以外，还是为了拍电影赚钱。不过，古龙自己拍的电影远不如他写的小说叫座，《剑神一笑》就是一个典型例子。而电影《剑神一笑》的失败，对晚期古龙来说无疑是一个沉重的打击。

"楚留香系列"的最后一部是1982—1983年的《午夜兰花》。如果说楚留香在《新月传奇》还是一个主要参与者的话，那么在《午夜兰花》中，他彻底成为一个引子，一个引起故事发展，但是并不直接参与其中的引子。

整个故事的确是围绕楚留香来展开的，但是，这个楚留香却已经是"死"人了。

江湖传言，慕容世家的慕容青城利用他绝色无双的表妹林还玉，"将楚香帅诱入一个万劫不复的黑暗苦难屈辱悲惨深渊，使得这位从来未败的传奇人物，除了死之外，别无选择之途"。但是，传言终究只是传言，只有得到确认才能真的让大家相信。楚留香的好友们，如胡铁花、金太夫人、中原一点红，他们一边想要为楚留香报仇，一边想查明真相。

与此同时，江湖上出现了一个异常恐怖神秘的组织，他们有权有势，神通广大，而且杀人如麻。他们的目的只有一个，那就是证明楚留香到底是死是活。大家并不知道组织首脑是谁，只能给他一个代号：兰花。他们策划了一个"飞蛾"计划，以慕容、苏苏、袖袖这三个楚留香非救不可的人作饵，通过慕容与铁大老板之间的江湖对决，故意制造这三人的死局，来引诱楚留香救人现身。事实如他们所料，楚留香并没有死。他与胡铁花、中原一点红和金太夫人会合，各尽所长，完成了救援任务，揭开事情真相。

那么，兰花先生到底是谁呢？我们只知道她可能是一位女性，并且与楚留香关系密切，也许是苏蓉蓉，也许是林还玉，甚至可能是张洁洁。但是，兰花先生是谁其实并不重要，因为她的目的已经达到了。楚留香当然不肯为了所谓的真相去伤害她，"在江湖人心目中，这个人几乎已成为美的化身，有谁忍心毁坏？"何况，死去的都是该死之人。所以，《午夜兰花》有一个美丽的结局。

这部小说的故事叙述方式颇为奇特。小说的最后一章，主要是通过一老一少两位人物的对话来对整个故事进行回顾和交代。这两人并不是楚留香同一时代的人物，他们之间的对话，更像是作者与读者之间的对话，是古龙（长者）在向读者（少年）解释，从而帮助读者更好地理解小说的架构。这一"多重叙述"的方式，无疑具有创新价值。在《午夜兰花》的序中，古龙说："如果一个作家不能突破自己，写的都是同一类型同一风格的小说，那么这位作家就算不死，读者心目中，也已经是个'死作家'。"也就是说，古龙的创新心情是急迫的。在他看来，自己一生追求的"新"与"变"已经到了一个新的临界点，《午夜兰花》便是他的一次创新宣言。在大家都觉得古龙已经很难创作出令人印象深刻的佳作时，他通过重温"楚留香系列"的方式，让楚留香正式告别江湖，同时告诉大家，自己没有江郎才尽，并且还要告别过去的辉煌，重新开始。所以，在《午夜兰花》之后，尽管古龙陷入创作低潮，数年没有写过一篇武侠小说，但是他没有就此沉寂，而是在酝酿"大武侠时代"系列。

再也等不到"大武侠时代"

作为一个勇于创新的作家，古龙从不满足于过去的成绩。

"大武侠时代"，就是古龙的又一次自我突破。

可惜的是，斯人已逝，遗作尚存。

古龙在创作生涯晚期最重要的一次创新和突破就是构思出"大武侠时代"。那么，何为"大武侠时代"？一般来说，"大武侠时代"有狭义与广义之分。狭义上的"大武侠时代"即在1985年以"大武侠时代"之名连载于台湾《时报周刊》的《猎鹰》《群狐》和《银雕》三部，广义上还包括同年以《短刀集》在台湾《联合报》上连载的《赌局》《狼牙》《追杀》和《海神》四部。其中，《银雕》并没有写完，是由丁情在古龙口述和要求下代抄和补正的。同时，《银雕》长期佚失，后由网友发现，直到2008年才由陈舜仪在台湾"国家图书馆"找到，使其在二十多年后得以重新面世。

古龙是这样描述的："我计划写一系列的短篇，总题叫作'大武侠时代'，我选择以明朝做背景，写那个时代里许多动人的武侠篇章，每一篇都可以独立来看，却互相间都有关联，独立地看，是短篇；合起来看，是长篇，在武侠小说里这是个新的写作方法。"其实，这个方法在小说写作中也不算新，比如前文所说的柴田炼三郎早已采取这种写法。但是，为何说在武侠小说领域算新呢？古龙说道："以前写连载，有时写到八百多天才登完一个故事，写的人有稿费可拿都很烦了，何况是看的人呢？武侠小说不得不变，短篇可能是一条路，它可以更讲结构，更干净、更利落。"

林清玄这样评价古龙的想法："之所以想到这种改变，一来是自己的体力也无法熬着写长篇；二来是时代变了，现代人的生活已经没有人有耐心看连载的长篇""最近读古龙的短篇，发现他的境界和层次比以前更高，文字的使用也更淳了，去除了几年前的那种烟火气。而且，他强调现在比较走写实的路线，古龙是外文系出身的，他受到西方写实技巧的影响，尤其在病后读了不少西方小说，使他改变了武侠小说的观念，他说：'过去写武侠都是凭空捏造，一出剑，剑还没有看清楚就死了几个人，身形一拔，就是几十丈，现在我把这些不要了，尽量写一些人力可及的事物，不要花招，注意气氛的酝酿营造，讲求结构的一气呵成，合乎武侠的精神境界，同时又落实到写实的世界'。"

细究的话，古龙关于"大武侠时代"的实践早就开始了，无论是小李飞刀系列、楚留香、陆小凤还是七种武器，都可以视作这一类。只不过，"大武侠时代"的小说篇幅更加短小，语言更加简洁凝练，它不仅放弃了此前大段的说理文字，对于人物外貌和故事背景的描写，也更加类似于简笔画。比如，古龙选择让故事中的主要人物都拥有一份档案资料，就像《猎鹰》开篇的凌玉峰：

姓名：凌玉峰。

年纪：二十四。

身高：五尺九寸。

武功：所学流派甚杂，不用固定兵刃。

出身：祖父有军功，累升至一品提督，占正一品缺，总管河西军务。父为进士出身，为官有政声，自翰林院编修，积官为大学士、正一品。

本人资历：无。

嗜好：无。

这样类似于简历的人物介绍，通过寥寥数笔勾描，就让凌玉峰没有嗜好、家世显赫却无资历的神秘形象跃然纸上，这在之前的武侠小说中几乎没有出现过。

而"大武侠时代"的另一个重要特征，是将古龙武侠宇宙中不同时期的侠客们都放置于明朝。比如，在《大地飞鹰》中消失的卜鹰再次唱着"儿须成名，酒须醉",以秃顶如鹰的形象成功归来。不过,谁也说不清这两位卜鹰是否真的有关。同时,人们也在不断地提及楚留香、陆小凤、谢晓峰、萧十一郎等人的事迹。

"大武侠时代"的第一个故事是《猎鹰》。古龙在序言中说,在一个特殊的年代,一个特殊的阶层里有一些特殊的人,这些人造就了我们的武侠世界。这些人都是高手,每一行每一业中都有高手,六扇门中的名捕们更是高手。猎鹰,就是六扇门的第一高手凌玉峰。凌玉峰与六扇门捕头刑锐奉命追查一起与"紫烟"有关的凶杀案。在查案过程中,妓女红红被杀,丫鬟圆圆消失。红红的青梅竹马、关西关玉门的外甥程小青被凌玉峰认为是杀人凶手,本已伤心欲绝的程小青选择默认,结果被判斩监候,连关玉门对此也无可奈何。

"大武侠时代"的第二个故事是《群狐》。古龙说,刀有两面,刀刃薄如蝉翼,刀背宽厚如山:"刀虽然远不及剑的锋锐,远比剑迟钝,可实际上它却有它狡猾和善于隐藏自己的一面,就好像这个世界上的某一种人一样。"卜鹰就是这样的人。在这个故事中,卜鹹以开设赌局的庄家身份出现。这里的赌局并不是摇骰子、推牌九等普通赌局,而是独属于江湖中人的神秘赌局。它接受任何的打赌,也接受任何的赌注。这个赌局一共有三个话事人,卜鹰就是其中之一。

在唐捷与聂小雀的轻功比试结束后,卜鹰与一代剑客大李红袍打赌,说自己可以救出程小青。接着,他又与济南府知府潘其成打赌,说自己可以见到被严密看守的程小青。卜鹰通过一番周折后查明真相。原来,红红,原名李南红,她的夫家白家遭人灭门,自己在遭受凌辱后逃出。因为凶手上身有一处独特的刀疤,于是,红红选择当妓女以寻找仇人。红红在认出凌玉峰就是灭门凶手后被杀,而她的丫鬟圆圆被潘其成藏起来,潘其成被凌玉峰当着卜鹰的面杀害。在凌玉峰死后,卜鹰猜测他应当属于一个组织。不过,这就是另外一个故事了。

"大武侠时代"的第三个故事是《银雕》。银雕,"它比鹏更雄壮尊贵,比鹰更灵动剽悍,比虎豹更凶猛残暴"。虽然大多数人都认为,这种银雕根本不存在,只有偶尔在传说中出现,但是江湖中的各大组织帮派就给予一位高手这样的代号,他就是沈重。在这个故事中,程小青加入刑部当差,并且顶的是凌玉峰的缺。同时,他还得到了如意魔刀,学会了令狐不行的刀法。他进入刑部后的首个目标就是沈重。但是,根据一份刑堂的档案,银雕竟是一个死了十七年的死人。而程小青为什么会对这样一个死人感兴趣呢?为什么要把他当作自己任职后的第一目标呢?因为程小青猜测,银雕根本没有死,并且将参加"紫丁香"大联盟——也就是卜鹰怀疑的凌玉峰所属的组织——在太湖的聚会。与此同时,卜鹰也在太湖。他与白荻花、聂小虫、韩浪、卓二姐等人在预谋对付银雕。但是,最后的结局却是所有人都计划落空了,因为银雕不见了。故事到最后,依然没有人知道银雕是谁,他在哪里。

《时报周刊》的三部"大武侠时代"小说就此打住,但是"大武侠时代"并没有结束,因为在同期的《短刀集》中还有四部小说。

第一部小说是《赌局》,讲述的是《群狐》中提到的神秘赌局。这一次,他们要赌的是一场决斗的胜负,即当世两大剑客薛涤缨和柳轻侯的决斗。这种对决的轰动程度,几乎可以与昔年叶孤城与西门吹雪的决斗前后辉映。杜黄衫、夺命大红袍这些武林高手,以及由山西的大地主和钱庄老板组成的集团"财神"等都加入了赌局。而真正的赌徒其实只有两个,"赌局"的代表卜鹰和"财神"的代表关二先生。

薛涤缨和柳轻侯的这一战,结局很奇怪。薛涤缨死了,但是赌局却是支持薛涤缨的卜鹰一方赢了。柳轻侯给出的解释是:"薛涤缨是以人驭剑,以剑搏胜,我却是用剑的变化震动来带动我的身法变化,我的人轻剑急,剑身一震,我已变招无数,我的剑脱手时,对方心神必有疏忽,背后气力也顾不到了,那时也正是我一击致命时。"因此,若赌生死,自然是自己赢了。可他也承认,若是论剑,自己已经输了,因为剑已脱手。卜鹰与关二先生赌的是剑,不是生死,所以赢的正是卜鹰。

关二先生对于输给卜鹰并不服气,卜鹰却说:"生死胜负一弹指,谁是赢家?我也不是,天地间真正的赢家早已死光了。"

《赌局》之后是《狼牙》。这一次,依然是卜鹰和关二先生在赌,赌的是号称"四平八稳,天下太平"的诸葛太平的镖会不会被劫,赌注是一颗充满神秘传奇的狼牙,据说是萧十一郎为狼镶的金牙。作为赌局的组织者,卜鹰自然不能亲自去劫镖，于是他请动了自己的红颜知己胡金袖。关二先生也没有坐以待毙，他加入诸葛太平的队伍，为他们保驾护航。不出卜鹰所料，胡金袖成功劫下诸葛太平的镖。但是，这一次输的却是卜鹰。原来，在薛涤缨和柳轻侯的赌局之后，"财神"需要付给"赌局"一百万两黄金，其中二十三万两付的是大通的金票，但是大通却倒台了。于是，"财神"凑了二十三万两黄金，请太平镖局送到"赌局"，换回废票。所以，卜鹰让胡金袖劫的其实是他自己的镖，关二先生扳回一城。不过，卜鹰也没有输，因为他赢了诸葛太平：他与诸葛太平打赌，说关二先生会帮他把镖银送到。

卜鹰心满意足地向胡金袖说道："做赢家虽然也没有什么了不起，可是至少总比做输家好。"

接着，古龙为我们带来的是一场"追杀"。追的一方是才入刑部当差、决心"管世间所有的不平事，捉罪犯归案，为冤情昭雪"的程小青，而他追杀的一方，不但是横行天下的大盗，也是武林公认的奇才——白荻，又名白荻花。白荻花，是一位与传说中的萧十一郎相近的人物，自幼与狼群为伍，性格孤僻。

这两个人，可以说是旗鼓相当的武林奇才，所以这一次追杀的行动，从一开始就已轰动江湖。综合双方实力后，"赌局"开出的盘口是一比一。卜鹰支持的是白荻花，但是，谁也不知道为何他会在白荻花将要逃走时用隔空打穴的功夫阻止他。不过，身受重伤的白荻花还是从狱中逃走了。之后，他被女魔头铁罗刹所救。原来，白荻花要寻找的正是铁罗刹，因为他被诬陷犯下大案，成为铁罗刹的替罪羊，而他想要洗清冤屈，只能置之死地而后生。所以，他选择与卜鹰、程小青合作，以美男计加苦肉计抓住铁罗刹。

《短刀集》的最后一部小说是《海神》。这一次，卜鹰又参加了一个赌局。这个赌局实在是特殊。说它特殊，并不是因为赌注高，也不是因为卜鹰的对手"龙大头子"就是传说中"财神"的大老板"龙老太爷"，而是因为他将自己也赌进去了：他不仅是庄家，也是赌注和赌具！"赌局"与"财神"这一次赌的是：由卜鹰自己准备船只和配备用物，在扶桑离岛上出海。只要能在三十天之内平安返回厦门，就算他赢，否则就是输。如果输了，卜鹰就会失去所拥有的一切。遗憾的是，卜鹰真的在海上出了事，朋友们甚至开始为他操办丧礼，只有"赌局"相信卜鹰不会死，事实上，卜鹰确实还活着。他来到一座岛上，并且在这里遇到了一位神秘、美丽而又天真烂漫的姑娘海灵，他得知她一生中只见过三个男人：宝宝、无名叟和萧弹指。海灵口中的宝宝，就是海神岛的主人"海神"墨七星。墨七星天生畸形，为了不让海灵见到任何男人，让她认为天下的男人都跟自己一样畸形而丑陋，便化名无名叟和萧弹指出现在海灵面前。可是，卜鹰的出现打破了他的周密计划。为了不让墨七星直接杀死自己，卜鹰与他打赌，让墨七星来猎杀他，为自己争取到了逃生的机会。结果，卜鹰又赢了，在海灵的帮助下，他成功逃脱墨七星的追捕。最妙的是，逃脱后的卜鹰并没有离开，而是先墨七星一步躺在他的床上。最后，卜鹰成功地带着海灵离开了海神岛。

如果我们按照故事发展的时间线将这几个短篇串联成一部长篇小说的话，那么从前到后应该是《赌局》《狼牙》《猎鹰》《群狐》《追杀》《银雕》《海神》。简单来说，就是卜鹰与关二在《赌局》中首次相遇，因为关二输给卜鹰才有了《狼牙》的故事。然后，关二的外甥程小青在《猎鹰》中出场，被凌玉峰陷害入狱，并在《群狐》中得到卜鹰相救。紧接着，程小青因为自己蒙受不白之冤，便进入刑部，试图扫清世间不平事，于是有了《追杀》。《银雕》虽然也提到了程小青刚入刑部不久，但是因为这部小说特意提到白荻花被程小青砍伤的事情，所以应该排在《追杀》之后。至于《海神》，卜鹰被海难冲击到沙滩上时，回想起胡金袖、宝贝公主、白荻花、程小青、关二等人，证明这部小说的故事应该发生在最后。

当然，作为古龙晚期最重要的创作系列，"大武侠时代"并非仅仅只有这几个短篇，还有《财神与短刀》。这部作品在1985年首载于台湾《大追击》双周刊，原计划写成"大武侠时代"衍生的长篇故事，主人公为浪子朱动。可惜的是，古龙仅写了前三部就因病去世，《财神与短刀》也成了他真正意义上的遗作。该书后由风中白代写的第4—16部，其实已经与古龙无关，连主人公朱动都成了陆小凤的好友、"大老板"朱停的儿子。因此，《财神与短刀》也成为古龙小说迷们心中永远的痛。我们再也不知道朱动的武功、真实的背景，"财神"到底是一个什么样的组织，血莲花又代表什么……

去世前半年，古龙对林清玄说："我希望至少能再活五年的时间，让我把'大武侠时代'写完,我相信这会是提升武侠小说地位的作品,也会是我的代表作之一。"此言非虚。尤其是在当下这个追求"短、平、快"的时代,古龙对于武侠小说篇幅短小精悍、情节紧凑连贯、语言精准凝练的追求更显其见识之深远。假若古龙能够活到今天,能够引领"大武侠时代",他和他的小说必将更受当代读者欢迎。这是古龙的遗憾,也是武侠小说读者们的损失。

第八章

身处十丈软红尘

世界上最珍贵的液体

古龙好酒，酒中有他的人生。

古龙善饮，豪迈大气。

因酒而生，也因酒而死，这就是饮者古龙。

古龙说自己也是"江湖人"，他的生活就是"江湖事"。因此，他的一生就像他的武侠小说一样精彩。他曾落入低谷，流落街头，食不果腹，衣不蔽体。他也曾站在山巅："王孙公子裘马轻，马后仆从众如云。鞍旁一壶花雕酒，行前轿中是美人。"这是何等风光的事，风光又何等旖旎！不过，无论是低谷，还是风光，古龙都爱一样东西：酒。

酒，《说文解字》中是这样解释它的："酒，就也，所以就人性之善恶。从水，从酉，酉亦声。一曰造也，吉凶所造也。古者仪狄作酒醪，禹尝之而美，遂疏仪狄。杜康作秫酒。"可见，"酒"是迁就满足的意思，准确来说，酒是用来迁就满足人性中的善恶的。我们常说，"一杯浊酒，万事世间无不有"，因为酒可使人快慰，可为人解愁，可给人灵感，可让人壮胆，可拉近人与人之间的距离，也可使人飘飘然，忘乎所以。

饮酒，也是有规矩的。明末剧作家李渔曾说，饮酒有"五贵"："饮量无论宽窄，贵在能好；饮伴无论多寡，贵在善谈；饮具无论丰啬，贵在可继；饮政无论宽猛，贵在可行；饮候无论短长，贵在能止。"只有具备这"五贵"，"始可与言饮酒之乐"；否则曲蘖宾朋，"皆凿性斧身之具也"。然而，这世间的饮酒之人，又有多少可以做到？多得是因为不节制地恶性饮酒，伤己且伤人，发生了本不该发生的祸事。

作为文人，古龙与他的那些前辈们——曹操、刘伶、李白、杜甫、苏轼、白居易、欧阳修等人——一样，秉承"古来圣贤皆寂寞，唯有饮者留其名"，喜饮，而且喜豪饮。燕青曾这样描述古龙的酒："在这一群武侠小说家中，有诸葛青云、卧龙生、萧逸、孙玉金、高庸、忆文、曹若冰、慕容美等人，他们在座席上谈笑风生，语惊四座，有一个人默不作声，只是他长得五短身材，却是头大如斗。尤其是喝酒时，头一仰，便是一杯，那种豪迈酒量，使我看得暗暗心惊。"

这种场景，我们都以为只会出现在小说里，现实中又有几人会这般不要命地饮酒？古龙告诉我们，他偏偏就能。

燕青所说的，其实只是古龙尚未成名时的事情，这在古龙一生的饮酒经历中，只是冰山一角。成名以后，古龙饮起酒来更是令人惊愕。据说，古龙在身体健康的时候，一口气可以喝上一整瓶洋酒，还曾以盆牛饮。成龙在《艺术人生》中曾说过这样一件事："那时，为了让古龙写一个剧本，我得每天陪他喝酒，一大杯一大杯地灌。"有一次在好友邹郎家，他把酒柜内的各类样品酒都喝光了，第二天清早临走，他还要求邹郎的妻子："嫂子！快去搞两瓶啤酒来漱漱口。"他的名车后备厢里永远摆两箱XO，因为朋友来，吃饭的时候一台十二个人，一人一瓶，吃完饭又有宵夜，也是一人一瓶。而古龙喝得最多的一次，是与五个人在一夜之中喝了二十八瓶酒！这对于任何一位饮酒的人来说都是不可思议的。

古龙不仅爱喝洋酒，他还十分钟情于中国的传统名酒，有一次，古龙的一个朋友给他带来两瓶山西的"竹叶青"。这是常见于古龙小说中的名酒，据说是以汾酒为"底酒"，保留了竹叶的香气，再添加砂仁、紫檀、当归、陈皮等十余种名贵的中药材及冰糖、雪花白糖、蛋清等酿制而成。因为当时尚属两岸隔离时期，大陆的酒无法运到台湾，所以平日里古龙很难尝到大陆美酒。

通常来说，我们收到朋友的礼物时，无论是真心还是假意，总要客套几句，以示感谢。可是，真性情且真爱酒的古龙才不管这一套，他一下子就被酒香迷住了魂魄，二话不说地打开酒瓶，咕咚咕咚地将"竹叶青"灌下肚子。说是"灌"，一点也没有错，如牛饮水，酒不沾喉。饮罢美酒，古龙举起瓶子意犹未尽地感叹道："酒，还是大陆的好！"那时候若不是因为两岸特殊的政治环境，古龙恐怕时不时地就要往大陆跑，到各地尝一尝那些传说中的美酒。

与朋友们的喝酒较量多了，他还忍不住专门撰文对他们的酒量一一进行评价。比如，在影视圈内，王羽是真的能喝，还擅长划拳——古龙葬礼上那著名的四十八瓶XO就是王羽准备的；徐少强喝酒也是高手，稳、快、狠；张冲喝酒也稳，曾志伟还曾被他骗酒。女孩子中，杨丽花、陈丽丽、导演罗维的夫人，特别是李菁、恬妮，也都是酒中豪杰。但是，他最佩服的还是陈定山和卜少夫两位。这两位在当时已年近耄耋的老人，不但能喝，而且喝完依然可以谈笑风生。

　　古龙不光喜欢喝酒，而且还追求享受。薛兴国曾说，古龙和朋友们喝酒吃饭"从六点钟开始，吃到九点钟一定散席了。然后去酒廊或酒家，到十二点。接着，再去北投，找酒女陪，唱歌，有点像卡拉OK，不过有现场乐队的伴奏，再玩到半夜"。如此奢靡的生活方式，是极损害健康的。他曾因多次不听医生劝告喝酒而住进医院，"护士小姐们听说我'又来了'，大家集体来看我，而且先准备要送一个'最佳勇气奖'"。这也为他日后因日益严重的肝病而逝世埋下伏笔。薛兴国还说过一个很玄乎的事情，古龙去世后，他观察到一个现象："当有人说'老哥，干一杯吧'，古龙七孔似有血水流出。"因酒而生，也因酒而死，这就是古龙传奇的一生与酒的关系。

　　对于古龙来说，如此喝酒真的是快乐的吗？大抵未必。在"陆小凤系列"之《凤凰东南飞》中有这样一句话："酒，通常都能给人一种奇怪的力量。但这种力量却是种骗人的力量——就算骗不到别人，至少总可以骗骗他自己。"这句话大概就是古龙对自己说的。不为人道的童年身世、与父亲之间的恩怨情仇、与无数异性之间的悲欢离合、与妻儿骨肉的天各一方……这些事情互相交织，共同组成一张情感的大网将古龙深深地困在其中，让他内心难以安宁。这时候，只有酒能给他带来虚幻缥缈的感觉，能让他缓解压力，逃避痛苦。

　　可是，"借酒浇愁愁更愁"。许多时候，酒只会越喝越醉，痛苦也只会越来越深。真实的古龙，就像胡铁花一样，"别人愈不了解他，他愈痛苦，酒喝得也就愈多。他的酒喝得愈多，做出来的事也就更怪异，别人也就更不了解他了，到后来，有些人甚至已经认为，他已经变得像是以前传说中的'酒丐''疯丐'那一类的人物了，有些人甚至索性认为他已经变成了个疯子"。在古龙因酗酒伤肝而离开人间的时候，我们终于发现，这段话其实就是他内心深处的孤独寂寞的真实写照。

谁来与我干杯

古龙重友，朋友在他心中有着无可替代的位置。

可是，酒席总有散的时候，朋友也不能一直陪在身边。

夜深人静，举杯相邀——谁来与我干杯？

在倪匡看来，别看古龙在小说中对女儿红、竹叶青等名酒的产地、来历如数家珍，对如何品尝更是了然于心，其实他并不懂如何分辨酒的好坏，"只要酒瓶外包装好看，就说好酒。他注重饮酒气氛"。对此，古龙也有自知之明，说自己"爱的不是酒的味道，而是喝酒时的朋友"。他曾这样畅想自己理想中的生活："夜雨潇潇，夜半无人，约三五好友，提一瓶大家都喜欢喝的酒，找一个还没有打烊的小馆子，吃两样也不知道是什么滋味的小菜，大家天南地北地聊一聊，就算是胡说八道，也没有人生气，然后大家扶醉而归，明天早上也许连自己说什么都忘了，但是那种酒后的豪情和快乐，却是永远也忘不了的。"

对于朋友，古龙是极其看重的。古龙的身边虽有不少跟着他混吃混喝的酒肉朋友，但是自他离开家门落魄街头开始，也从不缺少对他真心以待、倾心相助的真朋友："如果你曾经在塞北苦寒的牢狱中，受尽了饥寒寂寞之苦。如果你曾经穷愁潦倒，受尽了世人的讥嘲与冷落。如果你那时有朋友，知道在远方的某处，还有一个人在关心着你，那么你的痛苦一定会减轻许多。因为你知道你还有朋友；就算只有一个朋友，也已足够。"在他的心目中，朋友是无可替代、不可形容的，"就是世上所有的玫瑰，再加上世上所有的花朵，也不能，比拟友情的芬芳与美丽"。

在古龙的一生中，与他关系最好的朋友，当属香江风流才子倪匡。两人相交于20世纪60年代后期，时间并不算早。此时，古龙已经因《名剑风流》等小说在台湾武侠小说界占据一席之地，但还是颇受同行排挤。就在这时，身处香港的倪匡在看完古龙的小说后，对他的才华大加赞赏，有篇杂志还以《倪匡初读古龙小说，惊为奇才，在香港大力推荐》为题来讲述此事。当时，倪匡正主编《武侠与历史》杂志，便向古龙抛来橄榄枝，邀请他在杂志上连载小说，这就是后来鼎鼎有名的《绝代双骄》。后来，倪匡还极力将古龙推荐给大导演张彻和楚原，建议他们将古龙小说拍成电影。在古龙的心目中，无私的倪匡就是他的伯乐：

大家都知道倪匡是我的好朋友，而且是我的兄长，他们都错了。
倪匡根本不是我的朋友，也不是我的兄弟。
倪匡只不过是我这一生中最亲近最亲密而且对我最好的一个人而已。
对我来说，倪匡甚至不是一个人。
因为我觉得这个世界上根本不可能有倪匡这种人，杀人也没有。
——可以为了牺牲自己的人，也许还有；为了朋友抑低自己的人，这种人在世界上还有吗？

除了工作上的惺惺相惜，两人私下的交情也是极深的。他们经常凑到一起喝酒，并且一喝就喝到天昏地暗，有时甚至喝到医院。即便是双方独自喝酒时，也常常一边喝酒，一边在长途电话里互诉衷肠。倪匡曾经问古龙："世界上有两种液体最昂贵，一种是酒，另一种是什么？"古龙说："是水。"倪匡说："对了，我问了所有人，只有你答对了。"古龙说："其实不对，这世界上没有比酒更珍贵的东西，所以只能是酒。"

古龙去世后，倪匡在挽联中写道："你已竟去远了，我还会久留吗？"悲痛之情，溢于言表。对于古龙的离世，倪匡是十分悔恨的。他觉得自己明知古龙有肝病，不宜饮酒，还经常同他喝，所以他要为古龙的死负责。但古龙若是泉下有知，他无论如何也不会怪罪这位时时关照他的大哥。因为，他们是朋友，肝胆相照、会为对方挡刀子的朋友，况且，饮酒本就是他生活的一大乐趣。

古龙的身边从来不缺少女伴，但若说无关乎男女关系的红颜知己，那么就不得不提到女作家三毛。三毛是谁，想来文艺青年们应该无人不知。但她与古龙的关系，却是很多人不知道的。三毛、倪匡与古龙相识于一次聚会。三人在性格上都是不拘小节、真诚坦率的，于是他们一见如故，成为至交好友，甚至许下生死契约：如果谁先死了，灵魂要回来告诉生者另一个世界的事情。

  古龙离世后，三毛与倪匡在葬礼上抱头痛哭，她给古龙写的挽联是："来得多彩多姿，去得无影无踪，不忘人间醉一遭。笔暗或许微微，安心稍待片刻，我们随后带酒来。"此言想必深得古龙之心。

  "牛哥"李费蒙与"牛嫂"冯娜妮是与古龙交往最多，也是他最敬重的一对夫妇。李费蒙，这也是一位传奇人物。他于1925年出生在香港，1949年赴台，是当时台湾著名的漫画家，"牛哥"之名无人不知，无人不晓。古龙认为，李费蒙在漫画、小说方面的天赋都是一绝。同时，他还集导演、编剧与演员于一身，所交的朋友也是社会各界，三教九流无所不包。而李费蒙最奇的，还不在于此。古龙说，"牛哥"有三奇。一是不但喜欢"臭人"，而且很会"臭人"。但是，牛哥的"臭人"很有分寸，从不伤人，而且一视同仁，令人生不起气。二是在别人心中，他是"大"人，大块吃肉，大口喝酒，大来大去，大模大样，但实则细心周到，能够观察到细枝末节。三是他有一位"奇妻"。他的夫人冯娜妮，是张学良结拜兄弟、"冯庸大学"的创办人冯庸之女，有其父遗风，乃女中豪杰。同时，她也是古龙的中学同学和大学同学。"牛哥"夫妇是经过患难、见过真情的夫妻，是古龙心目中永远青春不老，笑傲江湖的"侠侣"。

  "牛嫂"后来在《浪子大侠》中谈及古龙，说，"我们认识了当时还一文不名的古龙，古龙是我同学的校友，他尊称我为学姐，也叫我'古龙的妈'""他爽朗的性格及好酒量，与我们夫妇特别投缘，与他聊天不会感到无趣。因而他来我们家的次数也最勤，渐渐地我们夫妇把他列为共饮时的第一人选，以后我对他也有了一份特别的关照"。

  在古龙的朋友中，丁情是很特殊的一位，因为他同时也是古龙的大弟子。对于丁情，古龙是这样说的："有一个人从小就不是一个好孩子，不念书，不学好，爱打架，又爱惹是生非，后来竟然跑进了是非最多的电影圈。挨了饿，吃了苦，受了气之后，忽然有一点发愤图强的意思，后来果然出头了。可是毛病又复犯，而且还有了一种新毛病。——不爱做事，只爱花钱。所以只要是见到他的人，人人都头大如斗。这个人不但是我的朋友，而且是一个我非常喜欢的朋友。因为我了解他。"正是因为了解丁情，所以他才会更加支持和鼓励丁情走上武侠创作之路。他对丁情说："我这一生看错很多'朋友'，但唯独这件事，我绝对没看错，如果你不能写，我绝对不会让你写的。"古龙的真诚打动了丁情，他坚定地走上了武侠小说创作之路，有了谋生的手段。

上文在讲述古龙小说时，我们曾提到，古龙晚年的许多作品是由丁情代笔完成的。其实，不光是这些作品，丁情还有几部小说，比如《怒剑狂花》《那一剑的风情》《边城刀声》，与古龙本人无关，但是在那时都挂着古龙的名字以便出版。对此，古龙并没有急着出来说明，一方面，他在丁情写作时的确做出过指导，这也算是合作的一种；另一方面，他深知文学青年生活不易，如果此事被拆穿，丁情的生活将更加举步维艰。古龙去世后，丁情始终对他心怀感激，总是称他为：我的师父古龙大侠。

古龙的朋友实在是太多了，除了上面这些，还有我们曾经多次提到的金庸、林清玄、于东楼、薛兴国、陈晓林，以及影视圈的王羽等名人。想来也是，古龙这样坦率而又一片赤诚的人何愁交不到朋友呢？正因为那些同样对他真诚以待的朋友，古龙寂寞的一生才会多出很多值得回味的快乐时光。

人生寂寞如雪，谁来与我干杯？唯真心朋友而已。

在渴望与怀疑之间

人的一生中，重要的人当然不止只有朋友，还有爱人。但是，原生家庭给古龙带来的悲痛，让他对爱人既渴望，又怀疑。

在"陆小凤系列"之"大金鹏王朝"的故事里，古龙写下了这样一句话："世上没有不爱珠宝的女人，就正如世上没有不爱美女的男人一样。"爱情，作为人类最古老的感情之一，如同酒和朋友一样，是古龙世界中永恒的话题。

从社会学意义上来说，原生家庭对于新生家庭的影响是深远的，我们总是渴望在新生家庭中得到原生家庭不能提供的情感需求，比如来自没有安全感家庭的人，便会试图在配偶身上找到安全感。这一点在古龙身上体现得非常明显。父母离异对他的打击十分巨大，这让他在一生中对于爱人和家庭始终都是既渴望又怀疑的。一方面，他希望能找到真心相爱的伴侣，组建属于自己的家庭。古龙曾在《萧十一郎》中写道："屋子里只要有个温柔体贴的女人，无论这屋子是多么简陋也没有关系了；世界上只有女人，才能使一间屋子变成一个家；世界上也只有女人，才能令男人感觉到家的温暖。"另一方面，他又风流成性，不知珍惜，长期流连于风月场所，以致几任枕边人都失望地离他而去。所以，丁情后来说："如果硬要说古大侠这一生中做过最大的错事，那么就是他对女人的态度。"

上文我们说过，古龙的笔名来历与一位名叫古凤的姑娘有关，不过那即便不是空穴来风，也只不过是少年人的单相思罢了。古龙正式的初恋，发生在他就读于淡江英专期间。他遇到了一位令他怦然心动的女人——华侨俱乐部的红牌舞女郑莉莉，又名郑月霞。

彼时二十岁左右的古龙，正处在一个矛盾、躁动的年纪，有些懵懂，也有些冲动，本该朝气蓬勃，却又故作忧郁。对于古龙来说，他才不在乎什么职业出身，他只是真的寂寞了，需要一个红颜知己倾听自己的心声。而郑莉莉，年纪与古龙相仿，生得娇小玲珑，很有一些小家碧玉的感觉。在交际场所供职的她，比起一般女孩子，更懂古龙这样的浪子。就这样，两颗孤独的心走到了一起，坠入了爱河，一发不可收拾。据胡正群《神州剑气生海上》记载，1960年，古龙与郑月霞同居。古龙对这段恋情如此投入，以致他连学也不想去上了。1964年，古龙携手郑莉莉一起回到当初离家出走后生活的第一个地方——瑞芳镇。故地重游，情景却大不相同。第一次来到这里的时候，他是一个无家可归的落魄少年，而今日，时过境迁，他已是可以凭借稿费养活自己的青年作家。更重要的是，这一次，他不再孤苦伶仃，还有爱人陪伴，有了属于自己的小家。并且，古龙与郑莉莉的感情还开花结果，让他有了自己的第一个儿子郑小龙——古龙为逃兵役而没有了身份证，无法与郑莉莉登记结婚，因此孩子出生后无法上户口，于是古龙便让孩子随母亲姓郑。有趣的是，古龙写了一辈子的武侠小说，其实并不会武功，反而是这位郑小龙公子，后来成为真正的武林高手，并且担任台湾地区前领导人马英九的贴身保镖。

在环境静谧的瑞芳镇，贤惠的郑莉莉对古龙照顾有加，让他实实在在地享受到了爱情的甜蜜与家庭的温暖。古龙枕山栖谷，不为外界所扰，日子颇是安逸。那段日子，是古龙一生少有的安静时光。每日，佳人在畔，美酒为伴，闲来无事就逗子取乐。酒足饭饱后，他便在山水之间执笔挥毫，然后把自己精心雕琢的文章变成铅字，换取稿费，再叫上台北市内的三五好友来家中小聚，大家把酒言欢，畅所欲言，大有"人生得意须尽欢，莫使金樽空对月"之意。

但是，当你以为浪子回头时，却发现浪子始终是浪子。这样尽是柴米油盐的琐碎生活过得久了，古龙便觉得有些乏味。因为父母不和谐的婚姻关系，古龙从小就性格叛逆，做事也喜欢我行我素，这让他即便是有了家庭，也不太会考虑枕边人的感受。再加上20世纪60年代初的古龙，正处于武侠小说创作的起步期，刚出版的几部作品离他的预期目标甚远，同时，他又因在追求纯文学梦想和依靠武侠小说吃饭之间摇摆不定，精神上颇为苦闷。对此，郑莉莉是帮不上什么忙的，她是一个传统意义上的贤妻良母，只能做到尽心尽力地照顾古龙父子，但这一切并不能拴住古龙想要挣脱家庭束缚的浪子野心。

比如，他曾在1966年与一位名叫千代子的日本留学生发生婚外情。据刊载于台湾《时报周刊》250期的《古龙的武侠和感情世界》介绍："他又认识了一个中日混血的女孩子，这个女孩子只身在台湾，她的父母却派人严格监护，几乎寸步不离。然而，古龙毕竟是古龙，什么样的办法想不出来……"

都市浪子与田园是格格不入的。大约在来到瑞芳镇三年后，古龙终于耐不住寂寞，选择重入江湖。不过，正如江上鸥在《古龙其人其事其书》中所说："美女相伴优游的山野生活对他的写作是有启迪和帮助的。"如此看来，后来古龙不愿让楚留香待在麻衣教，以及陆小凤与沙曼隐居江湖，大概也与自己的早年经历有关。

在离开瑞芳镇后，古龙与郑莉莉母子其实并没有立马分道扬镳，但是，古龙还是在台北市过起了彻底放飞自我的日子。就像他后来在《欢乐英雄》里所写的："钱是男人不可缺少的，女人也是"，随着一部部小说的出版，他的囊中不再羞涩，可以更为频繁地出入风月场所，这让他与郑莉莉渐行渐远。1972年，古龙遇到了生命里第二个让他心动的女人——叶雪。这位叶雪女士也是舞女，她与古龙的感情经历，几乎就是郑莉莉与古龙的翻版。

说起来，古龙结识叶雪，也是机缘巧合。一日，古龙在结束了一天的写作后，决定去"皇后酒家"散散心，顺便看看能不能有艳遇的机会。毕竟，在这样的地方，只要你的口袋里有充足的资金，就不会缺少美女前来投怀送抱。从少年时代开始就混迹欢乐场的古龙，在这方面自然有一套。进去之后，他并没有像舞池里的男男女女们一样尽情狂欢，而是默默地坐在吧台上，不言不语地抽烟喝酒，彰显出一股孤独、忧郁而寂寞的气质。对很多女人来说，男人可以不高不帅，但是一定要有气质。丁情后来说，古龙吸引女孩子的，正是他的寂寞。想来也是，如果光凭长相，早年被同学们戏称为"熊大头"的古龙是万万不能做到身边美女如云的。

果不其然，一位浑身散发着女性荷尔蒙的妙龄美女款款而来，坐在古龙身旁。古龙立刻就陶醉在她的芬芳气息中。她说自己叫叶雪，已经观察了古龙好一会儿了，觉得他有些奇怪，既不跳舞，也不说话，只是自顾自地抽烟喝酒。作为情场老手，古龙搭起这样的话自然是轻松自如。自这天以后，古龙便迷上了叶雪，他几乎每天都到这家歌舞厅来找叶雪。而叶雪此时也已萌生放弃这份不光彩的职业，过上平稳安宁的小日子的想法。

二人一拍即合，很快便在台北市郊永和的一所公寓里过上同居生活。起初，他们的日子是幸福的，古龙每天除写作交稿外，就是与叶雪把酒言欢，嬉笑打闹。1973年，叶雪为古龙生下了他的第二个儿子——叶怡宽。但是，叶雪也遭遇了和郑莉莉一样的命运。她发现古龙依旧花天酒地，毫不收敛，有天，她看到古龙买了很多瓶XO回家，一气之下把这些酒全部倒进了马桶，这把古龙气得半死。1974年，据说曾被古龙暴力相向的叶雪，毅然决然地带着孩子离开了。

在经历了郑莉莉的事情后，古龙对叶雪的离开也不是很在意。在他的心目中，朋友如手足，难以分割，但是女人如衣服，没有了可以再找："白马非马，女朋友不是朋友，女朋友的意思通常就是情人，情人之间，只有爱情，没有朋友。"他还说，"情人虽是新的好，但朋友还是老的好。"他也的确是这么做的。叶雪离开后，他身边的摩登女郎几乎如走马灯似的不断更换。

在这期间，声名日益隆盛、口袋也越来越鼓的古龙，不再甘愿屈就于别人的屋檐下，于是他一掷千金，在台北市的豪华地段买下了一座两层华宅——三福公寓。古龙将三福公寓布置得十分考究，豪华而不失典雅，让他和他的藏书、美酒一起有了属于自己的"安乐窝"。但是，古龙总觉得如此豪华的房子缺点什么。直到他遇到梅宝珠，才明白原来三福公寓缺的是一位女主人。

梅宝珠是出身于正统人家的大家闺秀，没有像郑莉莉和叶雪一样沾染风尘，她清纯典雅，气质与修养都极佳。这股清新自然的气息，深深地吸引了古龙。更重要的是，梅宝珠还是古龙的粉丝，十分喜欢古龙小说，也很崇拜古龙，这让古龙在她的身上获得了前所未有的成就感。古龙的爱慕之心油然而生，他甚至郑重地向梅宝珠求婚，并在1975年——另有一说是1976年——为梅宝珠举办了一场隆重的婚礼，一时间羡煞旁人。于是，梅宝珠成为三福公寓的第一任女主人，也是古龙真正意义上明媒正娶的妻子。

梅宝珠的确是一个贤内助。婚后，她极其善于持家，不但将古龙的日常生活打理得井井有条，并且还很好地应付了古龙频繁而复杂的日常交际，让古龙得以安心写作。特别是她那一手上好的厨艺，更是让林清玄等好友赞不绝口。在古龙的书房里，挂着一幅台湾文坛名宿陈公柔先生赠予他们夫妇的诗作："古匣龙吟秋说剑，宝莲珠卷晓凝妆。宝靥珠铛春试镜，古韬龙剑夜论文。"诗是佳作，不着斧痕，人亦如诗，珠联璧合。

看起来，古龙这一次是真的准备收心过日子了。不过，看起来是一方面，做起来又是另一方面，即便是面对如此贤妻，古龙依旧按捺不住内心的躁动，时常在外面欠下风流债，甚至还惹出一桩震惊台湾的丑闻。1977年，这本是古龙的第三个儿子熊正达出生的年份，讽刺的是，也正是在这一年，古龙与十九岁的女星赵姿菁一同出游三天，后被女方家长以"拐带奸宿幼女"的罪名告上法庭，网络上至今仍流传着古龙与赵姿菁母女在法庭外相遇的照片。最后，此事虽以古龙赔偿对方500万结束，但这对古龙的社会名声，以及他与梅宝珠的感情都造成了恶劣影响。尽管深知古龙浪子本性的梅宝珠选择原谅了他，不过两人的感情还是不可避免地产生了裂痕。此后，古龙的浪荡行径并没有多大改变，吟松阁事件发生时，两人的感情矛盾已经到了爆发的边缘。而吟松阁事件则让事情完全激化，看到丈夫不仅在外风流，还被人砍伤住院，梅宝珠再也忍受不了了，正式向古龙提出离婚。

自知理亏的古龙，也不好不答应。但是，像一个在外被人欺负、回家还要挨打的孩子一样，古龙的内心其实是委屈而且不甘的。对此，他的选择是破罐子破摔，尽情地放纵自我。后来，也许实在是忘不了梅宝珠，古龙看上了与她各方面都相似的于秀玲。

古龙认识于秀玲时，她也是高中生，同时还是古龙的书迷，与梅宝珠一样知书达理、温顺可人。可惜的是，她与梅宝珠一样没有管住古龙，或许，这个世界上本就没有哪个女人能约束他。和于秀玲在一起后，古龙并没有听从她的苦苦劝告，还是不断饮酒，导致自己的病情进一步加重、恶化，最终走向死亡。人之将死，其言也善。当古龙最后一次因酗酒被抢救回来时，他似乎"良心发现"，躺在病床上对一直陪在他身边、悉心照顾他的于秀玲说："真的对不起你，也对不起那些爱过我的女人。"

据说，古龙临终之前说的最后一句话是："怎么我的那些女朋友都没来看我呢？"

1985年9月21日，古龙先生去世，倪匡为他写讣告，如下：

我们的好朋友古龙，在今年九月二十一日傍晚，离开尘世，返回本来，在人间逗留了四十八年。

本名熊耀华的他，豪气干云，侠骨盖世，才华惊天，浪漫过人。他热爱朋友，酷嗜醇酒，迷恋美女，渴望快乐。三十年来，以他丰盛无比的创作力，写出了超过一百部精彩绝伦、风行天下的作品。开创武侠小说的新路，是中国武侠小说的一代巨匠。他是他笔下所有多姿多彩的英雄人物的综合。

"人在江湖，身不由己"。如今摆脱了一切羁绊，自此人欠欠人，一了百了，再无拘束，自由翱翔于我们无法了解的另一空间。他的作品留在人世，让世人知道曾有那么出色的一个人，写出那么好看之极的小说。

未能免俗，为他的遗体，举行一个他会喜欢的葬礼。时间：一九八五年十月八日下午一时，地址：第一殡仪馆景行厅。人间无古龙，心中有古龙，

请大家来参加。

这份讣告全面、准确总结了古龙的一生，既对他的文学成就予以极高的评价，也没有讳言他风流不羁的性格。倘若让我们用一句话来形容古龙，我想再也没有比庄子说的"其生若浮，其死若休"更合适的了。大侠已去，武侠长存。

附录
古龙生平大事年表

1937年（另有出生于1936年或1938年之说）：出生于香港（一说上海）。

1945年：随父亲熊飞（熊鹏声）居于汉口。据龚鹏程《人在江湖》，古龙自"六七岁在汉口看'娃娃书'起，就与武侠结下了不解之缘"。

1950年：举家由香港迁居台湾。申报户口时出生年份改为1941年。

1951年：就读于台湾师范学院附属中学（今师大附中）。

1952年：在台湾《联合报》发表一首十四行新诗。

1954年：第一次以"古龙"为笔名于《自由青年》第十一卷第三期发表译作《神秘的贷款》。该年秋天，进入省立成功中学就读。在校期间创办《中学生文艺》《青年杂志》和《成功青年》等刊物，且在《蓝星诗刊》上发表新作。

1955年：在父亲抛弃家庭后，也离家出走。同年，于《晨光杂志》第三卷第九期发表短篇文艺小说《从北国到南国》。

1957年：进入淡江英语专科学校（今淡江大学）英语科夜间部就读。

1958年：自淡江肄业，一度就职于美军顾问团。

1959年：开始创作武侠小说《苍穹神剑》与《剑毒梅香》。

1960年：《苍穹神剑》等八部作品连载和出版。据胡正群《神州剑气生海上》，该年与华侨俱乐部的红牌舞女郑莉莉同居。

1961年：《飘香剑雨》《剑客行》《失魂引》，以及据传是《剑毒梅香》续作的《神君别传》等作品连载和出版。与"三剑客"一起参与《大华晚报》的"谈武侠小说"专题。

1962年：出版《彩环曲》《护花铃》。

1963年：《情人箭》《大旗英雄传》开始连载和出版。

1964年：与郑莉莉同居于瑞芳镇。《浣花洗剑录》与《武林外史》开始连载。

1965年：《名剑风流》开始出版。

1966年：《绝代双骄》开始连载。与日本留学生千代子交往。

1967年：《铁血传奇》开始出版。长子郑小龙出生。与好友倪匡在台湾见面。

1968年：电影小说《边城》发表于香港《武侠与历史》。笔战文章《此"茶"难喝——小说武侠小说》刊载于《文化旗》第九号，可视为一连串求新求变宣言的起点。《制片？制骗？——且说武侠电影》刊载于《文化旗》第十号，主张改革武侠电影。同年，《多情剑客无情剑》开始连载。

1969年："楚留香系列"的第四个故事《借尸还魂》开始连载。同年，为邵氏撰写第一个电影剧本《萧十一郎》。

1970年：小说《萧十一郎》、"楚留香系列"的第五个故事《蝙蝠传奇》以及《流星·蝴蝶·剑》开始连载。

1971年：《欢乐英雄》《大人物》《剑·花·烟雨江南》以及"楚留香系列"的第五个故事《蝙蝠传奇》开始连载。改编自《绝代双骄》的电影《玉面狐》由台湾邵氏出品，可能是第一部由古龙小说改编而成的电影。

1972年：《风云第一刀》（后改名为《边城浪子》）、"七种武器"系列之《长生剑》与《孔雀翎》，以及《绝不低头》开始连载。结识叶雪，并开始交往。

1973年：《九月鹰飞》、"七种武器"系列之《碧玉刀》《多情环》《霸王枪》，以及"陆小凤系列"的前四部开始连载与出版。次子叶怡宽出生，古龙与叶雪结婚（但并未登记），迁居永和。

1974年：古龙离弃叶雪母子。改编自《多情剑客无情剑》的电视剧《英雄榜》开始上映，作品首度跃居小屏幕。"陆小凤系列"之《幽灵山庄》《隐形的人》、"惊魂六记"之《血鹦鹉》以及《天涯·明月·刀》开始连载。

1975年：经警界友人协助而取得造假的身份证，得以与梅宝珠结婚（一说1976年）。《拳头》《三少爷的剑》开始连载。

1976年：邵氏推出电影《流星·蝴蝶·剑》和《天涯·明月·刀》，开创古龙原著、楚原导演、狄龙担纲的辉煌时代。《白玉老虎》《刀神》《碧血洗银枪》《大地飞鹰》开始连载。同年，参与华视改编自《白玉老虎》的《虎胆》制作，并应邵峰之邀，担任七海影业公司副总经理，总经理为好友王羽。

1977年：染上肝病。三子熊正达出生。电影《楚留香》由邵氏出品，楚原主演，狄龙导演。与在《绝代双骄》中饰演铁萍姑的十九岁女星赵姿菁出游，被对方家长拦截，控以诱拐罪，但检察官因证据不足不予起诉。同年，邵氏与华鸿争拍《大地飞鹰》，前者指控古龙违反1976年签订的五年合约，侵犯其电影改编的优先使用权。

1978年：与邵氏握手言和。徐克为香港佳视拍摄电视处女作改编自《九月鹰飞》的《金刀情侠》，开剧情电视化先河。《七星龙王》《离别钩》《英雄无泪》，以及更名为《凤舞九天》的《隐形的人》连载。5月，经香港《大成》总编辑沈苇窗介绍，向知名画家高逸鸿行拜师礼。

1979年：在《中国时报》发表《我不教人写武侠小说，我不敢》与《我也是江湖人》，反驳武盲《你也想写武侠小说吗？》一文。成立宝龙影业公司，妻子梅宝珠挂名负责人，并在同年投资拍摄《七巧凤凰碧玉刀》《英雄无泪》与《剑气潇潇孔雀翎》《多情双宝环》等电影。同时，兼任《七巧凤凰碧玉刀》的策划导演。"楚留香系列"之《新月传奇》开始连载。

1980年：因在1979年推荐女性友人张小兰参与《三尺青锋刺海棠》，引起家庭风波，进而以全家环岛旅行的方式来对妻子加以弥补。宝龙公司独资拍摄《楚留香传奇》与《楚留香与胡铁花》，古龙任编剧，并开拍《剑神一笑》与《再世英雄》。是年，吟松阁风波发生，古龙重伤住院。年底，与妻子梅宝珠离婚。

1981年：《飞刀，又见飞刀》，改编自电影《剑神一笑》的同名小说，以及《风铃中的刀声》开始连载。

1982年：港剧《楚留香》在本年度成为台湾及影视圈焦点。3月，抗议中视试播郑少秋主演的港剧《楚留香》，认为其侵犯版权，以中视支付"顾问费"告终。4月，《楚留香》正式播出，盛况空前。5月，与华视签约，拟推出《新月传奇》以对抗中视，但有关部门在6月纷纷对《楚留香》发表看法，《新月传奇》暂缓推出。8月，完成《楚留香大结局》剧本，交付永宇公司拍摄，该故事并未写成小说。同年，"楚留香系列"的最后一个故事《午夜兰香》开始连载，并在11月由永宇公司负责拍摄为电影。此外，该年还发生抗议华视《琥珀青龙》抄袭《白玉老虎》、对华视播出的《小李飞刀》不满等事。

1983年：台湾《联合报》引述香港争鸣杂志报道，广州海关开始查缉古龙小说。与华视陷入纠纷，一方面将《萧十一郎》与《火并萧十一郎》的版权卖给华视，另一方面，抗议华视《翡翠狐狸》《七巧游龙》等剧侵权。与"三剑客"

等作家一起声援"牛哥"的"漫画清洁运动",对抗日漫。

1984年:华视推出《陆小凤》,对抗台视金庸剧《书剑江山》,与华视艺人卫子云握手言和。中秋节前夕,因肝病进入台湾中华开放医院,由于秀玲照顾。

1985年:连载《短刀集》系列、"大武侠系列"、《财神与短刀》。4月10日,探望昏迷中的父亲。9月19日,因数日前与演员徐少强拼酒,食道出血再次入院。9月21日,病逝。